Erwin Kohl

Das Hornveilchen-Indiz

Fall 3

Droste Verlag

Figuren und Handlung dieses Romans sind frei erfunden. Ähnlichkeiten mit lebenden Personen sind rein zufällig und nicht beabsichtigt.

Bibliografische Informationen der Deutschen Nationalbibliothek
Die Deutsche Nationalbibliothek verzeichnet diese Publikation in der Deutschen Nationalbibliografie; detaillierte bibliografische Daten sind im Internet über http://dnb.d-nb.de abrufbar.

Die Veröffentlichung dieses Werkes erfolgt auf Vermittlung der Autoren- und Verlagsagentur Peter Molden, Köln.
Umschlaggestaltung: Helge Jepsen, Essen
Satz: Droste Verlag
Druck und Bindung: CPI – Clausen & Bosse, Leck
ISBN 978-3-7700-1431-6

www.drosteverlag.de

Prolog

Nachdenklich betrachtete er die vom Regen aufgeweichte Erde. Am Fuße des Grabes hatte sich eine kleine Pfütze gebildet. Eine Blume war unter dem Gewicht des Wassers umgeknickt. Sein Blick wanderte auf den Grabstein, der silbrig im Mondschein glänzte. „Warum konntest du nicht schweigen“, murmelte er. Seine Gedanken wanderten zu ihrer letzten Begegnung, zu dem milden Lächeln, das er seinem Flehen entgegenbrachte. Da ahnte er noch nicht, welchen Preis die Freiheit hatte. Wie gegenwärtig dieser Mensch für immer bleiben, wie sehr er seine Träume beherrschen sollte. Mehr als einmal hatte er sich gewünscht, diesen Tag aus seinem Leben streichen zu können. Es war so einfach gewesen. Ein kleiner Schritt durch den Notausgang. Seitdem schmerzte ihn das Bewusstsein, damit in einen Strudel geraten zu sein, der ihn immer weiter in den Abgrund zog. Ein Sog, der unaufhaltsam schien. Bis zur heutigen Nacht. Ein Gefühl der Erleichterung überfiel ihn, schob die düsteren Erinnerungen für einen kurzen Augenblick beiseite. Er betrachtete den Schuh in seiner rechten Hand. Einen zweiten Fehler durfte er sich nicht erlauben. „Verzeih mir“, sagte er. Dann beugte er sich vornüber.

01

Missmutig klemmte Ewald Klostermann die Plastikdose mit der Roll-Hundeleine zwischen die Beine, setzte den Hut auf und zog den Reißverschluss seiner Regenjacke bis zum Kinn hoch. Auf die Kapuze verzichtete er. Sie nahm ihm die Sicht zur Seite. Außerdem gelang es ihm nie, sie wieder so einzurollen, dass sie *nicht* als Kugel auf dem Nacken thronte und sein Unvermögen für jedermann sichtbar zur Schau stellte. Hildegard war in solchen Dingen wesentlich geschickter. Bei einer OP-Schwester muss jeder Handgriff sitzen, sagte sie immer, obwohl sie schon lange in Rente war. Aber sie hatte sich direkt nach dem Krimi ins Schlafzimmer begeben. Und sie mochte es nicht, wenn er dann noch wegen irgendwelcher Nichtigkeiten zu ihr ans Bett kam. Für eine Sekunde hatte er mit dem Gedanken gespielt, einen Schirm mitzunehmen. Der aufkommende Wind hatte ihn davon abgehalten.

Auf dem Bürgersteig stehend, richtete er den Blick nach oben. Mühelos trieb der Wind die glänzenden Tröpfchen durch die milchigen Lichtkegel der Straßenlaternen. Kleinere Regenwolken widersetzten sich immer wieder, als wollten sie im Scheinwerferlicht einen letzten Tanz aufführen, bevor sie fortgetragen wurden.

„Guten Abend, Ewald. Bei dem Wetter möchte kein Hund vor die Tür, nicht wahr?"

Er hatte Charlotte Gesdonk gar nicht bemerkt, die ihm vom Haus gegenüber zuwinkte, grüßte sie freundlich und drehte sich um.

„Kommst du mal her, Sissi? Wir müssen noch Gassi gehen." Lustlos stand der Dackel unter dem schützenden Dach des Eingangsbereichs und hielt schnüffelnd die Nase in den Wind.

„Recht hat er", bemerkte Frau Gesdonk, „wenn man mir so einen unpassenden Namen geben würde, tät ich auch nicht darauf hören."

„Ja, ja. Aber du kennst doch die Hilde."

Wenige Minuten später erreichten sie den Maria-Kann-Weg, der vorbei an einem kleinen Neubaugebiet zum Friedhof führte. Sissi hatte sich mittlerweile mit dem Novemberregen arrangiert und sprang lebhaft um die Beine seines Besitzers.

„Hier brauchen wir keine Leine, das weißt du ganz genau, was?“ Es klang, als würde sich ein Opa mit seinem Enkelkind unterhalten. Vorsichtig sah Ewald Klostermann sich um. Als er sicher war, unbeobachtet zu sein, löste er den Karabinerhaken am Halsband des Dackels. Sofort stürmte dieser auf die schmale Grünfläche am Zaun des Kindergartens zu. Klostermann blickte sich verstohlen um. Er lief nun schneller, in der Hoffnung, dass Sissi ihm folgen würde. Hundert Meter weiter teilte der Weg den Sankt-Annafriedhof in den alten Teil, der früher einmal ausschließlich Katholiken vorbehalten war, und das größere, neue Areal. Das flackernde Licht einer Fahrradlampe kam näher, eine innere Unruhe befiel Klostermann. Instinktiv drehte er sich um. Sissi lief mittlerweile neben ihm. Der Radfahrer bog in den Weg zwischen Friedhof und Kindergarten ein und Klostermann atmete erleichtert auf. Das monotone Surren des Dynamos verstummte allmählich. Der Krimi, den sie sich vorhin angeschaut hatten, spielte teilweise auf einem Friedhof. Der Mörder hatte hinter einem Grabstein gekauert und auf seine Opfer gewartet. Klostermann wurde es plötzlich eiskalt. „War ja nur ein Film“, hatte Hilde ihn beruhigen wollen, während er die Schuhe anzog. Bevor er die Haustür schloss, hatte sie noch von oben heruntergerufen: „Sei vorsichtig!“ Das hatte ihm Angst gemacht. Die Stille, die er sonst so sehr schätzte, wirkte auf einmal bedrohlich.

Er befand sich nun auf dem schmalen Weg, der den Friedhof teilte. Das Licht der Laternen spiegelte sich auf dem feuchten Asphalt. Wenige Meter weiter würde er abbiegen und am Fuße der Sankt-Anna-Kapelle vorbei zum Hauptweg gelangen. Von der nahen Annastraße drang das Geräusch eines vorbeifahrenden Autos herüber und sorgte für einen kurzen Moment der Erleichterung. Sekunden später kehrte die Stille zurück. Klostermann wollte sich ablenken, dachte an den Winterfahrplan. Wochenlang hatte er ihn ausgetüftelt, morgen sollte er in Kraft treten. Kein Zug durfte Verspätung haben. Sorgen bereitete ihm vor allem der neue ICE, den Hilde ihm zum Geburtstag geschenkt hatte. Für die nötigen Gleisbaumaßnahmen hatte ein Vorratsregal weichen müssen, was seine Frau bei der Auswahl des Geschenkes offenbar nicht bedacht hatte. In seine Überlegungen, ob die fahrplanmäßig zur Verfügung stehenden zwei Minuten für die Bewältigung der neuen Hochgeschwindigkeitstrasse entlang der Wand zum Heizungskeller wohl ausreichten, mischte sich ein unheilvolles, leises Knurren. Vom nordöstlichen Teil des Friedhofs drangen seltsame Geräusche herüber. Klostermann blieb unschlüssig stehen, glaubte zunächst, seine Nerven würden ihm einen Streich spielen. Dann hörte er sie wieder: Kaum lauter als der Wind drangen die Töne an seine Ohren. Sissis Knurren schwoll an, ging in zaghaftes Bellen über. „Ruhig, Sissi“, die Worte kamen nur brüchig über seine Lippen. Seine Knie zitterten, hektisch griff er nach dem Karabinerhaken. In dem Augenblick, als er den Dackel anleinen wollte, rannte dieser entschlossen auf den neuen Teil des Friedhofsgeländes und verschwand wenige Augenblicke später kläffend in der Dunkelheit. „Oh nein“, murmelte Klostermann weinerlich. Er starrte auf die Hundeleine in seiner Hand. Hilde würde es ihm nie verzeihen, wenn er ohne Sissi zurückkam. Für einen Moment schloss er die Augen, dann raffte er allen Mut zusammen und bog in den Friedhofsweg ein. Bäume und Sträucher hüllten die Grabsteine in dunkle Schatten. Aus dem hinteren Teil des Friedhofs hörte Klostermann seinen Hund, der unentwegt bellte. Das macht er nur, wenn er fremden Männern begegnet, schoss es ihm durch den Kopf. Plötzlich raschelte es hinter einem Grabstein zu seiner Linken. Sekunden später rannte ein Wiesel fast über seine Schuhe. Klostermann hielt sich die Brust, ein höllischer Schmerz durchfuhr seinen Oberkörper. Langsam ging er weiter. Kurz vor dem Ende des Weges vernahm er Männerstimmen. Sie wurden leiser, schienen sich zu entfernen. Klostermann blieb wie angewurzelt stehen, atmete in kurzen Zügen. Zwei Minuten später, die ihm wie Stunden vorkamen, hörte er nur noch den Wind. Vorsichtig ging er weiter, sah sich immer wieder in alle Richtungen um. Die Grabreihen an der angrenzenden Bahnlinie wurden weder von Sträuchern noch von Bäumen unterbrochen. Im fahlen Licht des Mondes erkannte er einen Erdhaufen. Davor lag Sissi und knabberte zufrieden an einem Stöckchen. Klostermann sah sich noch einmal um, bevor er den schmalen Weg betrat. Fassungslos stand er vor dem Grab. Er konnte kaum glauben, was er sah. Instinktiv griff er sich erneut an die Brust, atmete in kurzen Zügen. Er spürte kalten Schweiß auf der Stirn. Wie in Trance leinte er Sissi an und zog den Dackel mit schnellen Schritten hinter sich her.

Zu Hause angekommen, ließ er die Haustür hinter sich zufallen und plumpste auf die Treppe im Flur. Kalter Schweiß tropfte ihm von der Stirn. Den Blick ins Leere gerichtet, atmete er schwerfällig. Er hatte seine Frau nicht bemerkt, die in einen Bademantel gehüllt hinter ihm auf der Treppe erschien.

„Was ist das für ein Dreck? Ihr habt ja alles versaut!", polterte sie los. Nach einem Blick ins Gesicht ihres Mannes verstummte sie. Ewald Klostermann fingerte nervös an der Hundeleine. Der Blick seiner Frau wanderte unterdessen zu dem Hund. Sein Fell war fast flächendeckend mit feuchter Erde überzogen.

„Was hast du denn da, Sissi?"

„Ein Stöckchen", murmelte Ewald Klostermann teilnahmslos.

„Sieht aber eigenartig aus. Zeig doch mal der Mama, was du da hast, Sissilein."

Sofort stand Sissilein auf und legte die Beute schwanzwedelnd in ihre Hände. Hildegard Klostermann hatte ihre Brille nicht auf und hielt den Gegenstand dicht vor die Augen. Ihr Mund öffnete sich weit, sie wurde leichenblass.

„Das … das … ist eine Rippe."

02

Heinrichs Laune näherte sich dem Gefrierpunkt. Am Samstag war er mit seiner Mutter nach Duisburg gefahren, um bei einem skandinavischen Möbelanbieter einen Aktenschrank für ihr Büro zu kaufen. Zu Hause angekommen, musste er feststellen, dass seine Mutter beim Ausmessen den Umstand außer Acht gelassen hatte, dass sich Zimmertüren meist nach innen öffnen ließen. Nach dem Mittagessen war er abermals nach Duisburg gefahren und hatte den Schrank gegen ein schmaleres Modell getauscht. Als er ihn heute Morgen aufbauen wollte, fiel ihm das Fehlen der Türscharniere auf. Ein freundlicher Mitarbeiter erklärte ihm am Telefon, dass diese gesondert gekauft werden müssten. Immerhin ersparte ihm der Rat einer Verkäuferin, er solle doch auch passende Türgriffe mitnehmen, eine vierte Fahrt. Der Zusammenbau bereitete ihm keinerlei Probleme. Innerhalb kurzer Zeit waren Seitenteile, Boden und Decke miteinander verschraubt. Der bebilderten Anleitung folgend, hatte er das Möbelstück anschließend der Länge nach auf den Boden gelegt und mit Dutzenden kleiner Nägel die Rückwand befestigt. Als er ihn endlich zufrieden aufstellen wollte, bemerkte er sein Missgeschick: Weil zwischen Decke und Schrankoberkante lediglich ein Abstand von acht Zentimetern bestand, hätte er ihn stehend montieren müssen. Frustriert setzte Heinrich sich auf einen der Bistrostühle, die seine Mutter zusammen mit einem passenden Tisch für ihre Kunden angeschafft hatte, und faltete die Anleitung zusammen. Auf der Rückseite fiel ihm der fett gedruckte Hinweis ins Auge: „Vor dem Zusammenbau unbedingt den nötigen Mindestabstand von fünfzehn Zentimetern zur Decke beachten!".

Noch gestern hatte er sich fast ein wenig über die Abwechslung gefreut. Er fragte sich, wie andere Pensionäre mit der überschüssigen Zeit umgingen, wie sie die leeren Tage füllten. Im Sommer hatte er sich in die Gartenarbeit gestürzt. Das Ergebnis konnte sich durchaus sehen lassen. Seine Freundin Annette nannte die gepflegte Landschaft scherzhaft den Kamper Klostergarten im Miniaturformat. Im vorigen Monat stand dann die längst überfällige Renovierung seiner Wohnung an. Tapeten in mediterraner Farbgebung und der Austausch alter Eichemöbel gegen eine moderne Wohnlandschaft sollten nach Annettes Meinung seine Stimmung heben. Was tatsächlich zutraf, aber es löste nicht den Kern des Problems. Eine laute Männerstimme riss ihn aus den Gedanken. Offenbar hatte er die Türklingel überhört.

„Sie werden mir jeden Cent zurückzahlen, Frau Grimm! So etwas ist mir ja noch nie untergekommen. Eine Dreistigkeit sondergleichen ist das! Sie hören von mir!“

Kurz darauf trat seine Mutter laut schimpfend durch die offene Bürotür.

„Was bildet der sich ein? Gar nichts bekommt der zurück! Das wäre ja noch schöner.“

„Zufriedene Kunden sind die beste Werbung. War das nicht von dir?“

Über ihre Augen legte sich ein dunkler Schatten.

„Ich habe den Auftrag ordnungsgemäß ausgeführt. Was kann ich dafür, wenn seine Frau keinen Liebhaber hat?“

„Warum fordert er dann sein Geld zurück? Er müsste doch mit dem Ergebnis zufrieden sein.“

„Zufrieden? Der?“

Sie setzte sich zu ihm, beugte sich leicht über den runden Tisch und stützte die Ellenbogen auf.

„Das ist ein Schuft, wie er im Buche steht. Während er ein Detektivbüro damit beauftragt, seine Frau zu beschatten, trifft er sich mit seiner Geliebten!“

Unerwartet sprang sie wieder auf, kletterte umständlich über den am Boden liegenden Schrank zum Schreibtisch und kam mit einem Stapel Fotos zurück. Sie warf die Bilder derart schwungvoll auf den Tisch, dass einige über die Kante rutschten und auf den Boden fielen. Heinrich erkannte auf dem obersten Foto ein

Paar, das sich hinter zwei großen Eisbechern eng umschlungen küsste.

„Dabei hat er so eine liebe Frau. Die Gute hatte nicht die geringste Ahnung von den skrupellosen Machenschaften ihres Gatten. Ist das nicht furchtbar?“

„Moment … Du hast es ihr gesagt?“

Sie seufzte theatralisch, als halte sie die Frage für ausgesprochen naiv.

„Zuerst natürlich nicht. Ich bin ja nicht blöd und verschenke Geld. Ein paar Andeutungen haben aber schon gereicht, da hatte ich den Auftrag.“

„Sag mal, bist du jetzt total verrückt geworden?“

„Im Gegenteil. Der Björn, Friedas Ältester, studiert doch Betriebswirtschaft …“

„Ja, seit zwölf Jahren“, warf Heinrich trocken ein.

„Quatsch. Also, der Björn hat gesagt, man muss Kunden antiquieren, wenn man erfolgreich sein will.“

„Antiquieren?“

„Na ja, sich welche besorgen eben. Und das habe ich gemacht.“

„Aber du kannst doch nicht die Frau deines Auftraggebers als … als Doppeldetektivin, ich meine …“

„Wieso nicht, es gibt doch auch Doppelagenten.“

Heinrich schüttelte den Kopf. Er spürte einen inneren Drang, lauthals zu lachen. Dann fiel ihm ein, dass die Detektei immer noch auf seinen Namen angemeldet war.

„Du wirst dem Mann das Honorar zurückerstatten und dich bei ihm entschuldigen. Andernfalls melde ich das Gewerbe ab. Ich lasse mich von dir doch nicht zum Gespött der Leute machen!“

„Von wegen. Dem Kerl werde ich …“

In diesem Augenblick klingelte es einmal kurz an der Haustür. Gertrud Grimm schien nur darauf gewartet zu haben. Voller Elan stand sie auf.

„Da ist er wieder. Na warte, Bürschchen …“

Kaum hatte sie die Haustüre losgerissen, legte sie los.

„Sie mieser Schuft, Sie …" Ihre Stimme brach ab, als ihr Blick eine ältere Dame erfasste, die verunsichert an ihrer Jacke nestelte.

„Ähem … Ges… Gesdonk … Charlotte Gesdonk … Guten Tag, Frau Grimm."

Gertrud Grimm räusperte sich betreten.

„Guten Tag, Frau Gesdonk. Entschuldigung, aber ich hatte jemand anderen erwartet. Bitte kommen Sie herein."

Heinrich räumte die Fotos vom Tisch und bot Frau Gesdonk einen Stuhl an, nachdem die beiden Damen sich an der Wand entlang am Schrank vorbeigetastet hatten.

„Sie müssen entschuldigen. Eigentlich sollte mein Sohn längst mit der Arbeit fertig sein. Aber er ist halt auch nicht mehr der Jüngste, nicht wahr, Heinrich?"

Der Angesprochene presste die Lippen aufeinander. Nachdem sie sich begrüßt hatten, kam Charlotte Gesdonk zum Grund ihres Anliegens.

„Ich weiß, es klingt unglaublich. Vielleicht bilde ich mir das auch nur ein. Ich … nun … ich fürchte, man hat meinen Mann gestohlen."

Heinrich, der auf Wunsch seiner Mutter den Kaffeeautomaten bediente und währenddessen seine Rolle in der Detektei Grimm hinterfragte, drehte sich neugierig um.

„Sie meinen, man hat Ihren Mann entführt?", hakte Frau Grimm nach.

„Nein, das ist nicht mehr möglich. Mein Mann ist vor drei Monaten gestorben."

Die einsetzende Stille wurde nur gelegentlich vom Röcheln des Kaffeeautomaten unterbrochen, der die letzten heißen Tropfen in die Tassen spie. Während Heinrich den Kaffee servierte, wanderte sein Blick zu Charlotte Gesdonk. Der verzweifelte Ausdruck, die leise, ängstliche Stimme, ihre Nervosität, all das ließ keinen Zweifel an der Ernsthaftigkeit ihres Anliegens.

„Wie kommen Sie zu der Annahme, man hätte möglicherweise den Leichnam Ihres Mannes gestohlen?", fragte er leise.

„Mein Sohn und meine Schwiegertochter haben das Wochenende anlässlich ihres Hochzeitstages in Wien verbracht. Sie haben sich dort vor über zwanzig Jahren kennengelernt. Ich habe in Rheinberg auf das Haus und die Kinder aufgepasst, das mache ich seit dem Tod meines Mannes oft. Ich … habe ja sonst niemanden mehr. Was soll ich auch alleine hier in Wesel", sie wischte sich mit einem Taschentuch eine Träne aus dem linken Auge.

„Heute Morgen um halb acht klingelten Herr und Frau Klostermann bei mir, die Nachbarn von gegenüber. Herr Klostermann war völlig aufgelöst. Er war gestern Abend mit Sissi, ihrem Dackel, Gassi gegangen. Über den Friedhof, das macht er öfter. Dabei waren ihm seltsame Geräusche und Männerstimmen auf dem neuen Friedhofsteil aufgefallen. Er ist sofort hingegangen, um nach dem Rechten zu sehen. Die Männer waren ihm entwischt, aber", sie schluckte, „sie haben sich offensichtlich am Grab meines Mannes zu schaffen gemacht. Es war einen halben Meter tief ausgehoben, die Erde lag auf dem Nachbargrab …" Ihre Stimme versagte, sie weinte leise. Frau Grimm legte ihre Hand auf den Unterarm von Frau Gesdonk. Es dauerte eine Weile, bis sie weitersprechen konnte.

„Ich bin sofort zum Friedhof gelaufen. Hilde und Ewald … ich meine, das Ehepaar Klostermann hat mich begleitet. Auf den ersten Blick war alles wie immer. Nur eine Vase fehlte. Sie sah zwar wie eine teure Kupfervase aus, war allerdings kaum was wert. Herrn Klostermann war es sehr peinlich. Dann habe ich mir das Grab näher angesehen, und …" Sie bekam einen Hustenanfall. Frau Grimm klopfte ihr zaghaft auf den Rücken.

„Die Herbstmargeriten hatte ich auf die Seite meines Mannes gepflanzt. Es ist eine Familiengruft, damit wir irgendwann wieder zusammen sind, er mochte sie so sehr. Daneben, auf der anderen Seite, habe ich Hornveilchen eingesetzt. Das sind meine Lieblingsblumen."

Während sie zitternd die Kaffeetasse zum Mund führte und einen winzigen Schluck trank, fragte Heinrich sich, worauf sie eigentlich hinauswollte.

„Sie wurden vertauscht. Außerdem ist alles frisch geharkt und von Unkraut befreit. Das wollte ich heute machen. Mit den beiden Kindern wäre das zu anstrengend gewesen."

Heinrich runzelte die Stirn.

„Für den nächtlichen Vorfall habe ich keine Erklärung. Aber wäre es vielleicht möglich, dass die Friedhofsgärtnerei das Grab verwechselt hat?", wollte er wissen.

„Mitten in der Nacht?", kam seine Mutter ihrer neuen Klientin zuvor.

„Gestern, am späten Nachmittag, war ich mit meinen Enkelkindern noch am Grab. Da war alles wie immer. Bitte, können Sie herausfinden, was es damit auf sich hat? Das lässt mir keine Ruhe. Vielleicht gibt es ja für alles eine Erklärung … Aber ich muss es wissen, bitte."

Ihre Pupillen glänzten feucht im Schein der Deckenlampe.

„Selbstverständlich! Bei uns ist der Fall … ähem, ich meine natürlich Ihr Anliegen, in den besten Händen, Frau Gesdonk."

Heinrich fiel der lauernde Unterton in der Stimme seiner Mutter auf. Den hatte sie gewöhnlich nur dann, wenn sie einen Mordfall witterte. Er bemerkte den Block in ihrer Hand, auf dem nur noch wenige Seiten frei waren, und fragte sich, was sie während der Ausführungen ihrer Klientin notiert haben mochte. Besonders viele Fakten gab es jedenfalls nicht.

„Davon bin ich überzeugt. Deshalb habe ich mich auch an Sie gewendet. Eine Dame in Ihrem Alter und mit Ihrer Erfahrung bringt sicherlich das nötige Maß an Sensibilität auf. Außerdem habe ich es ja nicht weit zu Ihnen."

Heinrich konnte im letzten Augenblick verhindern, lauthals loszulachen.

„Ich habe selbstverständlich die Polizei verständigt", fügte Frau Gesdonk nach einer kurzen Pause an.

Über die Augen von Frau Grimm legte sich ein dunkler Schatten, so als habe ihre Kundin vorab die Konkurrenz informiert.

„Sie haben mich nicht ernst genommen. Sie sagten, ich solle

mich nicht so sehr aufregen und erst mal eine Nacht darüber schlafen.“

„Ha!“, jubilierte Frau Grimm. Dann bemerkte sie den erschrockenen Blick Frau Gesdonks. „Ich meine, das ist leider normal. Die Polizei möchte immer sofort Tatsachen und Beweise.“ Ihr Ton ließ vermuten, dass sie diese Bedingungen für ziemlich nebensächlich hielt. „Am liebsten ist es der Polizei, wenn man ihnen einen bereits aufgeklärten Fall präsentiert. Aber dafür haben Sie ja jetzt mich … ähem, ich meine uns. Also, zunächst einmal benötige ich Informationen zur entführten …“, sie räusperte sich, „ich meine, na ja, gestohlenen Person. Weshalb wurde Ihr Mann überhaupt in Rheinberg beerdigt, wenn Sie doch in Wesel wohnen?“

„Mein Mann war Professor für praktische Theologie mit dem Spezialgebiet Homiletik, das bedeutet Predigtlehre, an der Kirchlichen Hochschule in Wuppertal. Vor acht Jahren ließ er sich emeritieren. Aber gar nichts mehr zu machen, damit konnte er sich nicht abfinden. Kurz darauf erfuhr er, dass die evangelische Kirchengemeinde in Rheinberg dringend Hilfe benötigte. Der damalige Pfarrer Lescheck musste aufgrund gesundheitlicher Probleme kürzertreten. Mein Mann hat sofort seine Hilfe angeboten. Er hat Beerdigungen übernommen, Gottesdienste geleitet, die Frauenhilfe unterstützt und vieles mehr. Es sollte nur eine Übergangslösung sein, aber dann wurden einige Jahre daraus. Weil es für meinen Mann unzumutbar war, regelmäßig den weiten Weg auf sich zu nehmen und wir das Diensthaus auf der Hardt in Wuppertal nach seiner Emeritierung ohnehin verlassen mussten, sind wir nach Rheinberg gezogen. Das war auch für mich sehr schön. Ich bin in Wesel aufgewachsen, meine Eltern lebten hier. Als sie vor zwei Jahren kurz nacheinander verstarben und ich das Haus in Fusternberg erbte, zogen wir nach Wesel. Für die Grabstätte auf dem Sankt-Anna-Friedhof haben wir uns entschieden, weil unsere Kinder und Enkel ganz in der Nähe leben. Wir wollten ihnen keine großen Umstände bereiten.“

Ein Leben im Zeichen des Glaubens und der christlichen Nächstenliebe. Kaum vorstellbar, dass dieser Mensch Feinde hatte, dachte Heinrich. Obwohl er wusste, dass gerade die oberflächlich stillen Wasser tiefe Abgründe in sich bergen konnten, suchte er nach einer glaubwürdigen Lösung, fern jeglichen Verbrechens. Seine Mutter hatte inzwischen die schriftliche Aufarbeitung der Aussage beendet und sah ihre Klientin tatendurstig an.

„Gut. Dann bräuchte ich noch die Anschrift des Zeugen Klostermann. Und natürlich Ihre Daten."

Nachdem Frau Grimm sich alles notiert hatte, begleitete sie Frau Gesdonk zur Tür. Heinrich nutzte die Gelegenheit und blätterte in den Aufzeichnungen seiner Mutter. Es handelte sich um eine Art To-do-Liste: Zeugenbefragung Klostermann – Umfeldermittlung Opfer – Suche nach möglichem Tatmotiv. Kopfschüttelnd legte er den Block zurück.

03

„Das ist wieder typisch. Wenn man sie mal braucht, kann man stundenlang warten. Aber den halben Tag leer durch die Gegend fahren!“ Wütend klatschte sie den Busfahrplan auf den Küchenschrank. Ihr Sohn hatte sich zu allem Überfluss auch noch mit Annette in der Stadt verabredet. Aber sie hatte ohnehin vor, die wichtige erste Zeugenbefragung alleine durchzuführen. Denn genau diese erste Zeugenbefragung diente als Basis der Ermittlungen und erforderte ein Höchstmaß an Aufmerksamkeit und Sensibilität, wie sie wusste. Ermittlungsrelevante Details äußerten sich oft in scheinbar unbedeutenden Nebensätzen und Gesten. Ob das auch für den Hund des Zeugen galt? Sollte sie Herrn Klostermann bitten, sie mit dem Dackel zum Tatort zu begleiten, um möglicherweise den Fluchtweg der Täter zu rekonstruieren? Während Frau Grimm auf das Taxi wartete, blätterte sie in dem „Handbuch der Kriminalistik“ auf der Suche nach Antworten.

Eine halbe Stunde später hielt der Taxifahrer vor dem gepflegten Vorgarten der Familie Klostermann in der Geheimrat-Schmitz-Straße in Rheinberg-Annaberg. Ihre Bemühungen, den Fahrpreis von fast 27 Euro herunterzuhandeln, blieben erfolglos. Immerhin hatte der Fahrer ihr zugesichert, für die Rückfahrt den halben Fahrpreis zu kassieren, wenn diese innerhalb der nächsten zehn Minuten erfolge.

Viermal hatte sie den Klingelknopf bereits betätigt. Vielleicht hätte ich meinen Besuch telefonisch ankündigen sollen, dachte sie. Während ihr Arm sich erneut Richtung Türklingel bewegte, öffnete sich die Tür nebenan und eine Dame mittleren Alters, in Jeans und Pullover gekleidet, musterte sie misstrauisch.

„Wir kaufen nichts.“

Für eine Sekunde war Gertrud Grimm irritiert.

„Ich wollte zu Familie Klostermann", entgegnete sie mit einem aufgesetzten Lächeln.

„Die kaufen auch nichts."

Frau Grimm wühlte umständlich in ihrer Handtasche und kramte schließlich eine Visitenkarte hervor.

„Mein Name ist Grimm, Gertrud Grimm. Ich komme von der Detektei Grimm und Sohn", flüsterte sie und überreichte der verdutzten Nachbarin die Karte. „Es handelt sich um eine sehr brisante Angelegenheit. Können Sie mir sagen, wo ich die Familie Klostermann erreichen kann?"

Die Nachbarin zog die Augenbrauen hoch und begutachtete die Visitenkarte eingehend. Zwischendurch bedachte sie ihr Gegenüber mit einem prüfenden Blick. Frau Grimm glaubte zu spüren, wie sie in der Achtung der Dame stieg.

„Tja. Ist schon schlimm heutzutage mit den niedrigen Renten. Hoffentlich enden wir nicht auch mal so. Aber bei der Regierung …" Sie machte eine wegwerfende Handbewegung. „Die Klostermanns sind im Garten, die Kübelpflanzen in den Keller bringen. Ich sage mal Bescheid."

Bevor Frau Grimm etwas zu ihrer Verteidigung erwidern konnte, verschwand die Frau im Haus. Eine knappe Minute darauf vernahm sie lautes Bellen im Flur, gefolgt von schlurfenden Geräuschen. Im Glas der Haustür spiegelte sich ihre verärgerte Miene. Sie bemühte sich um einen souveränen Ausdruck.

„Guten Tag, Frau Grimm. Wir haben Sie schon erwartet. Frau Gesdonk hat uns von Ihnen erzählt."

Ewald Klostermann trug einen dunkelgrünen Arbeitsanzug. Die Jacke spannte sich um seinen ausladenden Bauch, die Hose endete am Saum der grauen Wollsocken. Die wenigen verbliebenen Haare waren nach hinten gekämmt und schienen dort wie festgeklebt. Hastig zog er die klobigen Arbeitshandschuhe aus, bevor er ihr die Hand reichte. Den Dackel zwischen die Knöchel geklemmt, geriet er kurz ins Stolpern. Halb gebückt machte er mit kleinen Tippelschritten den Weg frei. Die einladende Armbewegung, mit der er die Besucherin hereinbat, endete im Gesicht seiner Frau.

„Und Sie haben die Stimmen nicht erkannt?"

Ewald Klostermann hatte ausschweifend über sein Erlebnis berichtet. Gertrud Grimm glaubte einen Anflug von Stolz herauszuhören. Wollte man der Version des pensionierten Bahnbeamten Glauben schenken, so hatte seine bloße Anwesenheit die Männer in die Flucht geschlagen.

„Nein", antwortete der Hausherr wahrheitsgemäß.

„Mit solchen Leuten pflegen wir auch keinen Umgang", bestätigte seine Frau.

„Es waren aber mindestens zwei. Das habe ich an den Stimmen erkannt", merkte Ewald Klostermann noch an. Mit einem Satz sprang der Dackel unvermittelt auf das Sofa und machte es sich neben der Detektivin gemütlich.

„Sissi!", keifte Frau Klostermann. „Siehst du denn nicht, dass wir Besuch haben? Sie müssen entschuldigen, das ist sonst sein Platz. Gehst du da runter!"

„Lassen Sie mal, Frau Klostermann. Das macht mir nichts. Wir hatten früher Pferde. Herr Klostermann, Sie sagten, das Grab sei zur Hälfte ausgehoben gewesen. Was war mit der Grabbepflanzung? Laut Aussage von Frau Gesdonk befand diese sich am nächsten Morgen wieder dort, als sei nichts geschehen."

Ewald Klostermann kaute nachdenklich auf der Unterlippe. Darüber hatte er nicht nachgedacht. Angestrengt versuchte er, sich die Bilder des Abends ins Gedächtnis zu rufen. Plötzlich hellte sich seine Miene auf.

„Stimmt. Dass ich das vergessen konnte! Das gibt es ja nicht."

Verschwörerisch beugte er sich vornüber und senkte die Stimme.

„Die gesamte Bepflanzung lag fein säuberlich auf dem Nachbargrab. Im ersten Augenblick ist es mir gar nicht aufgefallen. Ich wollte mich gerade umdrehen, da habe ich mich gewundert. Ich dachte noch, weshalb liegen die Blumen nicht bei dem Erdhaufen, auf der anderen Seite?“

Es sollte niemandem auffallen. Alles sollte so aussehen wie immer. Vermutlich haben die Täter vorher ein Foto gemacht und das Grab anschließend spiegelverkehrt bepflanzt, dachte Frau Grimm. Gedankenverloren streichelte sie Sissis Bauch. Etwas, das sie dort nicht erwartet hatte, ließ sie erschrocken die Hand zurückziehen. Entsetzt betrachtete sie ihre feuchten Finger. Herrn Klostermann schien die Situation peinlich.

„Das … das hätte ich Ihnen vielleicht sagen sollen. Sissi ist ein Rüde. Eigentlich heißt er Querulant Graf vom Angerbachufer. Aber der Name gefiel uns nicht so richtig.“

„Wir hatten sechzehn Jahre eine Dackelhündin mit dem Namen Sissi“, übernahm seine Frau, „ich konnte mich einfach nicht umstellen. Irgendwann hat er darauf gehört. Tja, seitdem heißt er Sissi.“

„Eigentlich Sissi der Zweite“, berichtigte ihr Mann.

„Sissi der Zweite“, wiederholte Frau Grimm und sah den Dackel argwöhnisch an. „Hat er sich gestern Abend vielleicht ungewöhnlich verhalten?“

„Nein, überhaupt nicht. Der Sissi ist ein richtiger Playboy. Frauen gegenüber zeigt er immer seine Schokoladenseite. Aber sobald er fremden Männern begegnet, knurrt er. Und gestern Abend auf dem Friedhof hat er geknurrt. Schon von Weitem. Und dann ist er losgerannt. Sissi hat die Männer vertrieben, bevor ich sie stellen konnte.“

„Zum Glück“, seine Frau hob mahnend den Zeigefinger, „wer weiß, was das für Ganoven waren. Die schrecken ja heutzutage vor nichts mehr zurück. Nicht einmal vor den Toten …“ Sie stockte mitten im Satz, stand auf und eilte aus dem Zimmer. Frau Grimm sah ihr verwundert hinterher. Mit einem in Zeitungspapier eingewickelten Gegenstand kam Frau Klostermann wenig später zurück.

„Das hätten wir beinahe vergessen.“ Sie überreichte Frau

Grimm das Paket. Vorsichtig wickelte diese das Papier ab und entnahm ihm den bleichen Knochen.

„Das ist eine Rippe, die hat Sissi mitgebracht. Ist das nicht schrecklich?"

Gertrud Grimm hielt die Rippe gegen das einfallende Licht. Kratz- und Bissspuren waren deutlich zu erkennen. An einigen Stellen lag das Knochenmark frei.

„Sagen Sie, Frau Grimm", Frau Klostermann klang verunsichert, „Herr Gesdonk ist doch erst vor wenigen Monaten gestorben. Da kann er ja noch nicht … ich meine, glauben Sie, Sissi hat die Rippe … nun, ähem, abgenagt?"

Ewald Klostermann zuckte bei dem letzten Wort zusammen. Mit einer Mischung aus Angst und Ekel sah er seine Frau an.

„Nein, keine Sorge, Frau Klostermann. Die Rippe wird vom Vormieter … Verzeihung, von jemand anderem sein. Nichtsdestotrotz handelt es sich um ein Beweisstück, welches der weiteren Sicherstellung durch meine Person bedarf."

Hilde Klostermann warf ihrem Mann einen fragenden Blick zu, dann nickte sie. Gertrud Grimm verstaute das Beweisstück in ihrer kleinen Handtasche, aus der es zur Hälfte herausragte, und verabschiedete sich. An der Haustür überreichte sie der Gastgeberin eine Visitenkarte.

„Rufen Sie mich bitte an, wenn Ihnen noch etwas einfällt."

Ewald Klostermann schob sich räuspernd in den Türrahmen neben seine Frau.

„Meinen Sie, ich war Zeuge eines Verbrechens?", flüsterte er.

Frau Grimm sah sich um, trat danach ganz dicht an das Ehepaar heran.

„Ich glaube nicht, dass Friedhofsgärtner Nachtschicht machen."

Als der Taxifahrer sie bemerkte, warf er die Zeitung auf den Beifahrersitz und startete den Motor. Frau Grimm öffnete die Fahrertür.

„Da sind Sie ja.“ Der Fahrer sah demonstrativ auf seine Armbanduhr. „Also mit dem halben Preis für die Rückfahrt ist jetzt Essig. Können wir dann wenigstens? Ich habe eine Anschlussfahrt reinbekommen.“

„Gleich, ich muss nur noch kurz zum Friedhof. Warten Sie bitte vor dem Haupteingang auf mich, ich nehme den Fußweg dort. Und über den Preis reden wir noch.“

Sie deutete auf den Maria-Kann-Weg, über den Ewald Klostermann am Vorabend zum Friedhof gelangt war. Kopfschüttelnd fuhr der Taxifahrer los.

04

Der Novemberregen hatte die Gerüche der Stadt aufgenommen und mit sich gezogen auf seinem Weg ins Erdreich. Nur die süßlich feucht riechende Luft und das Sirren der Autoreifen auf dem nassen Asphalt der Annastraße erinnerten noch an ihn. Der Wirtschaftsbereich des bis zur Bahntrasse reichenden Annafriedhofs wurde durch Bäume und Strauchwerk vor den Blicken der Besucher abgeschirmt.

„Jemand muss sie überrascht haben."

Polizeioberkommissar Bartschneider bog ein Stück der durchtrennten Metallstäbe zur Seite. Die Schnittstelle glänzte silbrig. Er sah sich um. Einige Meter weiter endete der einspurige Weg an einem Tor. Auf dem feuchten Boden befanden sich mehrere Fußabdrücke. Daneben lag ein Leinenbeutel mit dem Schriftzug „Deutsche Bundespost" und einem aufgedruckten, leicht verblassten schwarz-rot-gelben Längsstreifen. Der Oberkommissar beugte sich herunter, inspizierte das Türschloss. Kleine Kratzer und Einkerbungen waren erkennbar. Bartschneider bog den Rücken durch, massierte nachdenklich sein Kinn.

„Weshalb wollten sie hier durch? Dort drüben kommen sie doch viel bequemer und schneller vom Friedhof", meinte Kevin Manthey und deutete in Richtung des asphaltierten Weges, der die beiden Friedhofsteile trennte und den Fußgänger und Radfahrer gerne als Abkürzung nutzten, um von der Annastraße in den benachbarten Ortsteil Annaberg zu gelangen. Fragend sah er den zehn Jahre älteren Kollegen an.

„Zu viel Verkehr. Sobald die ihre Sachen zusammenhaben, simsen sie ihren Kumpel an. Der fährt an den Zaun, Klamotten rein, und ab. So läuft das heutzutage."

„Oder auch nicht." Mantheys ausgestreckter Arm senkte sich und verharrte eine Handbreit über dem Postsack.

Bartschneider bückte sich, griff in den Beutel. Der Stoff war mit Wasser vollgesogen. Er fragte sich, warum die Post die ihnen anvertrauten Sendungen nicht besser gegen Feuchtigkeit schützte. Dann zog er eine ungefähr dreißig Zentimeter große Figur hervor. Die schlanke Frau mit Umhang und Kopftuch hielt die gefalteten Hände zum Gebet vor die Brust. Ihr Gewicht schätzte er auf mindestens fünf Kilo. Farbe und Struktur deuteten darauf hin, dass die Figur aus massiver Bronze bestand. Der Oberkommissar griff erneut in den Postbeutel und beförderte eine Vase zutage. Es handelte sich um ein Kupferimitat, die Farbe war an einigen Stellen abgeblättert. Bartschneider wunderte sich. Nach und nach stellte er das Diebesgut auf eine Grasfläche, die wie eine Insel aus dem Laub ragte. Viele der Gegenstände waren völlig wertlos, stellte Bartschneider fest. Auf der Unterseite eines Grablichtes befand sich ein Aufkleber mit der verwischten Aufschrift „Made in Hongkong".

„Das ist doch alles Murks", entfuhr es ihm kopfschüttelnd. „Die Beute ist wahllos zusammengeklaut und wird auch noch liegen gelassen. Der Zaun wird, offensichtlich mit einem Bolzenschneider, nur halb geöffnet. Warum nicht ganz? Und was sollen die Versuche am Torschloss?"

Manthey zuckte die Schultern.

„Sieht nach Junkies aus. Die denken nur bis zum nächsten Schuss", bemerkte er mit ratlosem Unterton.

„Junkies?" Bartschneider schüttelte den Kopf. „Junkies sind auf schnelle Kohle aus. Das Zeug kannst du nicht beim nächsten Schrotthändler versilbern."

„Und wenn sie einen Auftraggeber haben?"

„Diese Dilettanten? Glaube ich nicht."

Benedikt Bachus räusperte sich. Der Pfarrer der evangelischen Kirchengemeinde hatte am Morgen die Schäden bemerkt und die Polizei verständigt.

„Wenn ich meine Meinung äußern dürfte? Ich halte die Tat für einen Übergriff von Jugendlichen. Es kommt leider immer öfter zu solchen Vorfällen. Wie Sie wissen, leben wir am Rande eines sozialen Brennpunkts." Er zeigte mit dem ausgestreckten Arm auf eine Siedlung jenseits des Bahnüberganges. „Es fing mit Graffiti an, später wurden Abfalltonnen angezündet. Dies hier ist nur eine neue Variante. Der Jugend fehlt der gesellschaftliche Halt. Sie wachsen ohne die nötigen Werte auf. Im Grunde genommen sind sie die eigentlichen Opfer. Wir versuchen sie innerhalb der Gemeinde mit speziellen Programmen aufzufangen. Aber leider konnten wir bislang noch nicht die erhofften Erfolge erzielen."

Bartschneider atmete tief durch. Seine Gedanken flogen drei Jahre zurück. Es war ein herrlicher Frühsommerabend. Dicht gedrängt standen die Menschen beim Rheinberger Stadtfest auf dem Marktplatz. Am Rande grölte eine Handvoll Jugendlicher. Einem Vierzehnjährigen hatte er die Wodkaflasche abnehmen wollen. Er hörte nur „Scheißbulle", dann klatschte ihm die warme Mischung aus Schnaps und Orangensaft ins Gesicht, er spürte, wie seine Uniform nass wurde, hörte das hämische Lachen der Jungen. Bevor seine Gedanken mahnend eingreifen konnten, landete seine rechte Hand schallend an der Wange des Anführers. Die Mutter des Jungen stand mit einer Bierdose in der Hand und einer Kippe im Mundwinkel daneben. Anzeige – Disziplinarverfahren – fünf Jahre Beförderungsstopp und tausend Euro für die Jugendhilfe. *Die eigentlichen Opfer* – Bartschneider ballte die rechte Hand so stark zusammen, dass die Knöchel weiß hervortraten.

„Haben Sie einen speziellen Verdacht?", durchbrach Manthey seine Gedanken.

„Nein." Pfarrer Bachus stieß seinen Atem aus. „Ich möchte auch niemanden verdächtigen. Ich bin nur der Ansicht, dass es sich um einen Fehltritt von Jugendlichen handelt. Wir sind als Gesellschaft gefordert, uns von höchster Sensibilität leiten zu lassen. Man darf nicht außer Acht lassen, dass diese Menschen noch ihr ganzes Leben vor sich haben. Immerhin sollen sie ja mal die Stütze unserer Gesellschaft werden."

„Amen", entfuhr es Bartschneider. Als er die entgleitenden Gesichtszüge seines Gesprächspartners bemerkte, sah er sich zu einer Erklärung genötigt.

„Diebstahl, Sachbeschädigung und Vandalismus gehen weit über einen Jugendstreich hinaus, Herr Bachus. Ich habe Verständnis dafür, dass Sie sich für Ihre Schäfchen einsetzen, aber es gibt immer noch Gesetze, die es zu beachten gilt."

Er rechnete mit Widerstand. Stattdessen nickte der Geistliche resigniert.

„Sie haben ja recht. Bleibt wohl nur, uns in Zukunft noch mehr auf die Sozialarbeit zu konzentrieren. Falls Sie mich nicht mehr benötigen, meine ... Schäfchen warten."

Inzwischen hatte ein Team der Kriminaltechnik die Arbeit aufgenommen. Sie sicherten Fingerprints am Torpfosten, nahmen Gipsabdrücke der Fußspuren und tüteten zwei in der Nähe des Zauns gefundene Zigarettenstummel ein. Bartschneider und Manthey hatten ihren Rundgang über den alten Teil des Friedhofs beendet und sahen den Kollegen gelangweilt zu. Als diese sich dem Türschloss widmen wollten, trat eine ältere Dame zwischen sie. Niemand hatte ihr Kommen bemerkt.

„Guten Tag, die Herrschaften. Mein Name ist Grimm. Gertrud Grimm. Ich bin Detektivin und derzeit mit dem Todesfall Gesdonk beauftragt. Wenn Sie mit dem Sichern der falschen Spuren fertig sind, möchte ich Sie bitten, mich zum Tatort zu begleiten."

Für einen Augenblick verstummten alle Gespräche. Verunsicherte Blicke machten die Runde. Bartschneider wollte laut loslachen, beherrschte sich aber im letzten Augenblick. Er beschloss, die Angelegenheit mit Humor zu nehmen. Mit einer angedeuteten Verbeugung reichte er der Seniorin die Hand.

„Guten Tag, Gnädigste. Mein Name ist Bartschneider. Eugen Bartschneider. Ich bin Polizeioberkommissar und derzeit mit dem Raubfall Annafriedhof betraut. Hätten Sie vielleicht die Güte, uns mitzuteilen, was Sie zu der Vermutung kommen lässt, dass es sich im vorliegenden Fall um falsche Spuren handeln könnte?"

Dabei zeigte er ihr ein breites Grinsen. Gertrud Grimm atmete tief durch. Sie konnte es nicht ausstehen, wenn man sich über sie lustig machte. Vor einer Stunde hatte sie die Polizisten kommen sehen, die Arbeit am Grab unterbrochen und sich unauffällig an ihre Fersen geheftet. Nur weil sie mit interessanten Ermittlungsdetails rechnete, hatte sie sich überwunden, nicht sofort aus dem Schatten der schützenden Sträucher zu treten. Das aus ihrer Sicht äußerst stümperhafte Vorgehen der Ordnungshüter forderte ihr währenddessen ein Höchstmaß an Zurückhaltung ab. Damit war nun Schluss.

„Wie Sie vorhin ganz richtig bemerkt haben, wäre es für die Diebe ein Leichtes gewesen, das Friedhofsgelände über den Hauptweg zu verlassen. Gut, sie könnten gestört worden sein. Aber hätten sie dann die Zeit gehabt, ein Loch in den Zaun zu schneiden oder das Schloss des Tores zu knacken? Noch dazu eines Tores, das gar nicht verschlossen ist?"

Durch das Teleobjektiv ihrer neuen Digitalkamera hatte sie erkennen können, dass der Schließzylinder nicht ausgefahren war. Manthey reagierte als Erster. Mit drei schnellen Schritten war er am Tor, drückte die Klinke herunter und öffnete es. Bartschneider sah wortlos zu.

„Wie Sie sehen", fuhr Gertrud Grimm eine Nuance zu lässig fort, „sind die Spuren augenscheinlich bewusst gelegt worden, um die Polizei zu täuschen. Dass Sie darauf hereingefallen sind, zeigt allenfalls den Grund, weshalb Sie in Ihrem Alter noch Oberkommissar sind, Herr Bartschneider."

Das Lächeln war längst verflogen. Bartschneiders erhöhter Blutdruck sorgte für eine leichte Rotfärbung im Gesicht.

„Jetzt werden Sie mal nicht frech, Frau Grimm! Im Übrigen handelt es sich um Sachbeschädigung. Auch dieser Tatbestand macht eine Spurensicherung erforderlich. Und jetzt möchte ich Sie bitten …"

„Schon gut", fiel sie ihm ins Wort. „Wenn Sie mich nun bitte zum richtigen Tatort begleiten würden?"

Frau Grimm drehte sich um und eilte beherzt über den Wirtschaftsweg davon.

„Was für ein richtiger Tatort?", rief Bartschneider ihr hinterher. Da er hier nicht mehr gebraucht wurde, folgte er der Seniorin. An der Abbiegung neben dem Berg mit der Komposterde holte er sie ein. Unterwegs zum Familiengrab der Gesdonks klärte sie ihn flüchtig auf.

„Der vermeintliche Raub war nicht die einzige Begebenheit in der letzten Nacht. Ich vermute sogar, dass es sich dabei um ein Ablenkungsmanöver handelte."

„Ablenkungsmanöver? Ich fürchte, ich kann Ihnen nicht ganz folgen, Frau Grimm."

Ein gebückt gehender Greis mit einem Spazierstock kam ihnen entgegen und grüßte freundlich. Frau Grimm wartete mit der Antwort, bis der Senior außer Hörweite war. Bartschneider zupfte ungeduldig an seinem Ärmel. Dann sprach sie leise weiter, den Blick unablässig geradeaus gerichtet. Bartschneider musste näher an sie herantreten.

„Gegen 22 Uhr haben Unbekannte – laut Zeugenaussage handelte es sich um mindestens zwei Männer – das Grab von Gisbert Gesdonk ausgehoben."

Bartschneider blieb abrupt stehen.

„Was? Sind Sie sicher? Ich meine, warum sollte jemand das tun?", rief er. Frau Grimm führte ihren Zeigefinger an den Mund.

„Das werde ich herausfinden. Aber bitte, wenn Sie mir nicht glauben, überzeugen Sie sich selbst."

Bartschneider traute seinen Augen nicht. Auf dem Grab, auf dem Weg und sogar einige Meter weiter an der nächsten Gabelung steckten kleine schwarze Papptafeln in der Erde, die mit einem weißen Stift durchnummeriert waren. Während er ratlos die Szenerie betrachtete, zog Frau Grimm einen Plastikbeutel aus der Handtasche.

„Das sind Beweisstücke vom Tatort. Darauf dürften sich reichlich Spuren befinden."

Bartschneider nahm den Plastikbeutel und betrachtete den Inhalt. Neben einem zerknüllten Papiertaschentuch enthielt er noch einen Sektkorken und eine Haarspange. Das wichtigste Beweisstück aber hatte Frau Grimm unter ihrem Mantel verborgen. Die Rippe war praktisch ihr Ass im Ärmel. Diesen Trumpf wollte sie nicht voreilig ausspielen. Bartschneiders Augen flogen über das akkurat hergerichtete Grab.

„Sagten Sie nicht, man hat dieses Grab ausgehoben? Danach sieht es aber nicht aus."

„Selbstverständlich nicht." Sie verdrehte die Augen. „Das wäre ja sofort aufgefallen. Fast wären die Täter damit durchgekommen, wenn sie nicht diesen entscheidenden Fehler gemacht hätten."

„Und der wäre?", fragte Bartschneider betont gelangweilt.

„Hornveilchen." Ihre Augen blinzelten ihn verschwörerisch an.

„Wie bitte?"

„Nun, sie haben das Grab zwar wieder ordentlich hergerichtet, allerdings spiegelverkehrt. Sehen Sie dort!" Sie wedelte mit dem Arm über zwei Blumen herum. „Da hätten wir zunächst Spur eins, ‚Herbstmargeriten' auf der linken Seite. Dann Spur zwei, ‚Hornveilchen' auf der rechten Seite. Gepflanzt hat die Witwe die Blumen aber genau andersherum. Und das bereits vor etlichen Monaten. Sie waren also längst im Erdreich verwurzelt – was nun natürlich nicht mehr der Fall ist."

Frau Grimm bückte sich und zog ein Hornveilchen mühelos aus der lockeren Erde.

„Aha. Und welche Bedeutung hat Spur drei?" Der Polizist deutete auf ein Papptäfelchen auf einer freien Fläche des Grabes.

„Das ist die Spur ‚Geharkte Erde'. Man könnte auch sagen: unkrautfreie Erde, denn genau das wuchs dort bis gestern noch. Frau Gesdonk wollte das Grab heute ordentlich herrichten."

„Hier steckst du. Ich habe dich überall gesucht. Wir sind fertig."

Der Kommissar hatte seinen Kollegen nicht kommen hören.

Manthey zeigte auf das Pappschild mit der Nummer drei. „Was ist das denn?"

„Ach das", antwortete Bartschneider amüsiert, „das ist die Spur ‚Geharkte Erde'."

„Bitte?" Manthey runzelte die Stirn.

„Unsere Meisterdetektivin hat einen Toten entdeckt. Mitten auf dem Annafriedhof. Ist das nicht mysteriös? Die Spuren beweisen eindeutig, dass jemand den Todesfall vertuschen wollte. Verständige doch bitte die Spurensicherung. Möglicherweise gibt es hier noch mehr Gräber, auf denen geharkt wurde."

Frau Grimms Augenlider zuckten nervös. Ihr ohnehin nur marginal vorhandener Respekt gegenüber den beiden Uniformierten sank auf den Nullpunkt. Höchste Zeit, das Ass aus dem Ärmel zu ziehen. Sie wickelte das Papier zur Hälfte herunter und hielt den beiden die Rippe wie einen Blumenstrauß entgegen.

„Und was ist das?", fragte sie triumphierend.

Bartschneider sprang reflexartig einen halben Schritt zurück.

„Ich nehme an, Spur sieben, ‚Brennholz' ", der Satz ging in lautem Gelächter unter.

„Spur sieben, ‚Rippe', wenn schon. Menschliche Rippe übrigens. Sichergestellt gestern Abend, quasi während der Tat, durch Sissi den Zweiten. Das ist der Dackel des Zeugen Klostermann. Finden Sie es etwa auch normal, dass menschliche Rippen auf den Gräbern liegen?"

Ein junges Pärchen blieb erschrocken auf dem Hauptweg stehen und sah verwundert herüber. Die Polizisten tauschten einen Blick.

„Sissi der Zweite", murmelte Bartschneider, „und eine menschliche Rippe, soso. Tja … also, Frau Grimm, wir müssen dann mal wieder. Die Spurensicherung benötigen Sie ja nicht mehr."

Manthey hielt sich prustend die Hand vor den Mund.

„Vielleicht gehen Sie noch auf einen Kaffee in die Stadt. Im Sahnehäubchen soll es sehr gemütlich sein."

Er reichte ihr die Hand. Frau Grimm stemmte nur wütend die Arme in die Hüften. Im Weggehen flüsterte Bartschneider seinem Kollegen zu: „Frag mal in der Zentrale nach, ob irgendwo eine verwirrte Oma entlaufen ist."

„Ich habe noch sehr gute Ohren, meine Herren!"

Wütend verstaute Frau Grimm die Rippe und sammelte die Papptäfelchen ein. Danach lief sie an der Reihe entlang bis zum Querweg. Einige Schritte weiter, neben einem kleinen Gebüsch, blieb sie stehen und schoss ein Foto, auf dem das Grab und die nähere Umgebung abgebildet waren. Plötzlich spürte sie warmen Atem in ihrem Nacken. Sie fuhr herum und erschrak. Dicht vor ihr stand ein hagerer Mann, Mitte dreißig, soweit sie es auf den ersten Blick schätzen konnte. Sein Gesicht war eingefallen, die Wangenknochen deutlich erkennbar. Eine Strähne seiner dunkelblonden Haare fiel ihm über die Stirn. Die kleinen graublauen Augen lagen in tiefen Höhlen, der Blick wirkte hart und kalt wie Stahl. Über seine linke Wange breitete sich ein tätowiertes Spinnennetz aus. Im Winkel der darüberliegenden Augenhöhle zeichneten sich Beine und Gesicht einer schwarzen Spinne ab. Kaum hatte Frau Grimm ihre Nerven wieder im Griff, drehte der Mann sich wortlos um und verschwand.

05

Gertrud Grimm hatte sich auf dem Parkplatz vor dem rot geklinkerten Gebäude der Weseler Polizei absetzen lassen. Der Weseler Taxifahrer war ohne sie zurückgefahren, sie hatte sich ein neues Taxi bestellen müssen. Nachdem die Aufregung über den, wie sie fand, exorbitant hohen Fahrpreis abgeklungen war, teilte ihr der Wachhabende mit, dass sich im gesamten KK1 niemand mehr im Dienst befand. Verärgert trat sie den Heimweg an. Damit sie abseits des Verkehrslärms der Reeser Landstraße in Ruhe ihre weitere Vorgehensweise planen konnte, nahm sie einen kleinen Umweg über die Monschauer und Diersfordter Straße. In Gedanken ging sie noch einmal die bisherigen Fakten durch. Dass jemand das Grab ausgehoben hatte, hielt sie für unstrittig. Der offensichtlich fingierte Friedhofsraub bestätigte zudem noch etwas: Die Täter hatten Ewald Klostermann bemerkt, sie waren in Zugzwang geraten, wollten die Tat vertuschen. Über allem stand jedoch die Frage nach dem Warum. Welches Geheimnis hatte Gisbert Gesdonk mit ins Grab genommen? Die einzige Möglichkeit, das herauszufinden, lag darin, die Leiche wieder auszugraben. Dieser Umstand zog die bittere Erkenntnis nach sich, dass sie wieder einmal auf die Mitarbeit der Polizei angewiesen war. Nach zehn Minuten hatte sie das Haus an der Jülicher Straße erreicht. Als sie den Mantel an die Garderobe hängen wollte, fiel die Rippe klackernd auf die Fliesen im Flur. Mit dem Beweisstück in der Hand blieb sie einen Augenblick nachdenklich stehen. Dann beschloss sie, in die Offensive zu gehen.

Annette und Heinrich saßen beim Abendbrot. Erschrocken fuhren sie herum. Wie üblich hatte Frau Grimm nicht angeklopft.

„Herzlich willkommen in der Wohnung deines Sohnes“, begrüßte Heinrich sie mit zynischem Unterton. Gertrud Grimm ging nicht auf den Kommentar ein. Stattdessen schob sie mit links den Aufschnittteller samt Brotkorb beiseite und reckte schwungvoll den rechten Arm über den Tisch. Mit dem zum Griff gefalteten Papiertaschentuch am unteren Ende wirkte der gebogene Knochen wie die Karikatur eines Samuraischwertes. Voller Stolz wedelte sie damit vor den Gesichtern ihres Publikums herum. Ohne eine Reaktion abzuwarten, zog sie die Serviette ihres Sohnes von seinem Schoß, breitete sie umständlich mit der linken Hand über die freie Stelle am Tischrand aus und platzierte das Beutestück darauf. Langsam ließ sie sich auf einem Stuhl nieder, verschränkte die Arme und genoss die verwunderten Blicke.

„Was ist das?" Annette legte die Stirn in Falten.

„Der Durchbruch im Fall Gesdonk. Das entscheidende Indiz für eine Straftat."

Während Frau Grimm geradezu euphorisch wirkte, tauschten Annette und Heinrich einen ratlosen Blick.

„Also, ich sehe nur ein Stück trockenes Holz", bemerkte Heinrich.

„Das ist mal wieder typisch für dich. Trockenes Holz, pah!" Sie schüttelte verächtlich den Kopf. Annette beugte sich vor, nahm den Gegenstand genauer in Augenschein. Mit einem Ruck fuhr sie zurück, legte ihre Lachsschnitte auf den Teller und sah Heinrich erschrocken an.

„Das ist kein Stück Holz, das ist … ein Knochen."

„Richtig. Und zwar eine Rippe. Sie wurde während der Tatausübung ans Tageslicht befördert und durch Sissi den Zweiten sichergestellt. Was sagt ihr nun?"

Heinrich war ebenfalls der Appetit vergangen. Doch in den Ärger über das Verhalten seiner Mutter mischte sich auch eine Spur Neugier.

„Von welcher Tat sprichst du? Es kann sich wohl kaum um eine Rippe des vor drei Monaten verstorbenen Herrn Gesdonk handeln. Und wer, bitte schön, ist Sissi der Zweite?"

Nach Annettes letztem Wissensstand war die Mutter ihres

Freundes damit beauftragt, der Ehefrau eines Klienten Untreue nachzuweisen. Sollte die Angelegenheit derart eskaliert sein?

„Sissi der Zweite ist der Dackel des Zeugen Ewald Klostermann. Eigentlich heißt er … Moment …“, sie zog den Notizblock einer Supermarktkette aus der Hosentasche, blätterte hastig darin, „Querulant Graf vom Angerbachufer. Also der Hund. Aber den Namen fanden sie unpassend. Ist auch egal. Jedenfalls hat Sissi dieses Beweisstück sichergestellt. Es stammt natürlich nicht von Herrn Gesdonk, beweist aber, dass das Grab geöffnet worden ist. Außerdem hat Herr Klostermann den Erdhaufen neben dem halb ausgehobenen Grab gesehen und Männerstimmen gehört. Da wohl niemand aus Jux und Dollerei mitten in der Nacht ein Grab aushebt, steckt offensichtlich mehr dahinter. Wir müssen das Geheimnis des Grabes lüften, Annette“, schloss sie ihre Ausführungen mit eindringlicher Stimme.

„Das geheimnisvolle Grab von Sankt Anna. An deiner Stelle würde ich mir den Filmtitel sichern lassen“, spottete Heinrich. Seine Mutter presste die Lippen aufeinander.

„Und wie stellst du dir das vor?“, fragte die leitende Weseler Staatsanwältin vorsichtig.

„Ihr müsst das Grab exa … exho … na, ausbuddeln.“

„Für eine Exhumierung müssen ausreichende Verdachtsmomente vorliegen, die auf eine Straftat hinweisen. Die kann ich bislang noch nicht erkennen, Gertrud.“

Sie verschwieg ihr, dass die genannten Fakten durchaus genügend Ansätze für eine Ermittlung boten. Selbst als Grundlage für eine Exhumierung wären sie ausreichend. Einzig der bekannte Übereifer und die mitunter ausgeprägte Fantasie Frau Grimms hinderten Annette daran. Gleichwohl wusste sie, dass die Weseler Polizei tätig werden musste, sollte Gertrud Grimm ihre Aussage dort vorbringen. Allein dieser Gedanke stieß ihr bitter auf.

„Und was ist mit den vertauschten Blumen und dem fingierten Friedhofsraub?“

Ausschweifend klärte Frau Grimm die Staatsanwältin über den aktuellen Stand ihrer Ermittlungen auf. Sie wirkte dabei ungewohnt überzeugend auf Annette, ansatzweise Gedanken an einen natürlichen Grund für diese Vorkommnisse fanden keinen Raum. Weil zumindest für den Verstoß gegen §168 Strafgesetzbuch, Störung der Totenruhe, ein ausreichender Anfangsverdacht gegeben sein dürfte, versprach sie Frau Grimm, mit den zuständigen Ermittlern zu reden.

„Du glaubst, da ist was dran?"

Heinrichs Mutter hatte sich längst verabschiedet. Sie müsse noch den Bericht für die Polizei schreiben, sagte sie. Dabei hatte Annette sie lediglich um die Adressen von Frau Gesdonk und der Familie Klostermann gebeten.

„Ehrlich gesagt weiß ich nicht, was ich glauben soll. Plausibel klingt es schon. Nur frage ich mich, welchen Grund das alles haben sollte."

„Wenn man die üblichen Übertreibungen meiner Mutter abzieht, könnte am Ende alles im Zusammenhang mit dem Friedhofsraub stehen. Es wäre auch nicht der erste Fall von Vandalismus an Grabstätten."

Annette rutschte tiefer in den schwarzen Ledersessel und faltete die Hände über dem Bauch.

„Das geschieht aus Wut oder Habgier. Dabei schaufelt niemand ein Grab aus. Wenn deine Mutter wirklich recht hat, muss es sich um ein sehr persönliches Motiv handeln."

06

Läufer schlägt C3, Schach. Er beobachtete verstimmt, wie Thilo Haverdunk sich mit dem Rotwein in der Hand entspannt zurücklehnte. Dass sein Gegner dies in dem Wissen tat, er würde für die Erwiderung keine Sekunde Bedenkzeit benötigen, war die eigentliche Provokation. Schon vor wenigen Minuten, als er den Bauern im ersten Zug auf dem Feld D4 losgelassen hatte, ahnte er, dass Thilo ihm abermals die ungeliebte Nimzowitsch-Indische Verteidigung entgegenstellen würde. Mürrisch räumte er den schwarzen Läufer mit dem Bauern vom Feld, betrachtete seinen Damenflügel, der nach wenigen Zügen einem Schlachtfeld glich. Mittendrin fast demütig der ungeliebte Doppelbauer. Einmal nur wollte er Thilo in dieser Variante besiegen. Danach würde er wieder die geliebte Spanische Eröffnung wählen mit ihren schier unendlichen taktischen und strategischen Möglichkeiten. Wie in Trance schlug er den vorgerückten schwarzen Zentrumsbauern. Eigentlich könnten sie direkt die Figurenkonstellation des Mittelspiels aufbauen. Jede Partie, in der Thilo die schwarzen Figuren führte, verlief bis zu diesem und den folgenden Eröffnungszügen identisch. Während er die Hand an den Brettrand führte, bereit für den nächsten Zug, passierte das Unglaubliche: Statt wie erwartet mit dem Königsbauern schlug sein Gegner mit dem Springer zurück. Ein taktisches Fiasko mitten in der Eröffnungsphase. Die bis dahin ausgeglichene Partie würde von nun an mehr und mehr von den weißen Figuren dominiert werden. Entgeistert sah er Thilo an, der seinen Fehler bemerkte.

„Tut mir leid, ich bin nicht ganz bei der Sache."

„Bei welcher Sache bist du denn?"

„Eine Patientin hat mir heute Nachmittag erzählt, dass Unbekannte gestern Nacht das Grab von Gisbert Gesdonk öffnen wollten."

Mit einem Ruck fuhr er hoch. Auf seiner Stirn zeichnete sich eine Ader ab, sein Blick verdunkelte sich.

„Was soll das, Thilo?" Seine Stimme klang durchdringend. „Es waren Grabräuber, vermutlich Jugendliche. Die Polizei hat die Beute bereits sichergestellt. Du hast alles richtig gemacht, hör endlich auf damit, dir ständig Vorwürfe zu machen. Los, nimm deinen Zug zurück und konzentriere dich. Mein Sieg soll schließlich einen guten Beigeschmack haben."

Ohne eine Antwort abzuwarten stellte er die beiden Figuren zurück und deutete seinem Gegenspieler mit einer Handbewegung an, die Partie wieder aufzunehmen. Gedankenverloren ließ Thilo seinen Blick über die vielen Bücherregale im Hintergrund gleiten. Die geschmackvoll eingerichtete Bibliothek strahlte Gemütlichkeit aus. Ein kleiner Zimmerbrunnen plätscherte leise auf der Fensterbank und trug zu einem angenehmen Raumklima bei. Nachdenklich nippte Thilo an seinem Rotwein.

„Ich habe voreilig gehandelt. Die Blase in seiner Hand hätte mir zu denken geben müssen. Dazu die merkwürdige Farbe der Totenflecken", murmelte der Mediziner, „aber es schien so … abwegig."

„Es ist abwegig! Aber", er zögerte, überlegte sich die Wahl seiner Worte, „wenn du wirklich überzeugt bist, musst du zur Polizei gehen. Du solltest nur abwägen, ob das Leid, das du der Witwe damit zufügst, es wert ist."

„Ja, das sollte ich wohl. Trotzdem …" Ein kaum wahrnehmbarer Ruck durchfuhr Thilo Haverdunk. Die Zweifel lasteten bereits seit drei Wochen wie ein Felsen auf seiner Seele. Seit dem Besuch des Fortbildungsseminars, welches unter anderem die postmortale Deutung einer Barbituratvergiftung zum Thema hatte. Seither lagen die bunten Illustrationen wie eine kaum sichtbare Folie über den Bildern seiner Albträume.

07

Manuela Warnke wusste nicht genau, ob sie lachen oder fluchen sollte, während sie in dem handschriftlich verfassten Bericht blätterte. Vor wenigen Minuten hatte die Staatsanwältin sie mit den Ermittlungen im Fall Gesdonk beauftragt. Liebend gerne würde sie die ausschweifenden Notizen auf den Schreibtisch gegenüber werfen, aber Adriano glänzte wieder einmal durch Abwesenheit. Seit fast einer Stunde war er nun bereits „eben in der Kantine frühstücken". Mit einem Apfel in der rechten Hand blätterte sie um, las gelangweilt weiter. Immer wieder mischten sich diffuse Vermutungen und lyrische Ergüsse minderer Qualität mit mehr oder weniger handfesten Fakten. Immerhin, musste sich die Hauptkommissarin eingestehen, stellten diese Fakten, sollten sie der Wahrheit entsprechen, einen Ermittlungsansatz dar. Kurz vor dem Ende der zweiten Seite musste Manuela so unvermittelt lachen, dass sie sich an einem Stück Apfel verschluckte und einen Hustenanfall bekam. In diesem Augenblick betrat Andreas Steilmann das Büro. Sofort eilte er seiner Kollegin zu Hilfe, schlug ihr mehrmals kräftig mit der flachen Hand auf den Rücken. Der Husten ebbte ab, wurde allmählich von einem brennenden Schmerz aus dem Bereich zwischen den Schulterblättern überlagert. Mit einer hilflosen Geste nahm Adriano, wie er in der Dienststelle genannt wurde, hinter seinem Schreibtisch Platz.

„Es gibt Arbeit, Kollege."

Wie auf ein Stichwort sackten seine Mundwinkel herab.

„Wir müssen den Zeugen Sissi den Zweiten befragen." Wieder musste Manuela lachen. Lässig aus dem Handgelenk reichte sie Adriano die von einer Büroklammer zusammengehaltenen Blätter herüber.

„Bitte schön. Der vorläufige Bericht der Kollegin Grimm."

„Nein! Nicht schon wieder", entfuhr es dem Oberkommissar.

Das Navigationssystem hatte den schnellen Weg über die Bundesstraßen 58 und 57 bis Rheinberg vorgeschlagen. Adriano kannte eine „Abkürzung“. Während er den Bereich der Messe und das Logistikzentrum einer Lebensmittelkette hinter dem Ortsteil Millingen weiträumig umrundete, kamen ihm Zweifel. Manuela hatte ihm unterwegs die von Frau Grimm zusammengetragenen Fakten erläutert. Als sie ihm vom „Zeugen“ Sissi berichtete, schlug er wütend aufs Lenkrad.

„Die hat sie doch nicht alle. Sind wir jetzt dafür da, den Spinnereien einer offensichtlich senilen Oma nachzugehen? Was sagen denn die Rheinberger Kollegen? Hast du sie überhaupt schon gefragt?“

„Selbstverständlich. Was die Wertschätzung gegenüber unserer Informantin betrifft, sind sie deiner Meinung. Im Übrigen gehen sie von Vandalismus aus, das haben sie auch Frau Gesdonk durch die Blume mitgeteilt.“

„Na also, sag ich doch.“

Manuela lachte. Ihre anfängliche Verärgerung war längst verflogen. Bei genauerer Betrachtung hielt sie es sogar für eine gelungene Abwechslung. Seit zwei Monaten beschäftigten sie sich nun schon mit der Überfallserie auf die Filialen einer Drogeriemarktkette, ohne auch nur einen einzigen Schritt weiterzukommen. Die Tatorte waren kriminaltechnisch abgearbeitet, alle potenziellen Zeugen mehrfach befragt, Hinweise aus der Bevölkerung trafen nur noch spärlich ein und waren zudem meist unbrauchbar. Mittlerweile war ihre Tätigkeit zu einem reinen Bürojob verkommen, bestehend aus Aktenstudium und dem Verfassen von Berichten. Adrianos Ärger über die seiner Ansicht nach völlig sinnlose Unterbrechung der geruhsamen Büroarbeit steigerte sich unterdessen weiter.

„Haben wir vielleicht außer dem Zeugen Sissi ein stichhaltiges Indiz?“

„Ach ja, das hatte ich völlig vergessen. Wir haben eine Rippe, befindet sich schon im Labor.“

„Eine Rippe?“

„Richtig. Sie wurde übrigens von Sissi dem Zweiten sichergestellt.“

Adriano schüttelte den Kopf.

Mit einer ausladenden Armbewegung bat Ewald Klostermann den Besuch herein. Hatte Sissi die Hauptkommissarin noch schwanzwedelnd begrüßt, so stellte der Rüde sich nun Adriano in den Weg und kläffte wütend. Der Gastgeber nahm seinen Hund auf den Arm und ging ihnen voran ins Wohnzimmer.

„Das fängt ja gut an“, knurrte Adriano.

„Wenigstens ist der Zeuge gesprächig“, flüsterte Manuela. Frau Klostermann stellte Kaffeegeschirr auf den Kacheltisch und schüttete ungefragt ein.

„Sie haben eine Beobachtung gemacht, Herr Klostermann?“

„Jawohl.“

Mit stolz geschwellter Brust erzählte er langatmig die ihnen bekannte Vorgeschichte. Manuela musste ihn immer wieder höflich ermahnen, nicht abzuschweifen.

„Bitte erzählen Sie uns mehr über die Stimmen. Würden Sie sagen, es waren Jugendliche? Klangen sie aufgeregt? Konnten Sie einzelne Wörter verstehen?“

„Es waren dunkle Männerstimmen, würde ich sagen.“

Manuela bemerkte seine Unsicherheit. „Mit Bestimmtheit können Sie das nicht sagen?“

„Doch, ich meine, also eigentlich war es Sissi, der die Stimmen erkannt hat. Er mag nämlich keine dunklen Männerstimmen, da kläfft er immer sofort los.“

Adriano verdrehte die Augen.

„In Ordnung“, fuhr Manuela fort, „kommen wir noch mal zu dem Grab. Sie sprachen von einem Erdhaufen auf dem Nachbargrab. Könnten Sie das bitte präzisieren? Wie tief war das Grab der Familie Gesdonk ausgehoben?“

Nachdem er fragend seine Frau angesehen hatte, hielt Ewald

Klostermann die flache Hand etwa einen halben Meter über den Teppichboden.

„Am nächsten Morgen sah das Grab aus wie immer. Ich kam mir ganz schön blöd vor. Zum Glück hat Charlotte, ich meine, Frau Gesdonk, die vertauschten Blumen bemerkt", fügte er aufgeregt hinzu.

Beim Abschied beschrieb Klostermann den Polizisten den Fußweg über den Friedhof zur Grabstelle der Familie Gesdonk. Manuela konnte ihn nur mit Mühe davon abhalten, sie zu begleiten. Obwohl sie nach wie vor große Zweifel hegte, spielte in ihren Gedanken auch die Sorge mit, dass eventuell tatsächlich noch vorhandene Spuren zerstört werden könnten. Sie sah noch die Rippe vor sich, mit den Kratz- und Bissspuren des Hundes. An dem kleinen Neubaugebiet gegenüber dem Kindergarten vorbei, passierten sie das marode Stahltor und folgten dem Weg über den neueren der beiden Friedhofsteile Richtung Bahntrasse. Kurze Zeit später erkannten sie einen uniformierten Kollegen in der Grabreihe, die Klostermann ihnen beschrieben hatte. Halb gebückt untersuchte er den Boden. Als er sie bemerkte, richtete er sich auf und warf ihnen einen argwöhnischen Blick entgegen.

„KHK Warnke, KK1 Wesel, das ist mein Kollege Steilmann." Sie hielt ihm freundlich die Hand hin.

„Eugen Bartschneider", erwiderte der breitschultrige Kollege und sah dabei auf Manuela herab. Seine Augen blinzelten misstrauisch, über dem Nasenansatz zeichnete sich eine steile Falte ab. „Wir haben telefoniert."

Manuela nickte.

„Sie interessieren sich also jetzt doch für das Grab. Gibt es einen besonderen Grund dafür?"

„Wenn ich das wüsste", murmelte Bartschneider. Dann ließ er seinen Arm über Hornveilchen und Herbstmargeriten kreisen.

„Jemand soll in der Nacht zum Montag hier gebuddelt haben. Aber mehr als zwei Zeugen und angeblich vertauschte Pflanzen gibt es nicht."

Frau Grimm hat scheinbar ganze Arbeit geleistet, dachte Manuela.

„Zwei Zeugen?“, fragte Adriano nach.

„Ja, in der Nacht gab es schon eine Meldung. Ein junger Mann hat gegen 22 Uhr zwei Gestalten gesehen, die ziemlich schnell mit einer Schubkarre in Richtung Leichenhalle liefen, und uns informiert. Wir waren fünf Minuten später hier, konnten aber nichts Ungewöhnliches feststellen. Ja, und dann war da noch diese merkwürdige Oma, wie Sie ja wissen. Es gab in der Nacht einen Friedhofsraub. Während wir die Spuren aufgenommen haben, sprang sie plötzlich aus dem Gebüsch und behauptete, der Raub wäre nur vorgetäuscht und der wahre Tatort sei dieses Grab. Die hat hier überall kleine Nummerntafeln aufgestellt und irgendwelche Spuren eingesammelt. Sogar eine Rippe hatte die irgendwoher. Behauptete, sie sei Detektivin. Wenn Sie mich fragen, hat die einen Lattenschuss. Wie hieß die noch gleich …?“

„Gertrud Grimm. Ist quasi eine Kollegin. Sie versorgt uns immer mit Arbeit“, antwortete Adriano zynisch.

Manuela stieß ihm den Ellenbogen in die Seite, Bartschneider schaute sie ungläubig an. Manuela bemerkte eine kleine quadratische Vertiefung auf dem Nachbargrab. An den Rändern befanden sich Gipsreste.

„Trotzdem haben Sie hier Spuren aufgenommen?“

Er folgte ihrem Blick und nickte. „Es gab in der Nacht einige Fälle von Grabraub und Vandalismus. In diesem Zusammenhang haben wir selbstverständlich alle Spuren gesichert. Und zwar nicht nur hier. Kommen Sie mal mit.“

Sie folgten Bartschneider zum Zaun, der den Friedhof von der angrenzenden Annastraße trennte.

„Hier haben wir die Beute gefunden. Die Täter haben versucht, den Zaun mit einem Bolzenschneider durchzutrennen. Nachdem ihnen das, warum auch immer, nicht gelungen war, haben sie sich an dem Schloss zu schaffen gemacht.“

„Warum sind die Täter nicht auf demselben Weg geflüchtet, über den sie hineingelangt sind?“, unterbrach Manuela.

„Gute Frage, Frau Kollegin. Und davon gibt es noch mehr. Warum wollten sie das Schloss knacken, obwohl es nicht verschlossen war? Warum sind sie ohne die Beute geflüchtet? Und das Wichtigste: Was wollten sie am Grab der Gesdonks? Ich habe heute mit der Witwe telefoniert. Auf dem Grab war nichts zu holen. Nur Grünzeug und eine billige Plastikvase für Schnittblumen.“

„Sie wollen damit sagen, der Fußabdruck …“

„Ist identisch mit einigen gut erhaltenen Abdrücken, die wir in diesem Bereich gefunden haben. Ich glaube zwar immer noch, dass die Alte nicht alle Tassen im Schrank hat, aber in einem Punkt scheint sie recht zu haben: Die Sache mit dem Raub stinkt gewaltig.“

Adriano stieß deutlich vernehmbar den Atem aus.

08

Nachdenklich flogen ihre Augen über die Ansammlung handgeschriebener Zettel, die den Küchentisch bedeckten. Zwar deuteten die bisherigen Ergebnisse ihrer Ermittlungen eindeutig auf ein Verbrechen hin, scheiterten aber allesamt an der Frage nach dem Grund. Das Blatt Papier in der Mitte, auf dem sie diesen notieren wollte, leuchtete weiterhin unschuldig weiß im Schein der Küchenlampe. Die spärlichen Informationen, die das Internet über Gisbert Gesdonk bereithielt, zeichneten das Bild eines ehrbaren und sozial engagierten Mitbürgers, der über jeden Zweifel erhaben war. Sie deckten sich nahtlos mit der Beschreibung der Witwe, die es darüber hinaus für absolut ausgeschlossen hielt, dass ihr Mann Feinde gehabt haben könnte. Aber die Realität sprach nun mal eine andere Sprache. Es musste ein Motiv geben, das Grab eines hoch angesehenen und allseits beliebten Menschen auszuheben, davon war Gertrud Grimm überzeugt. Tief in ihrem Bewusstsein griffen die Indizien längst unverrückbar ineinander und präsentierten ihrem geistigen Auge das Szenario eines heimtückisch ermordeten Menschen. Irgendwo unter der hellen Aura, die Gisbert Gesdonk umgab, musste ein dunkler Fleck verborgen liegen. Die Detektivin beschloss, diesen zunächst in der jüngeren Vergangenheit zu suchen. Die letzten zwei Jahre seines erfüllten Lebens hatte der Predigtlehrer in Wesel verbracht. Auch hier setzte er sich in besonderem Maße für die Gemeinde ein. Irgendwann in dieser Zeit konnte die Beziehung zum Täter entstanden sein, sinnierte sie. Ihr kamen ein paar Zeitungsartikel in den Sinn, in denen über Gesdonks Engagement für die Weseler Tafel oder ein Kinderheim berichtet wurde. Daraus jedoch in irgendeiner Form ein Motiv abzuleiten, sprengte selbst ihre Fantasie. Aber möglicherweise schlummerten im Archiv des Rheinischen Boten Berichte, die über ihre tagesaktuelle Bedeutung hinaus versteckte Hinweise enthielten. Die Seniorin griff zum Telefon und wählte die Handynummer ihrer Kontaktperson. Konrad „Camel“ Walther meldete sich einsilbig, er steckte offenbar mitten in einem Pressetermin. Nachdem sie ihm mit bedeutungsschwerer Stimme von dem mysteriösen Todesfall eines hochrangigen Kirchenvertreters erzählt hatte, schlug er ihr sofort ein Treffen in der Stadt vor. Anschließend überflog Frau Grimm die Liste der Freunde und Kontaktpersonen des Toten, die sie sich von Charlotte Gesdonk hatte geben lassen. Sie nahm sich vor, Camel die Suche im Archiv zu überlassen und währenddessen die Umfeldermittlung einzuleiten. Ihr Finger stoppte in der fünften Zeile bei dem Eintrag „Doktor Haverdunk“. Zu seinem Hausarzt dürfte Gisbert Gesdonk ein besonderes Vertrauensverhältnis gehabt haben, glaubte Frau Grimm und vereinbarte in einem weiteren Telefonat unter dem Vorwand äußerster Dringlichkeit einen Termin für den Nachmittag.

Die Wolkendecke war aufgerissen und gab den Blick auf die noch tief stehende Herbstsonne frei. Als sie am Mölderplatz in die Martinistraße einbog, schlug ihr heftiger Wind ins Gesicht. Sie lief schneller, erreichte nach wenigen Minuten die schützende Überdachung zwischen Theater und Rathaus. In Rosis Atelier erkannte sie eine ehemalige Chorkollegin, die mit dem Rücken zum Schaufenster an einer Staffelei saß. Das halbfertige Bild ließ auf eine mediterrane Landschaft schließen. Am Kornmarkt sah sie sich erst einmal um. Sie hatte bislang nur vom „Müllers“ gehört, ohne es jemals besucht zu haben. In einer Ecke des Kornmarktes erkannte sie das Schild über dem Eingangsbereich. Vor der Tür saß eine spindeldürre Blondine. Zusammengekauert, mit Handschuhen und Felljacke bekleidet, zog sie frierend an ihrer Zigarette. Frau Grimm bedachte sie im Vorübergehen mit einem abfälligen Blick.

Auf einer Bank zwischen Wand und Theke saß ein Mittvierziger mit ausladendem Oberlippenbart und einer schmalen Lesebrille auf der Nasenspitze. Interessiert blätterte er durch einen Stapel Zeitungen. An einem Tisch in dem lang gezogenen Gastraum saß ein älteres Ehepaar beim Frühstück.

„Kann ich Ihnen helfen?"

Sie hatte die freundliche Bedienung gar nicht bemerkt. Nach kurzem Zögern bestellte sie einen Kaffee. Da erst sah sie Camel. Er saß an einem Tisch in der Ecke des kleineren Gastraumes vor Kopf und winkte sie zu sich.

„Und?" Camel rückte näher an Frau Grimm heran, nachdem sie neben ihm Platz genommen hatte. „Wer ist gestorben? Der Papst? Einer seiner Bischöfe?"

Er bemühte sich um Lässigkeit, doch seine Finger umklammerten ungeduldig Block und Kugelschreiber. Auf einer kahlen Stelle an seinem Hinterkopf spiegelte sich das Licht der Deckenstrahler. Nach der frühzeitigen Pensionierung ihres Sohnes war die Seniorin zu seiner wichtigsten Informationsquelle aufgestiegen. Die enge Zusammenarbeit mit Frau Grimm hatte in der Vergangenheit nicht nur dazu beigetragen, dass er exklusiv und vor allem kompetent über mehrere Mordfälle berichten konnte, sondern ihm auch mehrfach Sonderlob aus der Verlagszentrale eingebracht. Lediglich kleinere Missgeschicke hatten bislang verhindert, dass Grabosch seine Leistung mit der Ernennung zum Redaktionsleiter „Gesellschaft & Soziales" angemessen würdigte. Er war auf dem besten Weg, das ahnte Camel. Ein winziger Karriereschritt fehlte noch, um den provinziellen Mief der Lokalredaktion hinter sich zu lassen und einzutauchen in die überregionale Wahrnehmung.

„Gisbert Gesdonk", sagte Frau Grimm trocken. Zunächst glaubte er, sich verhört zu haben, dann verspürte er aufkeimenden Unmut. Enttäuscht legte er Block und Kugelschreiber auf den Tisch.

„Gesdonk? Der ist doch schon vor Monaten abgenippelt. Ich schreibe für eine Tageszeitung, Frau Grimm, nicht für die Chronik der Stadt Wesel."

Frau Grimm führte den Zeigefinger an die Lippen. Der Mittvierziger an der Theke reckte den Kopf, warf einen neugierigen Blick in das Hinterzimmer. Camel wirkte ratlos.

„Sie haben recht. Gisbert Gesdonk ist vor drei Monaten verstorben. Beigesetzt wurde er auf dem Sankt-Anna-Friedhof in Rheinberg. Und dort befand sich sein Leichnam bis zum vergangenen Sonntag auch noch."

„Ja, eben …" Camel schluckte. „Wieso *befand?*"

Gertrud Grimm beugte sich zur Seite und vergewisserte sich, dass niemand sie belauschen konnte. Dann dirigierte sie den Reporter mit gekrümmtem Zeigefinger zu sich heran.

„In der Nacht von Sonntag auf Montag haben Unbekannte das Grab von Gisbert Gesdonk ausgehoben", flüsterte sie mit grollender Stimme.

„WAS?"

„Pst!"

Der Journalist hatte sich in der Vergangenheit an so manche Überraschung der Dame gewöhnt. Er war damit vertraut, Antworten auf Fragen zu bekommen, die bis dahin niemand gestellt hatte und die ihm im Kreise der Mitbewerber wertvolle Vorteile verschafften. Zum ersten Mal wurde die unbändige Neugierde, die jede Faser seines Körpers in Besitz nahm, von leichten Zweifeln untergraben. Gespannt wartete er auf eine plausible Erklärung. In aller Seelenruhe führte die Seniorin die Kaffeetasse zum Mund. So, als sei alles gesagt. Camel hielt es nicht mehr aus.

„Aus welchem Grund haben sie das gemacht?", fragte er ein wenig hilflos.

„Wertvolle Grabbeilagen befanden sich dort jedenfalls nicht. Herr Walther, Sie enttäuschen mich."

Sie bedachte ihren Gesprächspartner mit einem tadelnden Blick und nahm abermals einen provozierend langsamen Schluck aus ihrer Tasse.

„Sie wollen damit andeuten … Ich meine …?"

„Richtig!"

Camel ließ sich an die Stuhllehne sinken, atmete schwerfällig.

Ihn beschlich eine innere Unruhe. Er hatte Gesdonk gekannt, erinnerte sich an viele Gespräche, die er mit dem absolut integren Mann im Rahmen seiner Berichterstattung geführt hatte. Sollte dieser Gesdonk Opfer eines Gewaltverbrechens geworden sein? Unweigerlich mündeten die weiteren Gedanken in einer fetten Schlagzeile. Eine alle rationalen Ansätze überlagernde Euphorie machte sich in ihm breit. Da liegt er nun in greifbarer Nähe, der Abschied aus der Provinz, sinnierte Camel. Mitten in dieses Glücksgefühl drängte sich unverhofft ein mahnender Gedanke. Wie der Markthändler eines orientalischen Basars hatte er in der Vergangenheit um jede Information mit der Detektivin feilschen müssen. Sie würde ihm kaum den Mord an einem hoch angesehenen Mitglied der Gesellschaft frei Haus liefern, ahnte Camel.

„Woher wissen Sie das? Ermittelt die Polizei in diesem Fall?"

„Die Polizei erkennt nicht einmal die einfachsten Zusammenhänge. Sie ermitteln in einem Fall von Friedhofsraub. Dabei handelt es sich jedoch um eine reine Verdeckungstat."

Camel hatte am Morgen den Bericht der Rheinberger Kollegen gelesen. Grundlage war vermutlich eine Pressemitteilung der Kreispolizeibehörde. In knappen Sätzen skizzierte Gertrud Grimm die ihrer Ansicht nach zweifelsfreie Indizienlage.

„Was noch fehlt, ist das Motiv. An dieser Stelle kommen Sie ins Spiel, Herr Walther. Wir müssen schnellstmöglich die Hintergründe der Tat herausbekommen. Wann und wo ist Gesdonk seinem Mörder begegnet?", schloss sie ihre Ausführungen. Camel wies darauf hin, dass sie das für einen Mordfall durchaus nicht unbedeutende Vorhandensein eines Opfers völlig ignorierte.

„Ich bitte Sie, Herr Walther. Wo Rauch ist, ist auch Feuer. Wir sollten unseren Vorsprung nutzen. Die Konkurrenz schläft nicht." Sie kniff kumpelhaft ein Auge zu. Etwas Presseaktivität kam ihr gerade recht. Zum einen würde die Polizei unter öffentlichen Druck geraten und endlich zur Tat schreiten, zum anderen würden die Täter möglicherweise nervös werden und Fehler machen …

„In Ordnung, morgen früh um sieben."

Manuela Warnke nickte. Es war in der Vergangenheit nicht sehr häufig vorgekommen, dass die leitende Staatsanwältin einer Exhumierung derart bereitwillig zugestimmt hatte.

„Das ist doch völlig absurd", meckerte Adriano, nachdem Annette Gerland gegangen war, und imitierte mit der flachen Hand einen Scheibenwischer.

„Wir können die Fakten nicht ignorieren", konterte Manuela.

„Fakten", schnaubte Adriano verächtlich. „Fußabdrücke, angeblich falsch gepflanzte Blumen und Randalierer, die dort rumgebuddelt haben. Was versprichst du dir von der Exhumierung? Eine Leiche mit einem Messer in der Brust oder was?"

Manuela hob ratlos die Schultern. Auf dem Rückweg von Rheinberg hatten sie Charlotte Gesdonk besucht. Die Witwe glaubte allen Ernstes, man habe den Leichnam ihres Mannes ausgegraben, ohne allerdings auch nur den Ansatz einer logischen Erklärung liefern zu können. Sie war absolut überzeugt, dass ihr Mann keine Feinde gehabt haben konnte. Im Gegenteil, die Beschreibung ihres Mannes geriet zu einer nicht enden wollenden Laudatio. Wäre er ein Katholik gewesen, so Manuelas Eindruck, würde Gesdonk sicherlich eine Heiligsprechung bevorstehen. Ein Bote brachte die Hauspost. Adriano fischte zielsicher eine Umlaufmappe vom rechtsmedizinischen Institut aus dem Stapel und schlug sie auf. Sekunden später lachte er.

„Da haben wir es: Die Rippe gehörte einer Frau … Verwesungsmerkmale … Todeszeitpunkt liegt demnach", er blätterte um, „mindestens zwanzig Jahre zurück und so weiter." Triumphierend warf er die Mappe auf den Tisch. Manuela schüttelte den Kopf.

„Gesdonk ist vor drei Monaten gestorben. Hast du wirklich angenommen, es wäre seine Rippe?"

Adriano schürzte die Lippen.

„Wir wissen nun sicher, dass es sich um einen menschlichen Knochen handelt", fuhr Manuela fort. „Was wiederum die Öffnung des Grabes beweist. Irgendwie muss dieser Knochen schließlich ans Tageslicht gelangt sein."

Sie schwiegen eine Weile. Draußen trieb der stärker werdende Wind den Regen fast waagrecht am Fenster vorbei.

„Spinnen wir das doch mal weiter", brach Adriano das Schweigen. „Angenommen, Gesdonk wurde wirklich das Opfer einer Straftat. Niemand, mit Ausnahme des Täters natürlich, hat etwas davon mitbekommen. Aus welchem Grund sollte er die Leiche ausgraben? Das ergibt doch keinen Sinn."

„Es sei denn, es gibt einen Mitwisser."

„Der drei Monate lang geschwiegen hat?" Adriano breitete fragend die Arme aus. Manuela wollte noch eine mögliche Erpressung hinzufügen, aber ihr kamen Zweifel. Der Fall mit all seinen vermeintlichen Indizien erschien der Kommissarin seltsam abstrus. Sie suchte nach einer banalen Erklärung. Je weiter ihre Überlegungen gingen, desto stärker reifte in ihr der Glaube an eine Laune des Schicksals, die voneinander unabhängige Ereignisse miteinander verband. Exhumierung und ein lupenreines rechtsmedizinisches Gutachten würden den Fall beenden, noch bevor er einer wurde, davon war sie überzeugt. Dieser Gedanke führte sie unweigerlich zur späteren Obduktion in ihrer Anwesenheit und das wiederum zu ihrem Verhältnis zum Obduzierenden, dem Rechtsmediziner Doktor Klein. Falls einige mehr oder weniger intensiv endende Rendezvous überhaupt als „Verhältnis" bezeichnet werden konnten. Nun aber wurde es ernst: Hajo wollte seinen Geburtstag in der kommenden Woche nutzen, um sie seinen Freunden und Verwandten vorzustellen. Die Zeit der Unentschlossenheit musste also ein Ende haben. Ihr Herz hatte sich längst entschieden, allein der Verstand zerrte und zog immer wieder an den Gefühlen, die sie verbanden. Es könnte so einfach sein, würden Ben-Jonas und Jan-Thomas nicht wie eine latente Drohung zwischen ihnen stehen.

10

Nachdem Gertrud Grimm die bequeme, aber auf Dauer zu kostenintensive Beförderung mit dem Taxi verworfen hatte, wollte sie nun preiswert mit öffentlichen Verkehrsmitteln nach Rheinberg gelangen. Ihre Freundin behauptete, Bus und Bahn seien mittlerweile derart miteinander verzahnt, dass es geradezu eine Freude sei. Vor dem Termin bei Doktor Haverdunk wollte die Detektivin noch einmal zum Friedhof. Sollten ihre Vermutungen zutreffen, musste es weitere Spuren geben. Spuren, um die sich mal wieder niemand kümmerte.

Nach zwanzig Minuten Fußweg erreichte sie den Weseler Bahnhof. Sie beschloss, gar nicht erst den Versuch zu unternehmen, einen der beiden Fahrkartenautomaten neben dem Burger-Restaurant zu verstehen. Außerdem konnte der adrett gekleidete Bahnbeamte am Schalter ihr sicherlich bei der Gelegenheit die günstigste Verbindung raussuchen, dachte sie. Eine junge Dame vor ihr ließ sich alle nur erdenklichen Möglichkeiten und Tarife erklären, mit denen ein zwölfköpfiger Damenkegelklub von Wesel nach Rüdesheim reisen konnte. Weitere fünf Minuten benötigte sie für die Reservierung von einem Dutzend möglichst eng beieinanderliegender Fensterplätze. Endlich verabschiedete sie sich zufrieden und Frau Grimm erklärte ihr Anliegen.

„Hm … wären Sie fünf Minuten früher gekommen“, murmelte der Breitschultrige mit Stirnglatze, „aber in einer halben Stunde fährt ja schon der Nächste. 14.35 Uhr mit der 67 nach Alpen Bahnhof, von dort um 15.10 Uhr mit der Nordwestbahn nach Rheinberg Bahnhof, einmal umsteigen in die 913 bis Römerstraße, Ankunft 15.25 Uhr. Macht 8,60 Euro hin und zurück.“

Während der Drucker surrend Fahrkarte und Reisedaten ausspuckte, fielen der Seniorin wieder die am Bahnhofvorplatz wartenden Taxen ein … aber nein. Für 16 Uhr war ihr Besuch terminiert, der Friedhofsbesuch musste eben warten.

Während der Busfahrt nach Alpen ging sie ihren Kenntnisstand gedanklich noch einmal durch. Bei Klostermanns Aussage, er habe die Stimmen zweier Männer gehört, geriet sie ins Stocken. Die Bedeutung wurde ihr erst jetzt bewusst. Weshalb sollte ein Täter ausgerechnet zur Vertuschung der Tat einen Mitwisser hinzuziehen? Es sei denn, er hatte vor, diesen Mitwisser ebenfalls … Sie schüttelte sich, bemerkte eine leichte Gänsehaut auf ihren Unterarmen. Zwischendurch warf sie einen nervösen Blick auf ihre Uhr. Seit einigen Minuten schon schlichen sie hinter einem Traktorgespann her. Angestrengt lenkte sie ihre Gedanken zurück, suchte nach einem Motiv für zwei. Immerhin dürfte der Klassiker Eifersucht wegfallen, aber den hatte sie ohnehin nicht in Erwägung gezogen. Mittlerweile befuhren sie die Weseler Straße in Alpen. Wenige Meter vor ihnen senkten sich Bahnschranken behäbig herab. Zwei Minuten drüber. Der wird doch nicht!, dachte Frau Grimm. In diesem Augenblick rauschte die Regionalbahn 31 an ihnen vorbei.

Das Weseler Taxiunternehmen wollte eine gesonderte Anfahrtpauschale haben, das örtliche Unternehmen sprach von mindestens dreißig Minuten Wartezeit. Um 16.18 Uhr entstieg sie schließlich am Rheinberger Bahnhof der Regionalbahn. Nach weiteren zwanzig Minuten Wartezeit bestieg sie den Linienbus 913 und musste zwei Minuten später feststellen, dass sie diesen Weg auch bequem hätte laufen können. Weil sie ihren Termin verpasst hatte, wurde sie erst gegen 18 Uhr in das Behandlungszimmer gebeten.

Doktor Haverdunk wirkte abgekämpft, seine Schultern hingen kraftlos herab. Unterhalb des ergrauten Haaransatzes zeichneten sich einige Falten ab. Sie erwartete eine leblose Begrüßung, stattdessen aber war sein Händedruck fest und energisch. Ohne ein Wort gab er ihr beim Umdrehen mit dem ausgestreckten Arm das Zeichen, sich zu setzen. Er nippte an einer Tasse Kaffee, stellte sie mit verzogenem Mundwinkel zurück. Anschließend schlug er die Krankenakte vor sich auf und hob leicht erstaunt den Kopf.

„Sie sind zum ersten Mal bei uns? Kommen extra aus Wesel hierher? Gab es Probleme mit Ihrem bisherigen Hausarzt, Frau Grimm?"

„Nein, nein. Ich bin bei Frau Doktor Sanderoth. Aus Wesel. Mit ihr bin ich wirklich sehr zufrieden. Gelegentlich besuche ich noch Herrn Semmelstedt in Flüren. Er ist Heilpraktiker. Alles kann Frau Doktor schließlich auch nicht finden. Der sieht Sachen, kann ich Ihnen sagen … Aber lassen wir das. Auf jeden Fall geht es mir seitdem so richtig gut. Ist doch schön, nicht wahr, Herr Doktor?"

„Das ist in der Tat sehr schön", Haverdunk wirkte nun leicht verärgert. „In der Regel kommen die Patienten nämlich zu mir, weil es ihnen nicht so richtig gut geht. Sie verstehen?"

„Selbstverständlich. Das macht ja auch Sinn, Herr Doktor. Aber ich komme wegen eines Patienten, der leider nicht mehr selber kommen kann." Sie zog eine Visitenkarte aus einem Seitenfach ihrer Handtasche und schob sie über den Tisch.

„Detektivbüro Grimm & Sohn", las der Allgemeinmediziner mit gerunzelter Stirn. Dann hob er den Kopf und betrachtete die Seniorin verwundert.

„Ich ermittle im Fall Gisbert Gesdonk. Wie Sie vielleicht schon mitbekommen haben, ist in der Nacht zum Montag sein Grab geöffnet worden. Frau Gesdonk hat mich daraufhin mit dem Fall beauftragt. Sie möchte wissen, warum jemand so etwas macht."

Haverdunks Miene gefror. Seine Lippen waren nur noch ein dünner Strich. Eine leichte Blässe überzog sein Gesicht. Gertrud Grimm registrierte die Veränderungen, wenngleich sie keine Erklärung dafür fand. Unvermittelt stand der Mediziner auf, trat ans Fenster, sah durch die schräg stehenden Lamellen hinaus auf die Römerstraße. Seine Atmung war deutlich zu hören. Dann drehte er sich um, verschränkte die Arme und schüttelte leicht den Kopf.

„Ich habe es geahnt", murmelte er schließlich.

„Was haben Sie geahnt?", hakte die Detektivin sofort nach. Er ignorierte die Frage.

„Ermittelt die Polizei?"

„Ja", behauptete Frau Grimm, war sich allerdings der Richtigkeit ihrer Antwort nicht bewusst. „Aber was haben Sie geahnt, Herr Doktor Haverdunk?"

Haverdunk nahm wieder hinter dem Schreibtisch Platz. Gedankenverloren drehte er einen Füllfederhalter im Kreis. Frau Grimm gewann den Eindruck, als habe er von einer Minute zur nächsten jegliches Interesse an der Welt verloren. Sie spürte die innere Unruhe, wusste genau um die Bedeutung der Situation, sah den entscheidenden Hinweis förmlich vor sich, unerkennbar und diffus verzerrt. Angestrengt überlegte sie, mit welcher Frage sie ihn der Lethargie entreißen konnte.

„Haben Sie den Totenschein ausgestellt?"

Ein kleiner Ruck durchfuhr den Mediziner.

„Ja", antwortete er knapp.

„Obwohl Sie Zweifel hegten?"

Er atmete tief durch.

„Normalerweise geht es Sie nichts an. Aber da nun mal Charlotte Gesdonk die Auftraggeberin ist, meinetwegen. Gisbert Gesdonk war mehr als ein Patient. Ich will nicht behaupten, dass er ein Freund war, aber es kam schon gelegentlich zu privaten Treffen. Eine Woche vor seinem Tod haben wir mit den Gesdonks noch eine ausgedehnte Fahrradtour unternommen."

„Würden Sie Herrn Gesdonks Gesundheitszustand kurz vor seinem Ableben als gut bezeichnen?"

„Ich würde ihn sogar für einen Dreiundsiebzigjährigen als sehr gut bezeichnen. Bis auf einige harmlose Zipperlein war er kerngesund. Vier Tage vor seinem Tod habe ich ein Belastungs-EKG mit ihm gemacht. Wenn ich nur das Ergebnis hätte beurteilen sollen, wäre ich von einem fünfzigjährigen Patienten ausgegangen."

„Das wundert mich aber. Frau Gesdonk sprach von Herzversagen als Todesursache."

Haverdunk massierte mit der rechten Hand seinen Nacken, legte den Kopf dabei nach hinten. Die graublauen Augen fixierten einen Punkt an der Decke.

„Ich hatte auch große Bedenken. Herr Bachus, unser Pfarrer, bat mich inständig, der Familie Gesdonk Obduktion und polizeiliche Ermittlungen zu ersparen. Nun ja. Ich kannte Gisbert Gesdonk gut. Er war überall beliebt, ein wirklich guter Mensch. Es erschien tatsächlich absolut unwahrscheinlich, dass er … Herein!"

Die rotblonde Arzthelferin wies ihren Chef freundlich auf einen Notfall im Zimmer gegenüber hin. Haverdunk nutzte die Gelegenheit.

„Mehr kann ich Ihnen leider nicht sagen, Frau Grimm." Er reichte ihr freundlich die Hand und verließ das Zimmer. Sie sah dem Mediziner hinterher wie eine Maus, der man soeben ein Stück Käse vor der Nase weggeschnappt hatte.

Auf dem Bürgersteig überdachte sie ihre weitere Vorgehensweise. Eine junge Frau in weißem Kittel schloss die Apotheke hinter ihr. Sie fragte sich, ob Doktor Haverdunk die Wahrheit sagte. Würde er wirklich entgegen seiner Überzeugung, nur aus reiner Gefälligkeit, eine natürliche Todesursache bescheinigen? Und warum war Pfarrer Bachus, dessen Beziehung zum Toten ihre Klientin als „gutes Verhältnis" bezeichnete, so viel daran gelegen? Das musste er ihr schon persönlich erklären. An der nahe gelegenen Tankstelle fragte sie nach der Adresse des Pfarrers. Nachdem ihr zunächst weder die Kassiererin noch zwei anwesende Kunden Auskunft geben konnten, zückte sie in der Nähe der Zapfsäulen ihr Handy, um ein Taxi zu bestellen.

„Soll ich Sie mitnehmen?", fragte eine junge Frau, die mit einer Zeitung unterm Arm die Fahrertür öffnete. „Ich habe im Herausgehen mitbekommen, dass Sie zu Pfarrer Bachus möchten. Ich wohne in der Nähe."

Ohne eine Antwort abzuwarten, räumte die Schwarzhaarige mit dem Piercing in der Unterlippe Einkaufstüten vom Beifahrersitz und legte sie in einen Kindersitz auf der Rückbank.

„So viel Hilfsbereitschaft erlebt man heutzutage nur noch selten. Das ist wirklich sehr nett von Ihnen."

Über das Gesicht der Frau huschte ein Lächeln.

„Berufskrankheit, ich bin Altenpflegerin.“

Für den Rest der Fahrt schwieg Frau Grimm. Nach fünf Minuten erreichten sie den zweigeschossigen Bau am Innenwall neben dem ehemaligen Postamt.

In dem Moment, als sie den Finger auf den Klingelknopf legte, öffnete sich die Tür und eine schlanke Frau mit hochgestecktem rotem Haar lächelte sie freundlich an. Unter ihrem linken Arm klemmten mehrere Schnellhefter.

„Das Pfarrbüro ist leider schon geschlossen. Ich wollte grad noch ein paar Unterlagen holen.“

„Grimm. Gertrud Grimm. Ich möchte gerne den Herrn Pfarrer sprechen.“

„Das tut mir ebenfalls leid. Der Herr Pfarrer hat heute Abend Presbyteriumssitzung. Falls Sie zufällig in der Nähe sind, kommen Sie doch bitte morgen früh wieder, Frau Grimm.“

In der Nähe. Verärgert warf sie einen Blick auf die Uhr. Seit nunmehr vier Stunden war sie jetzt unterwegs. Und dies alles für eine Auskunft, die ihrem Verdacht zwar weitere Nahrung verschaffte, gleichzeitig aber mehr Fragen als Antworten zurückließ. Wollte sie erfolgreich sein, musste sie das Tempo ihrer Ermittlungen deutlich erhöhen, gestand sich die Detektivin ein.

Der Ausdruck des Bahnbeamten mit den möglichen Reisedaten sah einen Zwischenstopp am Innenwall nicht vor. Sie fragte die Gemeindemitarbeiterin nach einer günstigen Verbindung.

„Nach Wesel?“

Sie ging einige Schritte zum Bürgersteig und deutete mit dem ausgestreckten Arm zum Hotel Rheintor.

„Ein paar Meter weiter ist die Bushaltestelle. Von dort können Sie mit der Linie 68 direkt nach Wesel durchfahren. Das ist ja so einfach heutzutage. Da braucht man fast kein Auto mehr, nicht wahr?“

Frau Grimm bedankte sich einsilbig und folgte der Beschreibung.

11

6.55 Uhr, leichter Nieselregen zog im fahlen Licht der Laternen vorbei und verschwand in die Dunkelheit. Die Beleuchtung des entfernten Bahnüberganges bedeckte die Gräber mit langen Schatten.

Exhumierungen beizuwohnen gehörte zweifellos zu den ungeliebtesten Aufgaben des Polizeidienstes. Und das lag nicht nur daran, dass sie zum Schutz vor Neugierigen zumeist in den frühen Morgenstunden erfolgten. Zwar machte die Dienstvorschrift die Anwesenheit des leitenden Ermittlers, in diesem Fall Manuela Warnke vom Weseler KK1, nicht zwingend erforderlich, ein Verzicht darauf konnte aber unter Umständen unangenehme Fragen nach sich ziehen.

In wenigen Minuten musste eine Entscheidung über Art und Umfang der Ermittlung – wenn es denn dazu kommen sollte – getroffen werden. Eine Aufgabe der leitenden und ebenfalls anwesenden Staatsanwältin Annette Gerland. Allerdings scheute Frau Gerland in der Praxis nicht davor zurück, den Rat erfahrener Untergebener einzuholen. Ein Umstand, den Manuela Warnke außerhalb des Friedhofsgeländes sehr schätzte.

Sie zog sich die Kapuze des Regenmantels tiefer in die Stirn, während sie die Männer beobachtete, die den schweren Boden abtrugen. Müdigkeit kroch in ihre Glieder, der Magen grummelte. Fast stündlich war sie in der Nacht schweißgebadet aufgewacht. Sie hatte sich mit dem Gedanken schlafen gelegt, dass die Leiche erst drei Monate alt war, sie von „Overmans Nightmare“ verschont bliebe. So nannten die Kollegen in Duisburg die Horrorgeschichten ihres Ausbilders. Bevorzugt in der Kantine berichtete er den jungen Kollegen von seinen sehr speziellen Eindrücken bei Exhumierungen. Genüsslich erzählte Overman dann von den „Zweijährigen“. Damit meinte er Leichen in einem besonders unappetitlichen Verwesungsstadium, denen Maden aus allen Körperöffnungen krochen. Bei dem bloßen Gedanken daran verspürte sie einen Brechreiz.

„Kann mir mal einer sagen, was ich in diesem Modder hier finden soll?"

Zum ersten Mal konnte sie Gernot Bachmanns übellauniger Stimme etwas Positives abgewinnen. Froh über die Ablenkung sah sie erleichtert zu ihm auf. Die Exhumierung schien dem Chemiker vom rechtsmedizinischen Institut nicht das Geringste anzuhaben. Seit einer Viertelstunde maulte er abwechselnd über das schlechte Wetter, die unmögliche Arbeitszeit oder die miesen Arbeitsbedingungen. Staatsanwältin Annette Gerland hatte ihn sicherheitshalber angefordert. Sollte tatsächlich ein Tötungsdelikt vorliegen, dürfte das Opfer kaum ein Messer in der Brust haben, welches dem Arzt, der den Totenschein ausgestellt hatte, zufällig entgangen war. Bachmanns Aufgabe bestand darin, Proben aus dem Sargzwischenboden und dem benachbarten Erdreich zu nehmen und im Labor einer toxikologischen Untersuchung zu unterziehen. Nachdem eine Antwort ausblieb, verschränkte er die Arme und senkte beleidigt den Kopf. Der Regen wurde heftiger. Die beiden Männer standen mittlerweile bis zur Hüfte im Grab.

„Das gibt's doch gar nicht. Wie tief vergraben die denn hier ihre Toten?", fluchte der Ältere. Er trug einen gelben Regenmantel, der an mehreren Stellen eingerissen war. Die dunkelgrüne Arbeitshose war bis an die verdreckten Gummistiefel durchnässt.

„1,80 Meter bis Unterkante Sarg."

Manuela Warnke, Gernot Bachmann und Staatsanwältin Gerland drehten sich um.

„Bachus, Pfarrer der evangelischen Kirchengemeinde. Ich möchte nur mitteilen, dass mir der Anblick des Geschehens ein hohes Maß an Konsternation beschert. Ich habe Herrn Gesdonk sehr geschätzt. Gerade sein absolut integrer Charakter hat ihn, nicht nur für mich, so besonders und geradezu einzigartig gemacht."

Für Sekunden war lediglich das Geräusch der einfahrenden

Regionalbahn von der nahen Bahntrasse zu hören. Die Staatsanwältin räusperte sich und streckte Bachus die Hand entgegen.

„Gerland. Guten Morgen, Herr Bachus. Ich bin die leitende Staatsanwältin. Es ist nicht in unserem Interesse, dem Ansehen des Toten in irgendeiner Form zu schaden. Es liegen Hinweise auf eine Straftat vor, denen wir nachgehen müssen. Ich möchte Sie bitten, uns alleine zu lassen."

Bachus' Gesichtszüge wurden eine Spur härter.

„Sie sprechen den Friedhofsraub an. Meiner bescheidenen Meinung nach war es zwar die Tat haltloser Jugendlicher, aber bitte. Ich hoffe, Sie haben bei der Abwägung der Verhältnismäßigkeit der Mittel den Schmerz im Auge behalten, den Sie den Angehörigen zumuten. Im Übrigen findet hier gleich eine Beerdigung statt. Ich hoffe sehr, Sie ersparen der Trauergemeinde diesen Anblick. Gott sagt schließlich, du sollst die Toten ehren."

Unbeeindruckt von der Anwesenheit des evangelischen Pfarrers hatten die Männer weitergegraben. Die Schulter des Älteren schloss mittlerweile mit der Oberkante der Öffnung ab. Er richtete sich auf und wischte sich mit dem Handschuhrücken Schweiß von der Stirn.

„Also, wir können hier noch bis zum Mittag weiterbuddeln, das Grab ist so leer wie meine Brieftasche."

Bachus schob sich zwischen den Chemiker und Manuela. Entsetzt starrte er in die Grube.

„Sagt Gott nicht auch, du sollst nicht stehlen?", entfuhr es der Hauptkommissarin. Im selben Augenblick schämte sie sich dafür.

„Wer macht so etwas?", flüsterte der Pfarrer mit Grabesstimme.

„Das werden wir herausfinden, Herr Bachus", antwortete die Staatsanwältin und streckte den Arm aus. Bachus verstand und ging mit einsilbigem Gruß.

Manuela schaute ratlos auf den Boden des Erdlochs. Sie hatte mit allem gerechnet. Das Drehbuch für ihre Träume hatte in der Nacht das komplette Spektrum des Grauens bereitgehalten. Ihrem Bewusstsein diktierte sie an diesem Morgen das Bild eines friedlich entschlafenen Mannes. Aber jeder Spatenstich, der sie dem unvermeintlichen Anblick näher brachte, fuhr ihr direkt in den Magen. Und nun das. Ein leeres Grab – ein samt Inhalt gestohlener Sarg. Fieberhaft suchte sie nach einem Grund für das Unfassbare. Wohl wissend, dass es nur einen geben konnte.

Die beiden Männer kletterten derweil aus der Grube. Bachmann öffnete den am Boden liegenden Metallkoffer und entnahm ihm kleine Spatel, Einweghandschuhe und zwei Plastikdosen. Er wickelte die Utensilien in eine Folie und übergab sie Manuela mit der Bitte, sie ihm später anzureichen. Dann bückte er sich, stützte sich mit den Handballen auf dem Boden ab und machte sich zum Sprung bereit. In diesem Augenblick brach ein großes Stück Erde am Rand ab. Eine Sekunde später klatschte der Chemiker bäuchlings auf die feuchte Erde. Die Staatsanwältin drehte sich kopfschüttelnd ab, während Bachmann lautstark fluchte.

Auf dem Weg zwischen dem alten und dem neuen Friedhofsteil trafen sie auf Bartschneider. Der Uniformierte sicherte diesen Bereich vor unbefugten Gästen, sein Kollege Manthey stand ein paar Meter weiter an der Annastraße.

„Und?“, begrüßte er Manuela Warnke und Staatsanwältin Gerland mit einem Lachen, „hat er ein Messer in der Brust?“

„Das können wir nicht sagen“, antwortete Manuela. „Er ist verschwunden.“

Bartschneider brauchte eine Weile, bis er begriff, dass die Kollegin keinen Scherz machte.

„Das gibt’s doch nicht. Hatte die Alte also tatsächlich recht. Ich war sicher, die hat nicht mehr alle Löcher im Käse.“

„Ich kann Ihnen versichern, dass der Käse meiner Schwiegermutter komplett ist“, antwortete Annette Gerland. „Sie war auch schon an der Aufklärung mehrerer Mordfälle beteiligt.“ Dabei imitierte sie die bedeutungsschwere Stimme Gertrud Grimms. Bartschneider schluckte, eine leichte Röte legte sich auf sein Gesicht.

„Entschuldigung … Ich wusste nicht …“, stotterte er. Manuela hatte Mühe, das aufsteigende Lachen zu unterdrücken. Eine Minute später, auf dem schmalen Weg zu den Parkplätzen, vorbei an Kindergarten und Friedhofszaun, prustete sie dann los. Annette lachte lauthals mit.

„Moment“, unterbrach Manuela. „Schwiegermutter? Habe ich etwas verpasst?“

„Nein. Den Begriff habe ich nur aus dramaturgischen Gründen eingeflochten.“

Wieder lachten sie. Manuela hatte die Staatsanwältin noch nie so entspannt erlebt.

Unterwegs nach Wesel überdachte die Ermittlerin die weitere Vorgehensweise. Ihr wichtigster Anhaltspunkt war der zeitliche Aspekt. Es musste ein Ereignis eingetreten sein, das die Täter drei Monate nach der Beerdigung zum Diebstahl der Leiche veranlasste. Da ein solches Ereignis naturgemäß im näheren bis erweiterten Umfeld des Opfers zu suchen war, musste sofort eine Sonderkommission gegründet werden. Eine solche Umfeldermittlung konnte aber kaum im Verborgenen bleiben. Also musste schnellstmöglich zur Pressekonferenz geladen werden. Der Gedanke stieß Manuela sauer auf. Für die Medien dürfte das die Sensation des Jahres werden, was ihnen die Arbeit nicht gerade erleichtern würde. Gedankenversunken bemerkte sie erst im letzten Augenblick die Bremslichter vor ihr an der Ampelkreuzung Grünthal. Bei der folgenden Vollbremsung rutschte ihre Brieftasche vom Beifahrersitz in den Fußraum. Ein Foto von Hajo Klein rutschte heraus. Sie hob es auf, betrachtete es einen kurzen Moment und legte es dann in die Ablage.

12

„Deine Informantin hat angerufen", sagte Trixie mit geheimnisvoller Stimme. Camel verzog das Gesicht. Er hatte seinen verwaschenen Trenchcoat über den Haken neben der Tür geworfen, seinen Notizblock auf den Tisch geknallt und saß ihr nun leicht verstimmt gegenüber.

„Sie fragte, ob du schon was zum Fall Gesdonk herausgefunden hast. Ich habe ihr gesagt, du bist zu einem Termin und nach Feierabend wieder stets zu ihren Diensten. War das in Ordnung?"

„Die kann mich mal."

„Oha. Scheint ein schwieriger Fall zu sein."

Camel verzog den Mund. Er hatte gestern fast den ganzen Tag damit zugebracht, verwertbare Artikel über Gisbert Gesdonk aus dem Archiv zu fischen. Unter einem Vorwand erklärte er Redaktionsleiter Sennheiser, die fälligen Berichte erst heute schreiben zu können. Zum Glück handelte es sich ausnahmslos um Meldungen, die auf den Folgetag geschoben werden konnten. Alles, was er herausgefunden hatte, bestätigte seine Vermutung. Gesdonk war über jeden Zweifel erhaben. Bereits zu Lebzeiten wurde er mit Auszeichnungen und Ehrungen geradezu überhäuft. Diesmal liegt die Alte gründlich daneben, dachte Camel. Lustlos blickte er auf den gewellten Block vor sich.

„Was hast du mit deiner Hand gemacht, Camelchen?"

Sein Blick streifte drei Pflaster auf dem Rücken seiner linken Hand. Er hatte es bereits verdrängt und winkte genervt ab. Es war wieder einer dieser stinklangweiligen Provinztermine gewesen, die er so hasste und die ihn seiner Ansicht nach völlig unterforderten. Eine Rentnerin aus Götterswickerhamm hatte es sich zur Aufgabe gemacht, norwegische Waldkatzen zu züchten. Auf den ersten Blick sahen sie wie ganz normale Hauskatzen aus, abgesehen von den langen Haaren. Sie seien äußerst lieb und verspielt, erfuhr der Journalist. Als er einem dieser schwarz-weißen Fellknäuel beiläufig eine Stoffmaus abnehmen wollte, rammte dieses blitzschnell nadelspitze Krallen in seine Haut. Immer noch verärgert darüber, zog er den Notizblock heran und begann mit den ersten Zeilen. Die Sätze krochen nur mühevoll heraus. Camel fragte sich, wie viel Resturlaub wohl noch auf seinem Konto stand. Das leise Rattern des Faxgerätes nahm er als willkommene Ablenkung. Ohne große Erwartung schnappte er nach der Mitteilung. Kurze Zeit später gerieten die Waldkatzen schlagartig in Vergessenheit. Die Kreispolizeibehörde lud für den morgigen Tag um elf Uhr zur Pressekonferenz. Anlass war das Ergebnis einer Exhumierung auf dem Annafriedhof in Rheinberg. Sprachlos ließ er sich in den Stuhl zurückfallen. Sollte die Grimm etwa doch …? Dann schnellte er vor und tippte Adrianos Durchwahl ein. Durch das einigermaßen vertraute Verhältnis zu dessen ehemaligem Vorgesetzten Heinrich Grimm zeigte sich auch der Oberkommissar hin und wieder mitteilsam. Camel kam direkt zur Sache.

„Handelt es sich um das Grab von Gisbert Gesdonk?"

„Möglich."

„Habt ihr Hinweise auf eine Gewalttat gefunden?"

„Wir haben gar nichts gefunden."

„Wie, gar nichts?"

„Alles Weitere morgen auf der PK."

Dann legte er auf. Wütend knallte Camel das Telefon auf den Tisch.

„Gar nichts! Was heißt das, morgen auf der PK? Spinnen die? Ich schreibe doch nicht für die Bäckerblume!"

Der Redakteur war außer sich vor Wut. Adriano fand offensichtlich Gefallen daran, ihn hinzuhalten.

„Möchtest du drüber reden?", flötete seine Kollegin.

„Nein!"

„Den Knopf kannst du aber schon zumachen." Sie deutete auf das fliederfarbene Hemd aus den Siebzigern mit dem gelben Blütenmuster. Er hatte in der letzten Zeit ordentlich zugelegt, von einem Bauchansatz konnte schon fast keine Rede mehr sein. Mit einer fahrigen Bewegung wollte er das Hemd zuknöpfen, dabei riss der Knopf ab. Sein Kopf wurde zu einem Dampfkessel mit Überdruck.

„Ich weiß gar nicht, warum du dich so aufregst. Ein leeres Grab gibt doch eine prima Story."

„Leeres Grab, wie kommst du darauf?"

„Wenn ich das richtig verstanden habe, hat der Herr Kommissar gesagt, sie haben gar nichts gefunden. Also war das Grab leer."

„Quatsch. Leeres Grab …" Er wollte sich schon mit dem Zeigefinger an die Stirn tippen, als er mitten in der Bewegung einfror. Die Erinnerung flog zu dem Gespräch mit Frau Grimm im „Müllers". Sie hatte es nicht ausgesprochen, aber zwischen den Zeilen genau das angedeutet, was Adriano verschlüsselt und Trixie gerade ganz offen gesagt hatte. Seine Gedanken formierten sich rasend schnell zu einer mächtigen Schlagzeile. Darunter der Aufmacher des morgigen Tages. Im gleichen Augenblick türmte sich jedoch ein kaum überwindbares Hindernis auf: Der Annafriedhof fiel in den Aufgabenbereich der Rheinberger Kollegen. Harry Reuter vertrat dort seit zwei Wochen einen erkrankten Mitarbeiter. Reuter wohnte in Flüren, er würde vermutlich liebend gerne an den angestammten Arbeitsplatz zurück. Camel könnte einfach mit ihm tauschen, wäre da nicht Sennheiser. Der Redaktionsleiter würde ihn als seinen besten Mitarbeiter bestimmt nicht freiwillig ziehen lassen, wusste Camel. Angestrengt arbeitete er an einer geeigneten Strategie, suchte nach dem passenden Argument. Es schien keins zu geben. Nach einer Viertelstunde des Grübelns entschloss der Redakteur sich, es auf direktem Weg zu versuchen.

„Der Aufmacher, die Sensation des Jahres", imitierte Sennheiser den Tonfall seines Mitarbeiters, „wieso kommt mir das nur so bekannt vor? Und vor allem: Warum stehen Sie dann noch hier herum?"

„Tja, ähem … das ist das Problem, Chef. Also, die Sache ist die: Dafür sind eigentlich die Rheinberger zuständig."

Nachdem es raus war, atmete Camel leicht durch und wartete gespannt auf die Antwort.

„Kein Problem, dann kann Reuter endlich zurückkommen. Wir brauchen ihn hier dringend. Am besten tauschen Sie gleich morgen. Ich mache das direkt klar." Seine Hand flog zum Telefon. Nachdenklich verließ Camel das Büro des Redaktionsleiters.

13

Gertrud Grimm lief nervös in der Küche umher und sah dabei immer wieder auf die Uhr. Nach dem Treffen der Landfrauen am gestrigen Abend kam sie mit Heidi Heitkamp ins Gespräch und klagte ihr Leid über die immensen Taxikosten sowie die unzureichende Nahverkehrsversorgung. Gegen 22 Uhr fuhr Heidis Enkel vor, um seine Oma abzuholen. Sofort kam den Damen die zündende Idee. Benjamin Heitkamp war seit der Schulentlassung arbeitslos und laut Heidi ständig auf der Suche nach einem Nebenjob. Die Antworten auf erste Nachfragen über die Höhe des gewünschten Stundenlohns liefen dieser Situation völlig zuwider. Nach zähen Verhandlungen einigte man sich schließlich auf einen Stundensatz von 8,50 Euro, was aber beinhaltete, dass Ben auch ein Fahrzeug zur Verfügung stellte. Als kleines Bonbon handelte Frau Grimm den Satz für Wartezeiten zusätzlich auf 6 Euro je angefangene Stunde herunter. Aus ihrer Sicht ein echtes Schnäppchen. Um neun Uhr sollte der neue Fahrer seine Tätigkeit aufnehmen und sie nach Rheinberg befördern. Das war vor fünfzehn Minuten. Halb zehn war sie mit Pfarrer Bachus verabredet. Sie griff wütend nach dem Telefon, um ein Taxi zu bestellen. Gerade als sie die Nummer gewählt hatte, ertönte die Türklingel.

Sie riss mit einem Schwung die Haustür auf. Fast zeitgleich zerplatzte eine riesige Kaugummiblase. Vor ihr stand ein junger Mann, ungefähr einen Meter siebzig groß und beinahe halb so breit. Er trug eine Schlabberhose im Tarnfarbenlook, die ihm mindestens drei Nummern zu groß war. Auf dem Kopf thronte lose eine Baseballkappe. Beim Anblick des T-Shirts, das den Bauch eng umspannte, überlegte sie eine Sekunde, die Tür wieder zu schließen und den Gedanken an das Taxi erneut aufzugreifen. Auf dem schwarzen Kleidungsstück prangte in knallgelber Schrift der Satz: „Sag deinen Titten, sie sollen mich nicht anstarren“.

„Gab ein kleines Problem“, begann er kauend. „Ich konnte keinen Wagen klarmachen. Können wir den da nehmen?“ Er deutete lässig auf Heinrichs Opel in der Garagenauffahrt. Gertrud Grimm schluckte. Ein reflexartiger Blick auf die Uhr führte ihr schmerzhaft das Fehlen einer Alternative vor Augen. Ihren Sohn konnte sie zum Glück nicht fragen, er war in die Stadt gegangen. Eilig kritzelte sie eine Nachricht auf die Rückseite eines Briefumschlages, legte ihn auf die unterste Treppenstufe und kramte den Ersatzschlüssel für Notfälle aus der Garderobenschublade.

„Wann müssen wir denn da sein?“, fragte er beim Anlassen des Motors.

„In zwölf Minuten“, antwortete sie wütend und fragte sich im selben Augenblick, ob Schweigen nicht besser gewesen wäre.

„Dann wollen wir mal sehen, was die Karre so draufhat.“ Mit quietschenden Reifen startete er von der Jülicher Straße. Frau Grimm umklammerte den Gurt. Derweil hantierte ihr Chauffeur am Sendersuchknopf des Radios. Nach einigen Versuchen fand er einen Kanal, der Hip-Hop spielte, und drehte die Lautstärke bis zum Anschlag auf. Frau Grimm zuckte zusammen und schaltete das Gerät mit einem beherzten Griff aus.

„Na schön, dann unterhalten Sie mich halt. Mir wird nämlich schnell langweilig.“

„Ja … ähem, warum haben Sie keinen Ausbildungsplatz?“

Seine Mundwinkel sanken herab, das war anscheinend nicht sein Lieblingsthema. Nachdem er auf dem Südring mit Tempo 90 einen Lkw überholt hatte, riss er das Lenkrad herum und bog mit quietschenden Reifen auf die Schillstraße Richtung Rheinbrücke.

„Ist noch zu früh, ich muss mich erst mal selber finden. Viele nehmen den erstbesten Ausbildungsplatz, Mutti zuliebe oder so. Ist doch voll krass, die hängen bis zur Abschiebung in irgend ’nem Job und haben null Bock drauf. Ist eh nix für mich, geregelte Arbeitszeiten und so’n Scheiß. Ich muss mich verwirklichen, verstehen Sie?“

„Ja, aber Herr Heitkamp …"

„Nennen Sie mich Ben oder DJ Ben, ist mein Künstlername. Gibt da ein paar Schuppen, in denen ich auflege, wenn ich grad Bock drauf hab."

Die Seniorin gewann zunehmend den Eindruck, sie würden sich unterschiedlicher Sprachen bedienen. Jedenfalls verstand sie kaum die Hälfte. Sie fuhren mittlerweile durch den Ortsteil Büderich. Hinter der Ampel war der Weg frei, Ben trat das Gaspedal durch. Etwa einhundert Meter hinter einer Tankstelle, die Tachonadel näherte sich der Achtzigermarkierung, blitzte es.

„Das bezahlen Sie!", fauchte Gertrud Grimm.

„Nix da, gehört alles zu den Spesen. Wer wollte denn in zwölf Minuten in Rheinberg sein?"

Das Klingeln ihres Mobiltelefons in der Handtasche ließ den lautstarken Protest verstummen. Es war Camel, der ihr hektisch und atemlos die Sensation des Tages verkündete. Die Polizei hatte ihr Anliegen also ernst genommen, registrierte die Seniorin zufrieden. Camel war immer noch fassungslos, bettelte pausenlos um weitere Informationen.

„Was haben Sie denn herausgefunden, Herr Walther?", ging sie energisch dazwischen. Sekundenlang drang nur angestrengtes Atmen an ihr Ohr.

„Nichts. Gesdonk hatte eine blütenweiße Weste."

„Dann suchen Sie mal schön weiter. Sobald Sie etwas Brauchbares haben, bekommen Sie Ihre Informationen. Geben und nehmen, kennen Sie sicherlich." Mit diesen Worten beendete sie das Gespräch und schaltete das Handy aus.

Lediglich drei Minuten nach der vereinbarten Zeit erreichten sie das Haus am Innenwall. Sie wunderte sich, dass Ben den Motor nicht abstellte.

„Ich habe einen Riesenkohldampf. Ich fahre eben zu Mäckes und hol mir was zu beißen. Dauert höchstens zehn Minuten."

Kopfschüttelnd stieg Frau Grimm aus. Nachdem sie geklingelt hatte, überdachte sie noch einmal alle Alternativen einer kostengünstigen Beförderung. Ihr kam der Gedanke, eine Zeitungsannonce aufzugeben, da öffnete sich die Haustür. Staunend musterte sie Benedikt Bachus. Er trug eine altmodische Frisur mit Seitenscheitel, dazu ein T-Shirt mit dem Konterfei Albert Einsteins, der dem Betrachter die Zunge herausstreckte, und eine verwaschene Jeans.

„Entschuldigen Sie mein Aussehen, ich komme gerade vom Kindergarten. Die Kleinen mögen es ein wenig lockerer."

Freundlich bat er sie in sein Büro. Über die Wände verteilt hingen eine Reihe Aquarelle und vereinzelt auch Ölbilder. Sie zeigten Landschaften mit kleinen Kirchen und Kapellen. Allen Bildern gemein waren die weichen, ineinanderfließenden Übergänge. Selbst die scharfen Umrisse der Gebäude wirkten auf das Auge des Betrachters beinahe wie der Blick durch Milchglas. Frau Grimm gewann den Eindruck, der Künstler habe seinen Träumen Ausdruck verleihen wollen.

„Haben Sie die gemalt?"

Bachus lächelte verlegen.

„Nein, aber Sie sind nah dran. Die Bilder stammen von meinem Bruder."

Gertrud Grimm folgte seinem ausgestreckten Finger und erkannte die Signaturen in den unteren Ecken der Werke. Ein senkrechter Strich, mit einem schmalen Pinsel gezogen, der nach einem Linksbogen am Fuße diagonal in die beiden Halbkugeln eines angedeuteten „B" überging. Auf einem Bild neben dem Fenster erkannte sie die Rückansicht der evangelischen Kirche.

„Was führt Sie zu mir, Frau Grimm?"

Sie nahmen übereck auf einer Sitzgarnitur Platz.

„Ich leite das Detektivbüro Grimm & Sohn." Sie reichte ihm eine Visitenkarte. Bachus hob die Augenbrauen.

„Vor wenigen Tagen bat Frau Charlotte Gesdonk um unsere Unterstützung. Sie hegte den Verdacht, man habe den Leichnam ihres Ehemannes, Gisbert Gesdonk, gestohlen. Diese Vermutung hat sich mittlerweile als richtig herausgestellt. Nach meinen bisherigen Ermittlungen haben Sie, Herr Bachus, den Toten damals gefunden."

Das freundliche Lächeln wich einer ernsten Miene.

„Ja, das ist richtig. Wenngleich dieser Ausdruck einen falschen Schluss nahelegt. Ich habe Herrn Gesdonk besucht, das kam des Öfteren vor, wir waren befreundet. Bei Gott, ich sehe dieses Bild immer noch so klar vor mir, als sei es gestern gewesen."

Bachus führte den rechten Zeigefinger ans Auge, wischte darüber.

„Sie haben gesehen, wie er gestorben ist?"

„Fast wünschte ich, es wäre so gewesen. Ich hätte ihm vielleicht helfen, einen Arzt herbeirufen oder ihm wenigstens den nötigen Beistand angedeihen lassen können. Aber so …"

Er presste die Lippen aufeinander und schüttelte langsam den Kopf.

„Herr Gesdonk war zum Zeitpunkt seines Todes alleine im Haus?"

Bachus schwieg eine Weile, bevor er sich räusperte und fortfuhr.

„Seine Frau war als Betreuerin in einem Ferienlager für sozial benachteiligte Kinder im Sauerland. Die Gesdonks haben sich in jeder freien Minute wirklich vorbildlich für ihre Mitmenschen eingesetzt."

„Sie waren also der Letzte, der Gisbert Gesdonk lebend gesehen hat, außer dem …", kurz entschlossen verschwieg sie ihren Verdacht, „oder waren noch weitere Besucher da?"

„Nein", antwortete der Pfarrer verwundert.

„Wie ist der Abend verlaufen?"

Bachus' Augen verengten sich, sein Blick wurde argwöhnisch.

„Weshalb interessiert Sie das überhaupt?"

„Niemand stiehlt grundlos einen Leichnam, schon gar nicht nach drei Monaten. Dafür muss es einen triftigen Grund geben und den werde ich finden."

„Sie wollen damit sagen …"

Gertrud Grimm nickte mit ernster Miene. Bachus hatte offensichtlich die Konsequenz der Tat nicht bedacht. Er wirkte erschüttert. Frau Grimm bat ihn noch einmal um eine Schilderung des Abends. Ein leichter Ruck durchfuhr den Pfarrer, bevor er zur Antwort ansetzte.

„Wir haben bei einem Glas Rotwein die Pläne für die kommenden Wochen abgesprochen. Ich hatte zu diesem Zeitpunkt sehr viele Termine, Gisbert war so freundlich, einige Gottesdienste für mich zu übernehmen. Er kennt … pardon, kannte die Gegebenheiten von seiner Zeit als Aushilfspfarrer. Nach seiner Emeritierung konnte er einfach nicht nahtlos in den Ruhestand übergehen. Zum Glück für unsere Gemeinde, die damals nach der Erkrankung meines Vorgängers dringend Unterstützung benötigte. Das Ganze hat etwa eine Stunde gedauert, ich weiß noch, dass ich auf der Rückfahrt die 21-Uhr-Nachrichten im Radio hörte."

„Herr Gesdonk lebte noch, als Sie ihn verließen?"

„Ja und wie! Gut, er war etwas angeheitert. Weil ich fahren musste, habe ich nur ein Glas getrunken, Gisbert den Rest der Flasche. Aber ich musste noch einmal zurück. Auf halber Strecke, kurz vor der Kreuzung Grünthal, habe ich bemerkt, dass ich meinen Terminkalender vergessen hatte. Ohne bin ich völlig hilflos, wissen Sie."

Gertrud Grimm machte sich unentwegt Notizen. Immer wenn der Redefluss ins Stocken geriet, hob sie den Kopf und sah ihn auffordernd an.

„Kurz darauf stand ich wieder vor seiner Haustür, aber niemand öffnete. Ich habe mehrmals geklingelt – nichts. Ans Telefon ging er ebenfalls nicht. Ich habe mir große Sorgen gemacht. Mir fiel ein, dass wir bei offener Terrassentür im Wohnzimmer saßen, also ging ich um das Haus herum in den Garten. Da sah ich ihn im Sessel liegen, die Arme von sich gestreckt." Bachus' Stimme wurde leiser, Frau Grimm rutschte näher an ihn heran. „Auf dem Boden lag das Glas, der Wein breitete sich auf dem Teppich aus.

Ich habe seinen Puls gesucht – nichts. Ich stand unter Schock, wusste nicht, was ich machen sollte. Da habe ich Doktor Haverdunk angerufen, seinen Hausarzt."

„Warum ausgerechnet Doktor Haverdunk? Ruft man in einem solchen Fall nicht den Notarzt?"

Bachus sprang auf, ging ans Fenster. Sein leerer Blick schweifte über den kleinen Garten im Schatten der Kirche und endete am angrenzenden Kirchhof, über den sich bis zum vorigen Jahr noch die mächtige Krone einer knorrigen alten Kastanie gespannt hatte.

„Ja, macht man. Falls man bei Sinnen ist. Gisbert war tot. Ich habe nicht weiter nachgedacht, stand völlig neben mir. Wir Pfarrer", er drehte sich um, „werden oft mit dem Tod konfrontiert, stehen den Menschen in ihren schwersten Stunden bei, spenden Worte des Trostes an die Angehörigen. Aber das alles ist weit weg von der eigenen Seele. Der Tod ist ein Fremder, der vorübergeht. Ein Diener, der Gottes Willen geschehen lässt. Wir können ihn so lange mit der Kraft unseres Glaubens akzeptieren, bis er in unsere Nähe kommt. In diesem Moment kommen selbst dem ergebensten Christen Zweifel. Ich habe mich dafür geschämt, wollte sie verdrängen. An diesem Abend, in den ersten Minuten nach dem Tod meines Freundes, war der Schmerz stärker."

„Das kann ich verstehen. Vor allem, wenn es so unerwartet kommt. Haben Sie sich, gerade in diesen Minuten des Schmerzes, nicht die Frage gestellt, woran Herr Gesdonk gestorben ist? Immerhin soll er kerngesund gewesen sein."

Bachus nickte. Nachdenklich setzte er sich wieder.

„Ich glaube, ich habe einen großen Fehler begangen."

„Was meinen Sie damit?"

„Thilo … Doktor Haverdunk, kamen Zweifel. Er hatte Gisbert wenige Tage vor dessen Tod gründlich untersucht. Er sagte, Gisbert besäße die Konstitution eines Fünfzigjährigen. Deshalb überlegte er ernsthaft, eine natürliche Todesursache infrage zu stellen.

Bei dem Gedanken an die Konsequenzen habe ich ihn angefleht, er möge seine Entscheidung überdenken."

Für Gertrud Grimm klang das übertrieben dramatisch. Wovor hatte Bachus Angst? Ungefragt schob er die Antwort hinterher.

„Wir hatten einige Monate zuvor einen solchen Fall in unserer Gemeinde. Eine augenscheinlich absolut vitale Frau lag plötzlich tot im Bett. Zwei Tage, bevor sie in den Urlaub fahren wollte. Sie war erst dreiundfünfzig Jahre alt und nie krank. Der Hausarzt bescheinigte eine unklare Todesursache. Die Tote wurde obduziert, der Ehemann tagelang polizeilich verhört, sogar Untersuchungshaft wurde ihm angedroht. Einen Tag nach der Beerdigung schnitt er sich die Pulsadern auf, konnte im letzten Moment gerettet werden. Todesursache war übrigens ein Blutgerinnsel im Gehirn. Manchmal kommt der Tod eben auf leisen Sohlen."

„Das stimmt. Und manchmal stellt sich die Frage, woher er kommt. Womit wir wieder beim Ausgangspunkt wären. Ich will ganz offen sein, Herr Bachus. Meine reichhaltige Erfahrung mit den unglaublichsten Verbrechen lässt nur einen logischen Grund für den Diebstahl des Leichnams zu: Die Täter wollen eine weitaus schlimmere Tat vertuschen."

„Sie meinen …?"

„Mord, ganz richtig", bestätigte sie mit betont düsterem Unterton.

„Aber – wer sollte Herrn Gesdonk getötet haben? Sein Lebensweg war gepflastert mit guten Taten. Niemand konnte ihm etwas Schlechtes nachsagen. Sie müssen sich irren, Frau Grimm."

„Ich fürchte nein. Sie selbst haben gerade einen Fehler eingeräumt, Herr Bachus. Vielleicht hat Herr Gesdonk, möglicherweise sogar ungewollt, einen Menschen gekränkt oder verletzt. Das kann jedem von uns passieren. Bitte denken Sie nach."

„Ich kann das nicht glauben", murmelte der Pfarrer, bevor er minutenlang nur schweigsam auf den Tisch starrte. Frau Grimm blätterte leise eine Seite ihres Notizblockes um. „Glaubwürdig", notierte sie unter die Aussage des Pfarrers. Ihr fiel auf, dass der Täter die Tat akribisch geplant haben musste. Einbruchspuren hätten den Plan zunichtegemacht. Er musste das Haus demnach beobachtet haben, musste wissen, wann sein Opfer alleine war, und zusätzlich darauf vertrauen, in einem günstigen Augenblick ungehindert ins Haus zu gelangen. Außerdem durfte es keinerlei Anzeichen auf Gewalteinwirkung geben. Als Tatwaffe kam in ihren Augen somit nur Gift infrage. Einen Fremden konnte man unter diesen Bedingungen wohl ausschließen, dachte Frau Grimm.

„Es gab da einen Vorfall, aber … nein, das würde zu weit gehen."

„Bitte erzählen Sie trotzdem."

Bachus rutschte unruhig hin und her, kratzte sich an der Augenbraue, schenkte ihr einen vertrauensvollen Blick.

„Aber Sie behalten das bitte für sich!"

„Selbstverständlich", antwortete sie leicht pikiert. „Diskretion ist die Basis meiner Arbeit."

„Da war mal diese Geschichte mit Nadežda Rada, einer Hauptschülerin in Rheinberg. Es war im Mai. Das Mädchen war völlig verzweifelt. Ihre Eltern wussten keinen Rat. Herr Gesdonk hat sich der Angelegenheit angenommen und konnte ziemlich schnell das Vertrauen der Kleinen gewinnen. Es stellte sich heraus, dass es zu sexuellen Übergriffen eines Lehrers gekommen war. Herr Gesdonk zögerte keine Sekunde, meldete den Fall Schule und Polizei. Der Lehrer wurde mit sofortiger Wirkung vom Dienst suspendiert."

„Wie hat er darauf reagiert?"

„Nun ja, er war, gelinde ausgedrückt, ziemlich sauer. Er hat Herrn Gesdonk auf übelste Weise beschimpft, ihm Populismus vorgeworfen und unterstellt, grundlos sein Leben zerstört zu haben."

„Hat er Herrn Gesdonk bedroht?"

Bachus hob die Schultern.

„Das weiß ich nicht, mein Freund verlor sich bei dem Thema in vagen Andeutungen. Ich glaube, er wollte es verdrängen."

Mit leuchtenden Augen notierte Frau Grimm die Aussage. Der Fall kam schneller ins Rollen, als sie erwartet hatte. Einen angesehenen Lehrer aus der Bahn zu kegeln konnte zweifellos das gesuchte Motiv begründen. Bevor sie ging, ließ sie sich von Bachus noch den Namen geben.

Ben hatte den Opel in der Parkplatzreihe vor dem Hochhaus abgestellt. Bevor seine Auftraggeberin einsteigen konnte, räumte er einige Fast-Food-Verpackungen vom Beifahrersitz und warf diese kurzerhand auf die Rückbank. Mit einem Taschentuch verrieb er eilig einen Ketchupfleck auf dem beigefarbenen Schonbezug. Einige Zigarettenstummel im Aschenbecher und die nikotingeflutete Luft erinnerten Gertrud Grimm daran, dass sie es versäumt hatte, auf das Rauchverbot hinzuweisen. Während sie darüber nachdachte, wie sie ihren Sohn so lange vom Auto fernhalten konnte, bis die Spuren beseitigt waren, griff Ben nach einer Coladose aus dem Fußraum und öffnete sie. Ein Schwall klebriger Flüssigkeit ergoss sich über Lenkrad, Armaturenbrett und Windschutzscheibe.

„Das werden Sie alles sauber machen", zischte Frau Grimm leise. Ben wischte die Spuren flüchtig mit dem Fenstertuch aus der Ablage weg. Seine Beifahrerin überschlug derweil noch einmal die Taxikosten.

„Zurück nach Wesel?"

„Nein, wir fahren zur Schule."

14

„Das gibt's doch nicht!"

Heinrich hielt den Haustürschlüssel in der Hand. Er hatte schon aufschließen wollen, da bemerkte er im Augenwinkel die Veränderung. Schnellen Schrittes lief er zur Garagenauffahrt, sah sich hilflos um. Dann öffnete er das Garagentor und starrte entsetzt auf Fahrräder, Rasenmäher und Gartenutensilien. Annette, die er auf dem Rückweg aus der Stadt abgeholt hatte, stand ungläubig neben ihm.

„Mein Auto ist weg!", rief Heinrich.

„Lass uns erst mal ins Haus gehen, vielleicht gibt es ja eine Erklärung", versuchte die Staatsanwältin ihren Freund zu beruhigen.

„Welche Erklärung? Meine Mutter hat jedenfalls keinen Führerschein. Ich rufe sofort die Kollegen an."

Der Opel war acht Jahre alt. Er verfügte weder über ein Navigationssystem noch über andere begehrenswerte Extras. Diebstahl? Heinrich konnte sich das nicht erklären. Er stürzte ins Haus, schleuderte seine Jacke an die Garderobe im Flur und wollte die Treppe hinaufsprinten. Die Hand bereits am Geländer, entdeckte er den Umschlag mit Gertrud Grimms handschriftlicher Mitteilung. Er stoppte mitten in der Bewegung und nahm sie hoch.

„Habe mir deinen Wagen geliehen. Gruß, Mutti", las er laut vor. Ihre Blicke trafen sich.

„Sie hat ihr Handy abgeschaltet." Wütend knallte Heinrich das Mobiltelefon auf den Tisch. „Wahrscheinlich steckt sie ihre Nase wieder in Dinge, die sie nichts angehen. Wir müssen sie suchen."

„Nein, müssen wir nicht", antwortete Annette energisch. „Offiziell ist sie deine Angestellte im Detektivbüro Grimm & Sohn, schon vergessen? Und als solche recherchiert sie im Auftrag einer Kundin. Das ist diesmal völlig legal. Allerdings ist mir nach dem heutigen Kenntnisstand nicht ganz wohl dabei."

Sie erzählte ihrem Freund von dem Ergebnis der Exhumierung am Morgen.

„Sag ich doch", brummte er. „Sie steckt ihre Nase mal wieder in einen Mordfall. Das ist Behinderung der Polizeiarbeit."

Annette seufzte. Sie konnte Heinrichs Sorge verstehen.

„Wir haben bisher noch keinen Mordfall. Wir ermitteln in einem Vergehen nach §168 StGB, Störung der Totenruhe. Eine Behinderung seitens deiner Mutter kann ich nicht erkennen."

Sie machte eine kurze Pause, setzte sich neben Heinrich.

„Intern schließen wir natürlich ein Tötungsdelikt nicht aus. Und genau das ist es, was mir Sorgen macht. Die Aktivitäten deiner Mutter dürften dem Mörder in diesem Fall nicht verborgen bleiben."

Heinrich dachte an den Besuch von Charlotte Gesdonk. Ihre Aussage von den falsch gepflanzten Blumen auf dem Grab ihres Mannes. Er hatte es für die Hysterie einer trauernden Witwe gehalten. Mehr aus Langeweile hatte er am heutigen Vormittag Erkundigungen über den Verstorbenen eingeholt. Anschließend war er absolut überzeugt, dass die Witwe sich irrte. Ein vertrautes Geräusch beendete seine Überlegungen. Es war die Stimme seiner Mutter, die aus dem Flur nach oben drang. „Um 15 Uhr benötige ich Sie wieder", hörte er.

„Ich glaube, dein Auto ist wieder da", sagte Annette. Heinrich blieb sitzen und behielt die Tür im Auge. Tatsächlich wurde sie wenig später voller Tatendrang aufgerissen.

„Hier seid ihr!", begrüßte sie Annette und Heinrich, als sei es selbstverständlich, dass die beiden unten in ihrer Küche sitzen würden.

„Der Mordfall Gesdonk kommt ins Rollen", jubilierte sie und setzte sich ungefragt an den Tisch.

„Mein Auto offensichtlich auch", entgegnete Heinrich wütend.

„Ach das", antwortete sie mit einem verlegenen Lachen. „Der Ben hatte heute Morgen keinen Wagen zur Verfügung, da habe ich deinen geliehen, du hast ihn ja nicht gebraucht."

„Es wäre nett gewesen, wenn du mich vorher gefragt hättest. Und wer ist überhaupt Ben?“

„Also, erstens war mein Partner mal wieder nicht da, wenn man ihn braucht, und zweitens können die Ermittlungen nicht warten, bis es meinem Herrn Sohn genehm ist. Ben ist übrigens mein Chauffeur. Prima Idee, nicht wahr? Stammt ja auch von mir.“

„Und das Auto stammt von mir. Ein Auto und eine Frau verleiht man nicht. War das nicht Vaters Lieblingsspruch?“

„Da habe ich ja Glück gehabt“, entfuhr es Annette, die insgeheim Spaß an dem Geplänkel hatte.

„Wie dem auch sei“, Gertrud Grimm kramte ihren Notizblock hervor und blätterte aufgeregt darin, „nachdem die Polizei dank meiner Initiative den ersten Schritt unternommen hat, muss nun der nächste folgen: die Festnahme des mutmaßlichen Mörders.“

Das sonore Ticken der alten Wohnzimmeruhr mit Eichenrahmen, die Heinrich gegen den Widerstand seiner Freundin in das neue Interieur eingebunden hatte, überlagerte die Stille. Frau Grimms Ärger über den Rektor der Hauptschule, der sich beharrlich geweigert hatte, irgendwelche Informationen preiszugeben, war noch nicht abgeklungen. Selbst die Schüler auf dem Pausenhof waren ihr ausgewichen. Widerwillig hatte sie Ben um Hilfe bitten müssen. Grinsend reichte dieser ihr nach wenigen Minuten den Zettel mit der Anschrift.

Annettes Ansicht nach schoss die Seniorin in ihrem Eifer wieder mal weit übers Ziel hinaus. „Gertrud, erstens kann von einem Mord gar keine Rede sein, denn dazu fehlt uns jeglicher Hinweis, und zweitens müssten wir den Mörder dann erst mal ermitteln, nicht wahr?“

Gertrud Grimm verdrehte die Augen. Sie konnte kaum glauben, dass eine gestandene Staatsanwältin die einfachsten Zusammenhänge nicht sah.

„Liebe Annette, die Tatsache, dass jemand eine Leiche stiehlt, dürfte Hinweis genug sein. Den Mörder braucht ihr nicht zu ermitteln, das habe ich bereits getan. Es handelt sich um Horst Kreuzer, wohnhaft in Rheinberg-Alpsray, Dahlienstraße 73."

Heinrich hörte sprachlos zu. Heute Morgen wurde ein leeres Grab vorgefunden und fünf Stunden später lieferte seine Mutter die Adresse eines Mörders, obwohl die Todesursache des vermeintlichen Opfers nicht einmal ansatzweise ermittelbar war.

„Wenn dem so ist", erwiderte Annette, „kannst du sicherlich auch das Motiv liefern."

„Selbstverständlich", bemerkte Gertrud Grimm trocken und stand auf. „Kreuzer ist – oder besser war Lehrer an der Rheinberger Hauptschule. Er hat sich an einer Schülerin, Nadežda Rada, sexuell vergangen. Diese hat sich vertrauensvoll an Gisbert Gesdonk gewendet. Der wiederum hat den Fall Polizei und Schulleitung gemeldet. Woraufhin Kreuzer vom Dienst suspendiert wurde und Rache geschworen hat. Das wär's dann, der Fall ist abgeschlossen, ich werde die Rechnung fertig machen. Schönen Tag noch!"

Sichtlich stolz marschierte sie aus dem Zimmer.

„Das Leben kann so einfach sein", schmunzelte Heinrich. „Obwohl – eine gewisse Logik kann man ihrer Aussage nicht absprechen."

„Quatsch! Das passt doch vorne und hinten nicht. Wie soll ein einzelner Mann ein Grab ausheben und einen kompletten Sarg samt Inhalt abtransportieren? Und vor allem wohin?"

„Sprach der Zeuge nicht von mindestens zwei Männern?"

„Gerade das macht es noch unwahrscheinlicher. Es wäre ein sehr persönliches Motiv, wer sollte ihm demnach helfen? Überhaupt, weshalb sollte der Täter nach drei Monaten den Leichnam entwenden? Tut mir leid, ich halte diese These für hanebüchen."

„Hast du einen besseren Ansatz? Falls nicht, würde ich dem Hinweis nachgehen, selbst wenn er von meiner Mutter stammt."

„Bisher ermitteln wir in einem Fall von Störung der Totenruhe. Wir haben weder ein Mordopfer noch den geringsten Hinweis darauf. Solange das so bleibt, werde ich keine dubiosen Verdächtigen befragen lassen."

15

Weil sich im Konferenzraum alte Computer und Büromöbel stapelten, die seit Wochen abgeholt werden sollten, musste die siebenköpfige Sonderkommission „Annaberg“ in das kleine Verhörzimmer ausweichen. Dicht gedrängt saßen sie um den kleinen viereckigen Tisch in der Mitte des Raumes. Sie wollten gerade die Besprechung beginnen, als Josef Wolters mit einem Stuhl unter der rechten Armbeuge den Raum betrat. Spontan von Mareike angestimmt, sang die Runde bei seinem Anblick: „Du hast die Haare schön“. Wolters hatte sich einen Tag zuvor dazu durchgerungen, die ohnehin nur noch spärlich vorhandenen Haare auf seinem Kopf ganz abzurasieren.

„Schon gut, Mädels, weitermachen.“

„In Ordnung, dann erkläre ich dieses Thema für beendet und eröffne die Teamsitzung“, begann Manuela Warnke. Mit einer kurzen Zusammenfassung brachte sie alle Beteiligten auf den gleichen Wissensstand. Die Kommissarin hielt sich dabei streng an die Faktenlage, verzichtete konsequent auf Vermutungen und Eindrücke. Was übrig blieb, war eine Ausgangslage, die zumindest eine Ermittlung nach § 168 StGB rechtfertigte. Für Josef Wolters war dies nicht ausreichend.

„Das stinkt doch zum Himmel. Warum wurde nicht direkt eine Mordkommission gegründet? Keiner buddelt zum Spaß eine Leiche aus. Und wozu überhaupt der Raubzug über den Friedhof? Oder war das am Ende Zufall?“

Manuela bat Eugen Bartschneider um eine Stellungnahme. Sie hatte sich gewünscht, dass er und sein Kollege Kevin Manthey die SoKo verstärkten. Niemand von ihnen kannte die Gegebenheiten in Rheinberg besser als sie. Bartschneider berichtete ausführlich über das Ergebnis von der Auswertung der Tatortspuren. Insbesondere die identischen Fußabdrücke am Zaun zur Annastraße und am Grab wiesen auf denselben Täter hin.

„Wobei der Nachweis, ob der oder die Täter auch das Grab geöffnet haben, bislang nicht erbracht werden konnte“, bemerkte er abschließend.

„Habt ihr nur die Spur *einer* Person sicherstellen können?“, wollte Michael Kempkes wissen, der innerhalb des KK1 für Raub und Diebstahl zuständig war.

„Ja, hat aber nicht viel zu sagen. Die Wege sind gepflastert und am Zaun ist der Boden überwiegend mit Gras und Laub bedeckt.“

„Aber der Zeuge Klostermann hat deutlich zwei Männerstimmen erkannt?“, hakte er an Manuela gewandt nach.

„Ja, das könnte der wichtigste Ansatz werden. Es würde den Verdacht erhärten, dass es zumindest einen Mitwisser gibt. Wir müssen das komplette Umfeld des Toten umkrempeln. Mit wem hatte er unmittelbar vor seinem Tod Kontakt, wo hat er sich aufgehalten, welche Pläne hatte er und so weiter. Außerdem will ich mehr über seine Vergangenheit wissen, der Ausgangspunkt für eine Tat kann durchaus länger zurückliegen. Welche Freunde, Kommilitonen, Wegbegleiter hatte er? Wir müssen ein mögliches Motiv finden.“

„Wenn ich das mal zusammenfassen darf, Leute“, meldete sich Josef Wolters, „wir suchen also jemanden, der unbemerkt einen Sarg ausbuddelt und wegschafft. Wohin bringt man einen Sarg mit Inhalt? Ferner suchen wir einen Mitwisser. Mitwisser wovon? Glaubt ihr, da hat einer seinen Kumpel gefragt, ob er nicht mal Lust hat, nachts einen Toten auszugraben, so aus Spaß? Das ist doch alles ganz großer Kokolores. Den hat jemand abgemurkst, so ist das! Und dabei gab es einen Zeugen oder irgendwer hat Wind davon bekommen. Der Mörder musste die Leiche verschwinden lassen, ganz einfach.“

„Klar“, meldete Mareike sich, „dieser Zeuge hat den Mörder erpresst.“

„So ist es“, bestätigte Wolters sichtlich zufrieden.

„Irgendwann wird es dem Mörder dann zu bunt und er schlägt seinem Erpresser vor, die Leiche gemeinsam zu beseitigen und weitere geschäftliche Beziehungen fortan einzustellen. Nee, ist klar. Mit Haaren warst du irgendwie cleverer, Jupp."

Der Angesprochene schürzte die Lippen. Gänzlich verwerfen mochte er die Theorie nicht.

„Hast recht, das ist Quatsch. Da der zweite Mann am Grab nun mal Fakt ist und es andererseits einen Grund für die private Exhumierung geben muss, haben wir es also insgesamt mit drei Mitspielern zu tun: dem Mörder, dem Erpresser und einem Helfer."

Manuela konnte diesen wilden Spekulationen nichts abgewinnen. Ohne handfeste Ermittlungsergebnisse waren sie in ihren Augen reine Zeitvergeudung. Nachdem die Aufgaben verteilt waren, beendete sie die Teamsitzung.

Auf dem Flur vor ihrem Büro wurden Manuela und Adriano von einem hochgewachsenen schlanken Mann um die fünfzig erwartet. Manuelas Blick blieb an seinen buschigen grauen Augenbrauen hängen.

„Haverdunk. Doktor Thilo Haverdunk." Er gab Manuela die Hand. „Ich möchte eine Aussage machen."

Sie boten ihm den Besucherstuhl vor den Schreibtischen an.

„Haverdunk", sinnierte Manuela, „der Name kommt mir bekannt vor."

„Vielleicht im Todesfall Gesdonk. Ich bin der Arzt, der seinerzeit den Totenschein ausgestellt hat."

„Ich erinnere mich. Was führt Sie zu uns, Herr Doktor Haverdunk?"

Der grau melierte Mediziner holte mehrmals tief Luft und bedachte die Polizisten mit einem verlegenen Blick, bevor er endlich zum Grund seines Besuches kam.

„Es geht um ebendiesen Totenschein. Es schien alles so … unwirklich. Ich habe Herrn Gesdonk kurz vor seinem Tod eingehend untersucht. Er war kerngesund. Und dann so etwas. Ich hätte auf meine innere Stimme hören sollen. Es ist unverzeihlich."

Manuela spürte, wie ihr Puls beschleunigte. Über ihrer Nasenwurzel bildete sich eine senkrechte Falte.

„Wollen Sie damit Zweifel an einer natürlichen Todesursache ausdrücken, Herr Haverdunk?"

Der Allgemeinmediziner nickte kaum merklich.

„Und das fällt Ihnen jetzt ein?"

Haverdunk atmete erneut tief durch. Manuela wartete gespannt auf eine Erklärung.

„Die äußeren Merkmale deuteten zunächst tatsächlich auf einen plötzlichen Herztod, auch wenn wenige Tage zuvor nichts darauf hinwies. Nicht immer lässt sich die Gefahr eines drohenden Herzinfarktes im Vorfeld erkennen, das kann nicht einmal ein Kardiologe genau vorhersagen."

„Weshalb zweifeln Sie dann?", wollte Adriano wissen.

„Nun ja, die wirtschaftliche Lage, gerade für uns Allgemeinmediziner auf dem Land, wird zunehmend schwieriger. Ich kann es mir kaum noch erlauben, an Fortbildungen oder Ärztekongressen teilzunehmen. Vor drei Wochen konnte ich es mal wieder einrichten. Auf Einladung des Gesundheitsministeriums, das ist eine außergewöhnliche Sache. Das Seminar befasste sich mit Wirkungsweisen und Missbrauch von Barbituraten. Letzterer lässt sich, wenn es zum Exitus gekommen ist", Haverdunk räusperte sich, „an einer feinen Bläschenbildung auf den Lippen und relativ großflächiger Blasenbildung in den Handinnenflächen oder am Arm erkennen. Dieses Thema haben wir damals während des Studiums behandelt. Es ist so lange her und es schien abwegig und ... es ist unverzeihlich."

„Verdammt, warum sind Sie nicht sofort gekommen?", Manuela erhob die Stimme. Sie konnte die augenscheinliche Gleichgültigkeit Haverdunks nicht ertragen.

„Ich habe es verdrängt, habe mir eingeredet, dass es eine andere Ursache dafür gab. Erst als eine Detektivin in meiner Praxis erschien, wurde ich mir des Fehlers bewusst. Glauben Sie mir, es tut mir wirklich sehr leid."

Wütend pfefferte Manuela den Kugelschreiber auf den Tisch. Ihr fiel eine der vielen Statistiken ein, die einmal monatlich auf ihren Schreibtisch flatterten. Demzufolge war es kein Einzelfall. Man ging mittlerweile alleine in Deutschland von zweitausend bis dreitausend Tötungsdelikten aus, die aufgrund falsch ausgestellter Totenscheine ungesühnt blieben. Sie hatte sich gefragt, woher diese unglaubliche Zahl stammte, es bislang für abwegig gehalten. Nun sah sich die Ermittlerin selbst mit einem Fall konfrontiert, der nur knapp an dieser Statistik vorbeikam. Aber warum, das war die entscheidende Frage.

„Haben Sie jemandem von Ihren Zweifeln berichtet, Herr Haverdunk?"

„Nein, wie kommen Sie darauf?"

„Weil der Leichnam gestohlen wurde. Dafür wird es einen Grund geben", nahm Adriano den Gedanken seiner Kollegin auf. Haverdunks Gesichtszüge wirkten von einem Moment zum nächsten versteinert. Er schien keinen Gedanken an die Bedeutung seiner Aussage verschwendet zu haben.

„Ich habe der Detektivin gesagt, dass ich Zweifel hegte. Aber mehr nicht, Einzelheiten habe ich verschwiegen."

„Sonst hat niemand etwas davon gewusst? Haben Sie vielleicht irgendwem von Ihrer Absicht erzählt, der Polizei Ihre Zweifel mitzuteilen? Bitte überlegen Sie, es ist sehr wichtig."

„Nein, niemandem."

Manuelas Gedanken rasten. Konnte es einen anderen Grund für den Diebstahl der Leiche geben, einen weiteren Mitwisser? Ein Tatzeuge womöglich?

„Außer Herrn Bachus natürlich", unterbrach Haverdunk ihre Gedanken. „Er hat mich angerufen, als er den Toten entdeckte. Ich habe ihm noch kürzlich meine Zweifel mitgeteilt."

„Wie hat er reagiert?", wollte Adriano wissen.

„Er sagte, ich solle endlich zur Polizei gehen. Was ich hiermit auch gemacht habe."

„Wie gut kannten Sie Herrn Gesdonk?"

„Gisbert war nicht nur mein Patient, wir waren auch befreundet." Er warf ihr einen forschenden Blick zu. „Ich kann mir denken, worauf Sie hinauswollen. Er hatte keine Feinde. Ich sage das nicht oft über jemanden, aber Gisbert war ein durch und durch ehrlicher und guter Mensch. Das war es auch, was mich hadern ließ. Erst kurz vor seinem Tod hat er einem völlig verzweifelten Mädchen wieder Mut gegeben."

Das kann nicht stimmen, wollte sie ihm ins Gesicht schreien. Niemand tötet einen Menschen ohne Grund, selbst wenn dieser für Außenstehende niemals nachvollziehbar ist. Haverdunks Körpersprache, die verzweifelte Suche nach Erklärungen, die stoische Weigerung, das Unfassbare zu akzeptieren, zeigten Manuela, dass sie in Gedanken sehr dicht beieinanderstanden. Der Doktor würde gehen, sich in seine Arbeit flüchten und einen Verdrängungsprozess fortführen, der schon jetzt zum Scheitern verurteilt war. Manuela spürte ein Gefühl der Beklemmung. Sie ahnte, dass dieser Fall viele Scherben zurücklassen würde.

16

„Also, Herr Kollege, wenn Sie schon nicht arbeiten, dann verhalten Sie sich wenigstens ruhig."

Camel trommelte pausenlos mit den Fingern auf die Tischplatte und starrte dabei unentwegt das Telefon an. Für Außenstehende erweckte es den Anschein, als versuche der Redakteur, das kleine Mobilteil mittels Telepathie klingeln zu lassen. Er steckte in einer Sackgasse fest und verfluchte mittlerweile zum x-ten Mal seine Informantin. Allein ihretwegen saß er jetzt hier, tatenlos. Er schwor sich, nie wieder auf die Alte hereinzufallen. Dann griff er erneut zum Telefon, hackte die Nummer ihres Handys in die Tastatur. Nichts außer des vertrauten Freizeichens drang an sein Ohr, eine Mailbox kannte Frau Grimm offenbar nicht.

„Gib's auf, Kollege. Wir haben noch die Jahressitzung vom Gartenbauverein in Borth. Da kannste dich mal drum kümmern, anstatt hier Däumchen zu drehen. Soll morgen rein."

Camel bedachte sein Gegenüber mit einem verächtlichen Blick. Er war schließlich nicht nach Rheinberg gekommen, um über die Hüter von Tulpen und Narzissen zu berichten! Während er weiterhin gebannt auf das Telefon starrte, meldete sich sein Handy. Völlig überstürzt zog er es aus der Brusttasche seines Hemdes, es glitt ihm aus den Fingern, er versuchte, es aufzufangen, stieß den Kaffee um und die braune Flüssigkeit schwappte über den Schreibtisch. Endlich vernahm er die ersehnte Stimme.

„Es gibt Neuigkeiten. Treffpunkt 16 Uhr bei ‚Müllers'. Seien Sie bitte pünktlich."

„Was für Neuigkeiten? Ich bin in Rheinberg, das schaffe ich nicht …"

Jetzt erst bemerkte Camel, dass seine Informantin aufgelegt hatte. Augenblicklich startete er den Rückruf. Eine Stimme verkündete die vorübergehende Unerreichbarkeit des Gesprächsteilnehmers. Reflexartig sah er abermals auf die Uhr: 15.40 Uhr. Mit einem Satz sprang er auf, schnappte sich den verwaschenen Trenchcoat von der Stuhllehne und spurtete zur Tür.

„Hey, wer macht die Sauerei jetzt weg?“

„Später, ich habe einen wichtigen Termin.“

„Da haben die uns ’ne schöne Pfeife geschickt …“, hörte er im Hinausgehen die Stimme des Kollegen. Es störte ihn nicht. Der Abschied von der Provinz nahte.

In einem Höllentempo scheuchte er den alten Mustang durch Rheinberg, erwischte die Ampel am Sportplatz bei Dunkelgelb, raste überwiegend auf der Gegenfahrbahn über die Bundesstraßen 57 und 58 und kümmerte sich wenig um das Ortseingangsschild Büderich. Um 16.05 Uhr schlitterte er mit quietschenden Reifen auf den Taxistand am Kornmarkt. Ein Passant zeigte ihm einen Vogel.

Er fand Frau Grimm an einem der Tische im hinteren Bereich. Demonstrativ tippte sie auf die Uhr.

„Ich komme aus Rheinberg, das ging nicht schneller.“

Sie winkte ab. Ihre Augen funkelten seltsam und Camels Neugierde wuchs. Eine gut aussehende junge Kellnerin fragte nach ihren Wünschen. Camel orderte ein Mineralwasser, Frau Grimm eine Tasse Kaffee. Camel fingerte nervös an seinem Kugelschreiber, sah zwischendurch auf die Uhr. Nachdem die junge Frau die Bestellung gebracht hatte, goss Gertrud Grimm Milch in den Kaffee, rührte langsam um und führte die Tasse anschließend vorsichtig zum Mund. Camel hielt es nicht mehr aus.

„Was ist denn nun? Sie sprachen von Neuigkeiten.“

Ausgerechnet Ben hatte sie auf diese Idee gebracht, musste sie sich widerwillig eingestehen. Auf dem Rückweg von Rheinberg sprach er von Handzetteln, die er noch verteilen müsse. Am Wochenende sollte er in einem Jugendclub „auflegen“. Sie ersparte sich die Frage, was er damit meinte, viel interessanter fand sie seinen Beweggrund. „Wer nicht wirbt, stirbt“, sagte er und behauptete, dies gelte auch für eine Detektei. Die Konkurrenz schlafe schließlich nicht. Damit hatte er sie überzeugt.

„Gestern Morgen fand die Exikut... Exkom... hat die Polizei das Grab geöffnet. Wie ich es vorausgesagt habe, war es leer."

„Ja, das deuteten Sie an."

Genau deswegen hatte er sich ja versetzen lassen. Zwar musste er sich eingestehen, vor wenigen Stunden überhaupt nicht mehr daran geglaubt zu haben, aber eine wirkliche Sensation war es nun auch nicht. Für den morgigen Aufmacher benötigte er weitere Fakten.

„Wie ich ebenfalls andeutete, handelte es sich um einen Mordfall. Diesen habe ich heute aufgeklärt."

„WAS?"

„Pst."

„Was?", wiederholte Camel flüsternd. „Wer ist der Mörder? Ich brauche Informationen."

Angriffslustig ließ er den Kugelschreiber über seinem Notizblock kreisen wie einen ausgehungerten Mäusebussard.

„So beruhigen Sie sich doch, Herr Walther. Ich habe alles. Daten, Fakten, Hintergründe. Und zwar hieb- und stichfest. Kein Grund zur Aufregung."

Der Journalist atmete erleichtert auf.

„Allerdings bin ich mir nicht sicher, ob ich Ihnen diese Informationen überlassen soll."

Sie strich währenddessen verspielt mit den Fingern am Rand ihrer Kaffeetasse entlang, schaute ihn mit unschuldigen großen Augen an und wirkte dabei ein wenig ratlos.

„Sie können mir voll und ganz vertrauen, Frau Grimm. Ich werde die Details mit dem gebotenen Feingefühl und der mir eigenen journalistischen Kompetenz behandeln", antwortete Camel eilig.

„Dafür sind Sie bekannt", erwiderte die Detektivin. Camel überhörte den ironischen Unterton geflissentlich. „Aber das allein reicht nicht. Wissen Sie, Herr Walther, wir sind eine junge, kleine Detektei. Wir müssen uns", sie faltete unauffällig einen kleinen Zettel auseinander, den Ben ihr mitgegeben hatte, „Marktanteile sichern und ausbauen, Neukunden akquirieren und vor allem ein positives Image aufbauen."

Sie knüllte den Zettel zusammen, den Rest konnte sie alleine.

„Haben Sie eine Ahnung, welche Kosten eine solche Detektei verursacht? Die können einen ganz schnell auffressen." Sie betonte das letzte Wort besonders, streckte ihren Arm aus und ließ die Hand zuschnappen wie das Maul eines Krokodils. Camel wich zurück.

„So ist das also", antwortete er verstimmt. „Also schön, wie viel wollen Sie?"

An diese Option hatte sie bislang noch gar nicht gedacht. Der Gedanke an ein Zusatzsalär für hervorragende Leistung gefiel ihr. Sie nahm sich vor, diesen Ansatz in ihre nächste Kalkulation einfließen zu lassen. Fürs Erste wollte sie aber bei ihrem ursprünglichen Anliegen bleiben.

„Herr Walther, ich muss doch sehr bitten. Sie halten mich für käuflich? Das hätte ich nicht von Ihnen gedacht. Mir geht es lediglich um die Würdigung der erbrachten Leistung, wenn Sie verstehen."

„Ach so", erwiderte er entspannt. „Das ist doch selbstverständlich, Frau Grimm. Ich werde im Text erwähnen, dass Sie es waren, die den Mordfall aufgeklärt hat. Ich denke, damit sind wir uns einig, nicht wahr?"

„Nein."

„Wie meinen Sie?"

„Im Text reicht nicht. Die Schlagzeile muss lauten: Detektivbüro Grimm & Sohn klärt Mordfall auf!"

„Ähem … das geht nicht. Wir dürfen keine Werbung … schon gar nicht in der Titelzeile …"

„In Ordnung, ich muss dann mal los." Sie griff nach ihrer Handtasche und machte Anstalten aufzustehen. „Ich hab noch einen Termin mit Ihrem Kollegen von der Weseler Rundschau. Der Herr wirkte am Telefon sehr interessiert."

Camel riss abwehrend den Arm hoch.

„Okay, okay. Sie bekommen die Schlagzeile."

Sie stellte die Handtasche wieder auf den Boden. Ein Grinsen huschte über ihr Gesicht.

„Ich habe gleich gewusst, dass Sie der Richtige sind." Sie schnappte sich seinen Block und Stift und notierte Name und Anschrift des vermeintlichen Täters.

„Bitte schön, das ist der Mörder."

Camels Blick haftete ungläubig an dem Zettel.

„Sind Sie absolut sicher?"

„Es gibt keinen Zweifel."

„Und das Motiv?"

„Liefere ich Ihnen morgen. Ich möchte erst die Schlagzeile lesen. Wenn Sie mich jetzt bitte entschuldigen."

Gertrud Grimm stand auf und ließ einen sichtlich irritierten Journalisten zurück.

17

Staatsanwältin Annette Gerland lag übertriebener Aktionismus fern. Vor allem dann, wenn die absurden Gedankenkonstrukte der Mutter ihres Freundes als Grundlage dienen sollten. Frau Grimm verfügte über die Fähigkeit, vage Anhaltspunkte mit zweifelhaften Fakten zu verbinden und das Gesamtwerk mit dem Mantel der ihr eigenen Logik bekleidet als unumstößliche Lösung anzupreisen. Was Annette seit der Mittagspause unruhig machte, war die Tatsache, dass die Seniorin damit in der Vergangenheit oft genug richtig gelegen hatte. Ein Umstand, der für die ermittelnde Behörde wenig imagefördernd und von den Medien wiederholt genussvoll aufgenommen worden war. Erst wenige Minuten vor Betreten des Büros von Manuela und Adriano war es ihr gelungen, diese Sorge, mit dem Stempel „unbegründet" versehen, aus ihrem Bewusstsein zu verbannen. Während Manuela ihr von der Aussage Doktor Haverdunks berichtete, sank die Staatsanwältin langsam auf den Besucherstuhl. Obwohl niemand der Beteiligten ein Tötungsdelikt ernsthaft in Abrede stellen wollte, wirkte die Realität ungewohnt fremd. Möglicherweise lag es daran, dass die Sachlage bislang einen unerklärlichen Fluchtweg parat hielt. Einen Pfad in dunkle menschliche Abgründe. In einen unergründlichen Anlass, eine Leiche zu stehlen.

„Pfarrer Bachus hat den Toten gefunden. Haverdunk hat ihm von seinen Zweifeln an der natürlichen Todesursache erzählt. Ansonsten angeblich niemandem", fuhr Manuela fort. „Aber der Mörder muss davon gewusst haben. Alles andere ergibt keinen Sinn."

„Scheint, als wäre der Herr Pfarrer nicht besonders verschwiegen", fügte Adriano an.

„Du glaubst, der Mörder hat es von ihm? Kann ich mir nicht vorstellen."

„Wäre aber möglich“, unterbrach Annette Gerland das Gedankenspiel der Polizisten. „Gesdonk hat einem Mädchen geholfen, das angeblich von ihrem Lehrer sexuell belästigt wurde. Der Lehrer, ein gewisser Horst Kreuzer, wurde auf Intervention von Gisbert Gesdonk vom Dienst suspendiert, ihn erwartet darüber hinaus ein Strafverfahren. Er hat Gesdonk Rache geschworen.“

Die Polizisten sahen erst sich, dann ihre Vorgesetzte fragend an. Annette war die Situation äußerst unangenehm.

„Ich sage es ungern, aber diese Informationen habe ich von Frau Grimm. Ich möchte Sie trotzdem bitten, dem nachzugehen. Und sei es nur, um etwas auszuschließen.“

Adriano schlug wütend auf den Schreibtisch.

„Warum überlassen wir ihr nicht direkt den Fall? Vielleicht kann uns die Dame sogar noch in der SoKo aushelfen.“

Manuela hob beschwichtigend die Hand.

„Erkundige dich bitte, wer den Fall bearbeitet.“

„Jawohl, Chefin.“ Adriano griff angesäuert zum Telefon.

„Woher weiß sie das?“, fragte Manuela. Die Staatsanwältin hob die Schultern.

„Ich nehme an von Herrn Bachus. Er war schließlich mit Gesdonk befreundet.“

„Üble Sache.“ Jonas Martin, aufgrund seiner Körpergröße von 1,64 Meter von den Kollegen nur „Little Jo“, genannt, kam mit einem Stapel Akten an den kleinen Besuchertisch zurück. Er schlug die oberste Akte auf, blätterte einige Seiten um und reichte sie Manuela. Die Fotoausdrucke zeigten einen untersetzten Mann um die fünfzig. Er trug eine dunkelbraune Cordhose und ein kariertes Hemd. Sein rechter Arm lag auf dem Rücken des Mädchens, die linke Hand auf ihrer Brust. Details waren kaum erkennbar. Manuela nahm das Blatt aus der Akte und hielt es näher an die Augen.

„Es handelt sich um eine Aufnahme, die ein Klassenkamerad während einer Feier in der Jugendherberge mit dem Handy gemacht hat“, bemerkte Jonas Martin. Das nächste Bild zeigte den

Lehrer auf dem Gelände des Sportplatzes, seine Hand berührte die Innenseite ihrer Oberschenkel. Manuela heftete die Seite wieder ab und blätterte weiter in der Akte. Es folgten Zeugenaussagen des betroffenen Mädchens, eines Klassenkameraden sowie des beschuldigten Lehrers. Sie klappte die Akte zu.

„Was hältst du davon?“

„Wir haben die Fotos zum LKA geschickt. Die Kollegen verfügen über bessere Möglichkeiten.“

„Ihr habt Zweifel?“

Martin schwieg eine Weile.

„Wir wollen ganz sicher sein. Ist schon genug Porzellan zerdeppert worden.“

„Aber die Angelegenheit muss doch mindestens drei Monate her sein. Wieso habt ihr noch kein Ergebnis?“

„Es ist fast fünf Monate her. Uns lagen nur diese Computerausdrucke in mäßiger Qualität vor.“ Er deutete auf die Akte. „Damit konnten unsere Spezialisten nichts anfangen. Bei einer digitalen Aufnahme können Manipulationen an der Datei zurückverfolgt werden, auf dem Papier nicht mehr. Um überhaupt Veränderungen nachzuweisen, müsste das Bild derart hochauflösend sein, dass die einzelnen Pixel erkennbar sind. Das war nicht der Fall. Gestern war der Hauptbelastungszeuge mit einem Anwalt hier und hat seine Aussage zurückgezogen. Die Aufnahmen habe er auf Drängen des Opfers bestätigt. Der Knabe behauptet jetzt, er hätte sein Handy damals verloren und es erst Tage später wiedergefunden. Die Datei mit den Bildern hatte er auf einem USB-Stick dabei. Ich habe das Teil zusammen mit dem Handy sofort zum LKA geschickt. Ist übrigens nicht die einzige Ungereimtheit. Bei der Feier waren zum fraglichen Zeitpunkt neben Horst Kreuzer dreiundzwanzig Schülerinnen und Schüler plus eine Lehrerin anwesend. Niemand konnte den Vorfall zweifelsfrei bestätigen außer diesem Jungen und dem Opfer. Es gab zwar einige Aussagen, aber die stützten sich auf Vermutungen und Gerüchte, waren also wertlos.“

„Was ist mit dem Lehrer?", wollte Adriano wissen.

„Tief gestürzt und hart aufgeschlagen, würde ich sagen. Er streitet alles ab. Mittlerweile kommt man kaum noch an den ran. Kein Wunder. Der wurde ja schon verurteilt, bevor er den Mund aufmachen konnte. Die versammelte Elternschaft ging auf die Barrikaden, weigerte sich, die lieben Kleinen von einem ‚Sexmonster' unterrichten zu lassen. Die Schulleitung ist sofort eingeknickt. Job weg, Familie weg, bleibt nur Freund Alkohol. Wenn ihr mich fragt, findet ihr den bald auf der Straße, schuldig oder nicht schuldig spielt dann keine Rolle mehr. Sag ich ja: üble Sache. Aber warum interessiert ihr euch für den?"

Manuela beschlich plötzlich das Gefühl, dass sie womöglich auf jemanden einprügeln musste, der bereits am Boden lag.

„Gisbert Gesdonk ist allem Anschein nach ermordet worden."

„Scheiße, das auch noch."

„Du glaubst nicht, dass Kreuzer was mit dem Mädchen hatte, stimmt's?"

Jonas Martin stieß einen lang gezogenen Seufzer aus.

„Ihr Name lautet Nadežda Rada. Wir haben sie stundenlang verhört. Keine Widersprüche, aber immer die gleichen Floskeln, immer der gleiche Text. Klang wie auswendig gelernt. Kreuzer hatte ihr 'ne Fünf in Mathe verpasst. In Englisch stand sie auch auf der Kippe. Statt Urlaub bei den Großeltern in Kroatien war für die Sommerferien Büffeln für die Nachprüfung angesagt. Nicht gerade die beliebteste Freizeitbeschäftigung für eine Fünfzehnzehnjährige. Die hat hier eine Riesenshow abgezogen, immer wieder verlangt, dass wir Kreuzer einbuchten. Hat uns Atteste von Therapeuten und Psychiatern auf den Tisch gelegt, von wegen schwerste psychische Störungen und so. Kaum war die vor der Tür, fiel sie über ihren Lover her. Junge, Junge, da bin sogar ich noch rot geworden. Psychose." Martin tippte sich mit dem Zeigefinger an die Stirn. „Abgezockt ist die. Ich habe ihr eine goldene Brücke nach der anderen gebaut – umsonst. Was sollten wir machen, es lag eine Strafanzeige vor. Aber ich sag euch was:

Wenn ich herausfinde, dass Kreuzer unschuldig ist, mach ich die Kleine fertig."

Manuela verspürte ein Ziehen in der Magengegend. Sie kannte Martin nicht sehr gut, Adriano hatte ihn auf dem Weg hierher als ruhigen, besonnenen Ermittler beschrieben. Bevor er diese Stelle übernahm, glich die Abteilung Sexualdelikte einem Taubenschlag, wurde im Schnitt alle zwei Jahre neu besetzt. Die psychische Belastung hielten die meisten nicht lange aus. Nach der Aufklärung eines besonders grausamen Falls von Kindesmisshandlung im letzten Jahr bot man ihm Sonderurlaub an. Doch Martin nahm seinen Dienst am nächsten Tag wieder auf, als sei nichts geschehen. Manuela bekam eine Gänsehaut bei dem Gedanken, die Gesellschaft könne Kreuzer mit ihrer Vorverurteilung in eine Situation gebracht haben, die mit dem Tod eines Menschen endete. Sie ließ sich von Martin die Adresse des Mädchens geben.

Mit einem mulmigen Gefühl holte sie ihren Mantel aus dem Büro. Sie hielt den Schlüssel in der Hand, da meldete sich das Telefon. Es war Hajo, er wollte am Abend mit ihr essen gehen. Der Rechtsmediziner Doktor Hajo Klein besaß ein untrügliches Gespür für falsche Augenblicke. Manuela sagte mit knappen Worten ab und legte auf. Direkt danach tat es ihr leid, sie drückte die Rückruftaste.

„Entschuldigung, ich bin nicht gut drauf. Ich melde mich später, okay?"

„Gibt's Arbeit für mich?"

„Ja, nein – später."

„Das ist doch mal eine klare Ansage. Bis später also."

18

Charlotte Gesdonk war völlig außer sich gewesen. Auch wenn sie es war, die endgültige Klarheit haben wollte, die wissen musste, weshalb sich jemand am Grab ihres Mannes zu schaffen gemacht hatte. Die bloße Annahme, er könne Opfer eines Verbrechens geworden sein, lag weit außerhalb jedes halbwegs zumutbaren Gedankens. Er, der sein Leben lang nur Gutes getan hatte. Flehend bat sie die Detektivin, noch einmal alles zu überprüfen. Eine andere Wahrheit zu finden, eine, die sie begreifen konnte.

Unterwegs nach Hause hinterfragte Gertrud Grimm ihre These. Sollte sie sich geirrt haben? Nein, die Indizien waren einfach zu eindeutig, davon war sie überzeugt. Vor der Haustür beschlich sie ein unangenehmes Gefühl. Heinrichs Opel stand frisch gewaschen in der Auffahrt und glänzte in der matten Herbstsonne. Die vier Türen standen weit offen. Aus der Garage vernahm sie leises Fluchen. Im Hausflur neben der Kellertreppe lag ein Stapel schmutziger Tücher. Sie zog den Mantel aus und ging in die Küche. Sekunden später polterte ihr Sohn hinein.

„Das war das erste und letzte Mal, dass du dir mein Auto leihst! Die reinste Müllkippe war das und total vollgequalmt!"

„Meine Güte, er ist halt noch ein Junge. Außerdem: Du hast ja nie Zeit für deine Mutter."

„Davon scheint der Bengel ja genug zu haben. Der soll sich lieber Arbeit suchen."

„Er hat Arbeit. Der Ben ist Aufleger."

„Was ist der?"

„Na, Aufleger halt. Ist wohl einer von diesen neuen Berufen. Übrigens, du errätst nie, was ich vorhin auf dem Weg hierher von der Linde erfahren habe."

Heinrich war wieder einmal verblüfft, wie schnell seine Mutter das Thema wechselte. Kopfschüttelnd goss er sich ein Glas Mineralwasser ein.

„Ich kenne keine Linde", antwortete er trocken.

„Heidelinde Kampmann vom Kartäuserweg. Sie ist auch bei den Landfrauen. Du hast damals für ihre Tochter geschwärmt, die Ute. Erinnerst du dich?"

Heinrich verzog das Gesicht.

„Ich habe nicht für sie geschwärmt, ihr wolltet uns verkuppeln."

„Quatsch. Jedenfalls hat die Linde eine Nichte in Rheinberg, die Anja. Und diese Anja ist dort seit dreißig Jahren Lehrerin an der Hauptschule. Die kennt den Kreuzer sehr gut. Stell dir mal vor, Kreuzer ist gar nicht sein richtiger Name!"

„Du willst mir erzählen, dass dein Mörder schon mal prophylaktisch einen falschen Namen angenommen hat? Falls er irgendwann vorhat, jemanden umzubringen? Dann wäre er ja schön blöd, ihn der Nichte deiner Freundin mitzuteilen, oder?"

Gertrud Grimm verengte die Augen, sie mochte diesen sarkastischen Tonfall nicht.

„Selbstverständlich ist der Name richtig."

„Was denn nun?"

„Er hat vor zwanzig Jahren nach der Heirat den Namen seiner Frau angenommen. Das kann ich gut verstehen, er hieß nämlich mit Mädchen… ich meine früher, Horst Hundgeburth. Ist das nicht furchtbar?"

Heinrich stellte langsam das Glas zurück und sackte sichtlich betroffen in den Stuhl.

„Hotte", murmelte er. „Das kann nicht wahr sein."

„Hotte? Du meinst …"

Heinrich nickte. Sie hatten gemeinsam das Friedrich-Spee-Gymnasium in Geldern besucht, waren lange befreundet gewesen. Irgendwann im späteren Leben trennten sich ihre Wege. Er wurde von den anderen wegen seines ungewöhnlichen Nachnamens gehänselt, sie nannten ihn Köter oder Pfiffi. Für Heinrich hieß er immer nur Hotte. Er hatte sich für seinen Nachnamen geschämt, ihn vermieden, wann immer es ging. Heinrich akzeptierte das und so kannten ihn auch Heinrichs Eltern nur unter dem Spitznamen.

„Das hätte ich nicht von ihm gedacht", fuhr Frau Grimm fort. „Das war immer ein so anständiger Junge. Da kann man mal sehen."

„Hotte ist kein Mörder", erwiderte Heinrich trotzig. „Dem tat ja schon das Zusehen weh, wenn Vater die Pferde beschlagen hat. Er ist zehn Jahre bei der Feuerwehr gewesen, weil er auf gar keinen Fall zur Bundeswehr wollte. Einmal hat er sein Sparschwein geschlachtet, um eine streunende Katze, die angefahren worden war, vom Tierarzt behandeln zu lassen. Nein, Mutter, da liegst du völlig daneben."

„Menschen ändern sich."

„Aber nicht so. Sexueller Übergriff? Hotte?" Heinrich tippte mit dem Zeigefinger an die Stirn. „Der wusste doch mit zwanzig noch nicht mal, was Sex ist."

„Das lernt man schon irgendwann. Hat bei dir ja auch was länger gedauert. Aber dafür klappt's ja jetzt umso besser, wie man hört. Jedenfalls ist der Fall abgeschlossen, ich habe meiner Klientin bereits Bescheid gegeben."

„Das gibt es doch nicht! Du bist keinen Deut besser als diese Paparazzi mit ihren Vorverurteilungen. Wenn du so weitermachst, kannst du den Laden bald zumachen!"

Heinrich fielen die vielen Zeitungsberichte ein, die Sendungen im Lokalfernsehen und Rundfunk. Selbst ohne das Opfer dieser Hetzjagd zu kennen, hatte es ihm leidgetan. Er fragte sich schon damals, wer die Scherben kitten konnte, wenn sie sich irrten. Es fehlte ihm dabei nicht an Respekt vor dem Mädchen, aber er hasste vorschnelle Urteile. Jeder hatte seiner Ansicht nach Anspruch auf einen fairen Prozess, der nicht von den Emotionen der Öffentlichkeit beeinflusst werden durfte. Jetzt, da er den Lehrer kannte, überkam ihn Wut. Er verspürte den Drang, seinem Freund zu helfen. Sein Gesicht war nie gezeigt worden. Er fragte sich, ob er Hotte nach der langen Zeit wiedererkennen würde.

19

Vor dem Einfamilienhaus an der Dahlienstraße in Rheinberg-Alpsray wartete ein Pressefotograf, den Manuela kannte. Sie ärgerte sich, dass Frau Grimm die Neuigkeit offenbar nicht für sich behalten konnte. Am liebsten würde sie ihm die Kamera abnehmen und sie auf den Boden schmeißen. Auf dem Weg zur Haustür blieb Manuela erschrocken stehen. Das Sichtmauerwerk aus Kalksandstein zeigte einen rund zwei Quadratmeter großen hellen Fleck. Die Buchstaben schimmerten blass durch, ließen in riesigen Lettern das Wort „Kinderschänder" erkennen. Manuela schloss für einen Moment die Augen. Adriano schob sich vorbei und betätigte mehrmals kurz hintereinander den Klingelknopf.

„Habe ich auch schon probiert, der öffnet nicht", meldete sich der Fotograf. Manuela verzog angewidert das Gesicht. Adriano schlug mit der Faust an das Fenster neben der Eingangstür. Nach fünf Minuten zog Manuela den Zettel mit der Anschrift aus der Hosentasche. Sie hatte sich in weiser Voraussicht die Rufnummer notiert. Telefonklingeln drang durch den Hausflur. „Geh schon ran", flüsterte Manuela, dann hörte sie monotones Atmen.

„Manuela Warnke, Kripo Wesel", sagte sie leise. „Bitte öffnen Sie die Tür, Herr Kreuzer."

Ohne eine Antwort legte er auf. Der Türspion verdunkelte sich, Türschloss und Verriegelung wurden geöffnet. Der Fotograf stand jetzt dicht hinter ihnen. Adriano schob ihn auf die Straße, verdeckte die Kamera, bis Manuela aus dem Flur ein Zeichen gab.

„Was wollen Sie hier?", fragte er barsch. Kreuzer wirkte mitgenommen. Wilder Bartwuchs bedeckte sein gesamtes Gesicht. Er trug eine verdreckte Jogginghose, darüber ein Unterhemd. Eine Bierfahne wehte Manuela entgegen, sie trat einen halben Schritt zurück.

„Wir haben einige Fragen, Herr Kreuzer."

Ohne ein Wort führte der Angesprochene sie in die angrenzende Küche. Das Haus lag im Dunkeln, an allen Fenstern waren die Rollos heruntergelassen. Kreuzer schaltete das Licht ein und räumte alte Pizzaschachteln von den Stühlen, warf sie achtlos in eine Ecke. Die Raumluft roch abgestanden. Die Atmosphäre war unheilvoll, beinahe konnte man den Eindruck gewinnen, Kreuzer würde sich auf ein Leben im Gefängnis vorbereiten.

„Wie geht es Ihnen, Herr Kreuzer?"

Er ging zum Kühlschrank, nahm eine Flasche Bier, öffnete sie und führte sie an den Mund. Dann knallte er sie unvermittelt auf den Küchentisch. Schaum quoll aus der Flaschenöffnung hervor. Manuela rutschte ein Stück zur Seite.

„Wie es einem Triebtäter eben so geht", antwortete er laut und voller Hass. „Ich lauere den ganzen Tag an der Tür. Sobald ein kleines Mädchen vorbeikommt, springe ich raus, zerre sie in die Wohnung, reiße ihr die Klamotten vom Leib und zack!" Er formte die linke Hand zu einem Schlauch und klatschte einige Male mit der flachen rechten Hand darauf. „Das macht richtig Spaß, ich möchte gar kein Lehrer mehr sein!"

Manuela atmete tief durch. Ihre Befürchtungen hatten sich bestätigt.

„Herr Kreuzer, wir haben vorhin mit dem ermittelnden Beamten gesprochen. Er hegt große Zweifel. Möglicherweise wird man Ihre Unschuld beweisen."

Den eigentlichen Grund für ihren Besuch hielt sie bewusst zurück. Die Kommissarin wollte versuchen, wenigstens ansatzweise eine vertrauliche Basis zu schaffen. Der Versuch misslang gründlich. Kreuzer beugte sich über sie. Sein Atem verursachte ihr ein Gefühl der Übelkeit.

„Ich bin bereits verurteilt!", schrie er ihr ins Gesicht. „Ich brauche keinen Richter mehr. Es steht auf meiner Stirn, hier, lesen Sie!" Er griff ihr in den Nacken, zerrte ihr Gesicht gegen seinen Kopf. „Triebtäter steht dort, sehen Sie es?" Kreuzer schüttelte sie. Mit einem Schwung drückte Manuela sich aus dem Stuhl hoch und warf ihn zurück. Kreuzer stolperte, fiel auf den Stuhl am Fenster, der bedrohlich wackelte. Adriano legte seinen Arm um Kreuzers Hals, zog dessen Kopf nach hinten.

„Jetzt reißen Sie sich gefälligst zusammen, Kreuzer!“, schrie Manuela ihn atemlos an. Sie gab ihm eine Minute, bedeutete Adriano dann, ihn loszulassen.

„So.“ Sie wirkte mit den offenen Handflächen beschwichtigend auf ihn ein. „Jetzt lassen Sie uns vernünftig reden wie erwachsene Menschen. Ich möchte Sie nur ungern in Handschellen mitnehmen. Denken Sie, das schaffen wir?“

Kreuzer nickte, nahm einen kleinen Schluck aus der Flasche. Manuela war um Deeskalation bemüht. Erfahrungsgemäß waren Vernehmungen in der häuslichen Umgebung der Verdächtigen ergiebiger als im kahlen Verhörzimmer und mit dem Status Untersuchungshäftling.

„Gestern hat ein Belastungszeuge die Aussage gegen Sie zurückgezogen. Aus Ihrem Verhalten schließe ich, dass Sie sich für unschuldig halten. Bitte erzählen Sie uns einfach Ihre Sichtweise. Und lassen Sie sich ruhig Zeit, wir haben es nicht eilig.“

Adriano sah instinktiv auf die Uhr. Schmallippig setzte er sich Manuela gegenüber. Kreuzer nahm einen tiefen Schluck aus der Flasche, räusperte sich, senkte den Kopf.

„Manchmal hoffe ich, aufzuwachen und festzustellen, dass alles nur ein Albtraum war. Ein anderes Mal wünsche ich mir den Mut, allem ein Ende zu setzen.“

Sein Blick wurde leer, eine Träne löste sich aus dem Augenwinkel, er wischte sie flüchtig fort.

„Ich bin weder Nadežda noch irgendeiner anderen Schülerin zu nahe getreten. An so was würde ich nicht einmal denken. Es kam aus heiterem Himmel. Ich musste ihr eine Fünf in Mathematik geben, es gab keine andere Möglichkeit. Sie hat mich angefleht. Ich habe ihr angeboten, ihr in den Ferien kostenfrei Nachhilfe zu geben. Sie hat nur gelacht und gesagt, dass es sicher andere Wege gebe. Damals hatte ich nicht die geringste Ahnung, was sie damit meinte.“

Kreuzer leerte die Flasche in einem Zug.

„Eines Tages musste ich zum Schulleiter. Nadežda, ihre Eltern und dieser ... dieser heilige Gesdonk erwarteten mich bereits."

Bei den letzten Worten kochte ungezügelter Hass hoch. Er wurde lauter. Manuela beruhigte ihn. Bevor er weitersprach, holte er sich eine zweite Flasche Bier aus dem Kühlschrank.

„Höttges, unser Direktor, glaubte ihnen. Danach ging alles sehr schnell. Eine halbe Stunde später wurde ich polizeilich vernommen, man zeigte mir die gefälschten Bilder und las mir die Aussagen von Nadežda und Jasper vor. Am selben Abend gab es eine Elternkonferenz, sie forderten meinen Kopf, hatten Angst um ihre Kinder. Höttges gab dem Druck nach und stellte mich bis auf Weiteres vom Dienst frei."

„Sind Sie verheiratet?"

„Ja. Auch wenn es zurzeit nicht so aussieht."

Kreuzer machte eine längere Pause. Manuela blieb ruhig, sie ahnte, dass er es nicht bei dieser Feststellung belassen würde.

„Hilde glaubt mir. Aber sie hat den Druck nicht länger ausgehalten, ist vor einigen Wochen ausgezogen. Wir telefonieren gelegentlich. Zuletzt zog sie offen eine Trennung in Erwägung. Das Haus kann ich auch nicht mehr lange halten ohne ihr Gehalt. Ich weiß nicht, wie es weitergehen soll. Wenn ich nur mutiger wäre."

„Glauben Sie, Herr Gesdonk trägt die Schuld an Ihrer Misere? Dass Sie Ihren Job verloren haben, Ihre Ehe in die Brüche geht und Sie das Haus verlieren?"

Kreuzer wollte die Flasche zum Mund führen, stellte sie zurück und lachte zynisch.

„Wer denn sonst? Dieser selbst ernannte Moralapostel hat das Mädchen überredet, mich fertigzumachen."

„Sie haben gedroht, ihn umzubringen."

Aus seinen Augen sprühte jetzt der blanke Hass.

„Ja. Ja, das habe ich. Ich war sogar bei ihm. Ich habe abgewartet, bis er alleine zu Hause war, wollte diesem Mistkerl alles heimzahlen."

Er nahm erneut einen kräftigen Schluck aus der Flasche.

„Aber selbst dazu fehlte mir der Mut."

Seine Schultern sackten herab, er senkte den Kopf.

„Vielleicht auch nicht", meldete sich Adriano. Kreuzer bedachte ihn mit einem misstrauischen Blick. „Wir haben Grund zu der Annahme, dass Gisbert Gesdonk ermordet worden ist."

„Was? Wollen Sie damit sagen, dass ... Nein. Nein, nein, nein. Das lasse ich mir nicht auch noch anhängen. RAUS!"

Kreuzer sprang mit einem Satz auf, riss Adriano aus dem Stuhl. Der Tisch kippte dabei vornüber, Bier ergoss sich auf Manuelas Hose. Adriano wirbelte Kreuzer herum, drehte seinen Arm auf den Rücken.

„Sie haben ein Motiv. Gesdonk hat Ihr Leben zerstört", rief die Kommissarin. Adriano legte dem Lehrer Handschellen an.

„Herr Kreuzer, ich nehme Sie hiermit fest. Sie stehen in dringendem Tatverdacht, Gisbert Gesdonk ermordet zu haben."

20

Pünktlich wie immer beendete Adriano den Dienst. Das Verhör mit Kreuzer dauerte nur wenige Minuten. Er schrie wild herum, stritt abwechselnd alle Vorwürfe ab oder gab zynisch alles zu. Manuela hielt es für besser, das Gespräch am nächsten Morgen fortzuführen. Kurz entschlossen nahm sie den Autoschlüssel und machte sich auf den Weg nach Rheinberg. Sie wollte sich selbst ein Bild von Nadežda Rada machen. An ihrem Dienstwagen wurden die Winterräder montiert, das Ersatzfahrzeug besaß kein Navigationssystem. Hinter der Solvay-Kreuzung hielt sie an einer Bushaltestelle, um nach einer Straßenkarte zu suchen. Sie fand nur Eiskratzer, Bedienungsanleitung und einen Stapel Formblätter. Wenige Minuten später parkte sie den Wagen am Großen Markt. In einer Buchhandlung am gegenüberliegenden Holzmarkt fragte sie nach der Adresse. Über die Underbergstraße, vorbei am noblen Stammhaus des Kräuterlikörherstellers, gelangte sie schließlich zur Kamper Straße. Die Wohnung befand sich über der Gaststätte „Kamper Hof". Briefkästen waren halb aufgebogen oder quollen mit Prospekten und Wochenzeitungen über. Nur zwei der Klingelschilder waren beschriftet. Auf einem davon stand in ausgeblichener roter Schrift der Name Rada. Nach fünfmaligem Klingeln surrte der Türdrücker. In der ersten Etage lehnte ein gelangweilt dreinschauendes Mädchen am Türrahmen. Sie trug ein schwarzes Kleid, hatte pechschwarzes, schulterlanges Haar. Ihr Gesicht war kalkweiß geschminkt, die Lippen schwarz, ebenso wie Augenlider und Augenhöhlen. An ihrem linken Ohr baumelte ein Satanssymbol. Manuela musterte sie verwundert. Sie fragte sich, ob Martin ihr die richtige Adresse gegeben hatte.

„Was liegt an?"

„Warnke, Kripo Wesel. Sind Sie Frau Rada?"

Manuela hielt ihr den Dienstausweis entgegen. Das Mädchen beachtete ihn nicht, trat stattdessen zur Seite und bat die Polizistin mit einem angedeuteten Nicken hinein. Eine schwarze Katze rannte ihr entgegen und strich mit steil aufgerichtetem Schwanz um Manuelas Beine.

„Verschwinde, Diabolo."

Nadežda Rada führte die Kommissarin ins Wohnzimmer. Manuela erschrak bei dem Anblick. Der Raum war mit schweren, schwarzen Vorhängen abgedunkelt. Auf einer Art Altar vor dem Fenster befand sich ein fünfarmiger Kerzenleuchter. Inmitten wuchtiger Holzstühle mit hohen Lehnen diente ein schwarz lackierter Sarg als Tisch. Darauf stand neben einem weiteren Kerzenleuchter ein zum Aschenbecher umfunktionierter Totenkopf.

„Sie wohnen alleine hier?"

Das Mädchen verdrehte die Augen, ihre Kieferknochen mahlten dabei unentwegt.

„Ich verstehe mich mit meinen Alten nicht mehr. Die Bude gehört einem Bekannten. Der Typ lässt mich hier wohnen."

In einem der angrenzenden Räume schlug eine Tür zu. Ein junger Mann, lediglich mit Boxershorts bekleidet, betrat den Raum. Er trug einen flaumigen Kinnbart. Brustwarzen, Unterlippe und Augenbrauen waren gepierct. Er reichte Manuela die Hand, stellte sich als Jasper Boll vor und ließ sich auf einen der Lehnstühle sinken.

„Ich kenne Ihren Namen aus den Akten. Was für ein Zufall. Wohnen Sie auch hier, Herr Boll?"

Statt zu antworten, sah er das Mädchen fragend an.

„Jasper besucht mich gelegentlich. Was dagegen?", übernahm Nadežda Rada die Antwort.

„Nein. Aber ich würde gerne alleine mit Ihnen reden, Frau Rada."

„Kein Problem. Jasper weiß Bescheid, falls es um den geilen Bock geht."

„Ich bin wegen Ihrer Anschuldigungen gegen Herrn Kreuzer hier. Es gibt da einige Unstimmigkeiten."

„Wie jetzt, Unstimmigkeiten? Ich habe drei Monate gebraucht, um mit therapeutischer Hilfe wieder einigermaßen klarzukommen. Checken Sie das überhaupt?“

„Sie haben ausgesagt, die Vorfälle hätten sich im Speiseraum einer Jugendherberge beziehungsweise in einer Turnhalle ereignet. Beide Male im Beisein sehr vieler Menschen. Aber niemand kann die Vorfälle konkret bestätigen. Bitte verstehen Sie mich nicht falsch, ich will damit nicht andeuten, Sie würden die Unwahrheit sagen. Ich suche nur nach einer Erklärung.“

„So blöd ist der Kreuzer auch wieder nicht. Oder glauben Sie, der geht mit mir auf die Bühne, um mich anzugrapschen? Außerdem gab es einen Zeugen.“

„Gab es, das ist richtig. Mittlerweile hat dieser Zeuge aber seine Aussage zurückgezogen.“

Sie stieß hart die Luft aus und fuhr zu ihrem Freund herum. „Was hast du? Du mieser Scheißkerl!“

Jasper fuhr hoch und wollte aus dem Zimmer stürmen. Seine Freundin griff nach dem Aschenbecher, schleuderte ihn gegen seinen Hinterkopf. Benommen taumelte er, hielt sich am Türrahmen fest. Blut tropfte auf seine Schulter.

„Ich mach dich fertig!“

Mit einem Satz sprang Nadežda um den Tisch. Manuela packte sie am Oberarm.

„Ende der Vorstellung! Brauchen Sie einen Arzt?“

„Nein, geht schon.“

„Setzen Sie sich.“

„Raus hier, du Wichser!“

„Sie sind jetzt ruhig oder ich nehme Sie mit!“, schrie Manuela ihr ins Gesicht. Trotzig verstummte das Mädchen. Die Kommissarin fragte sich verwundert, warum anscheinend niemand das Verhältnis vom Zeugen zum Opfer überprüft hatte.

„Woher kam der späte Sinneswandel, Herr Boll? Immerhin haben Sie Herrn Kreuzer schwer belastet.“

Eigentlich müsste sie die beiden einzeln befragen, wusste Manuela. Allerdings konnte die momentane Stimmungslage durchaus interessante Ergebnisse liefern.

„Keine Ahnung. Ich … war mir eben nicht mehr sicher.“

Seine Freundin lachte laut auf.

„Nicht mehr sicher, mit wem ich dich betrüge? Sag's doch! Erst war es Kreuzer, dann dieser Pfaffe. Wer kommt als Nächstes, hä?“

„Sie waren eifersüchtig auf Herrn Kreuzer?“

„Die hat mir laufend erzählt, wie geil der Bock auf sie ist.“

„Na und? Glaubst du, ich fang deshalb mit dem Grufti was an? Das ist doch Schwachsinn.“

„Ach ja? Und was war mit diesem Gesdonk? Wer erzählt denn laufend, wie geil es mit einem Priester wäre?“

„Hallo? Gesdonk war evangelisch, der war verheiratet!“

„Das ist dir doch scheißegal. Hauptsache 'ne Kutte oder wie die Dinger heißen. Gib doch zu, dass du scharf auf den warst. Ich weiß genau, dass du bei ihm gewesen bist, als seine Alte nicht da war. War's wenigstens geil?“

„Du bist so bescheuert.“

„Wie kamen Sie auf Herrn Gesdonk?“, wollte Manuela wissen.

„Keine Ahnung. Er hat manchmal an unserer Schule ausgeholfen. Ich fand ihn ganz okay. Ich dachte, er glaubt mir. Hat er ja auch.“

„Er war bestimmt sehr einfühlsam“, ätzte Jasper Boll.

„Fick dich!“

Manuela bemühte sich, Nadeždas Verhalten zu deuten. War sie tatsächlich so selbstbewusst und stark, wie sie sich ihr gegenüber zeigte? Oder diente ihre Kaltschnäuzigkeit dazu, die Trümmer ihrer Seele hinter einer Schutzschicht zu verbergen? Ihre Gedanken wanderten unweigerlich zu Horst Kreuzer. Er wäre sicherlich nicht der erste Lehrer, der der Versuchung frühreifer Teenager nicht widerstehen konnte. Aber irgendetwas in ihr sträubte sich gegen die Annahme, Kreuzer könne diesem Typ Mädchen verfallen sein.

„Gab es außer den bekannten Fällen in der Jugendherberge und der Turnhalle weitere Übergriffe seitens Herrn Kreuzers?"

„Reicht das nicht, oder was?"

Manuela ersparte sich eine Antwort. Ganz impulsiv hätte sie mit Nein geantwortet. Warum sollte Kreuzer, dessen Charakter sie entgegen ihres ersten Eindrucks mit den Attributen schüchtern, sensibel und korrekt beschreiben würde, für einen Annäherungsversuch oder gar einen sexuellen Übergriff ein öffentliches Forum wählen? Jaspers Rücknahme seiner Aussage sowie das Fehlen jeglicher Zeugen verstärkte ihren Verdacht. Sie verabschiedete sich von dem Paar.

Auf der Straße glitten ihre Augen den mächtigen Kräuterturm mit seinem schönen Backsteinmuster hoch, in dem ein Hotel entstehen sollte. Am Fischmarkt, gegenüber dem alten Rathaus, blieb sie zögernd stehen. Mit einem Blick auf die Uhr verwarf sie den Gedanken an eine Unterredung mit dem Schuldirektor.

21

Das „Il Gargano“ in Voerde war bis auf den Platz ihr gegenüber restlos gefüllt. Manuela war zwanzig Minuten zu früh, hatte die freundliche Bedienung bereits mehrfach vertröstet. Um 19 Uhr, pünktlich wie immer, erschien Hajo. Leicht verlegen begrüßte er sie.

„Ich hätte eher kommen sollen, bitte entschuldige.“

Dann unterband er jegliche Erwiderung von Manuela mit einem langen Kuss. In seiner Nähe war sie sich ihrer Gefühle sicher. Sie wollte in diesen Momenten nichts anderes, als bei ihm sein. Abends, alleine im Bett, kehrten die Zweifel zurück. Bohrende Fragen drängten sich in ihr Bewusstsein. Dieser Albtraum in der letzten Nacht. Sie stand in der Küche ihrer gemeinsamen Wohnung, kochte für die Zwillinge Ben-Jonas und Jan-Thomas, während ihr Gemahl im Institut an Leichen herumschnippelte. Abends war sie von der Hausarbeit und den schreienden Kindern geschafft, fiel völlig übermüdet ins Bett und ihr graute vor dem nächsten Tag. Schweißgebadet war sie aufgewacht, einzig von dem Gedanken besessen, noch heute mit Hajo über die Zukunft zu reden.

Da saß er ihr nun gegenüber, hielt ihre Hände und bedachte sie mit einem verliebten Blick, der wie heiße Schokolade durch ihren Körper floss. Es kam ihr vor, als habe ihr Herz die Lippen versiegelt. Die Kellnerin räusperte sich. Wortlos legte sie die Speisekarten auf den Tisch.

Während des Essens sprachen sie zunächst über Belanglosigkeiten. Irgendwann lenkte Hajo das Gespräch vorsichtig auf die anstehende Geburtstagsparty. Manuela rief sich widerwillig in Erinnerung, dass Hajo die Gelegenheit nutzen wollte, sie seiner Familie vorzustellen.

„Das kommt für mich alles sehr plötzlich“, sagte sie zögernd.

„Plötzlich? Wir kennen uns seit drei Monaten. Wenn wir auch

bisher eine … sehr lockere Beziehung pflegen. Was ich übrigens bedaure. Aber du entscheidest, wie lange meine Probezeit noch dauert. Ich lege mein Herz in deine Hände, Liebste. Wenn du es wünschst, lade ich dich wieder aus."

„Nein", antwortete Manuela eine Spur zu laut. Ein älteres Paar vom Nachbartisch sah herüber.

„Lass uns nicht hier darüber reden", flüsterte sie. Hajo sagte nichts. Sein Schweigen beunruhigte Manuela. Sie wechselte das Thema.

„Wie war dein Tag?"

„Eigentlich wie immer. Um vier habe ich einen Rentner reinbekommen. Die Angehörigen bezichtigten sich vor deinen Kollegen gegenseitig seiner Ermordung. Angeblich hat man den Armen vergiftet."

„Und, hat man?" Manuela führte genüsslich das Saltimbocca zum Mund.

„Nein. Im Magen befanden sich nur halb verdauter Kartoffelsalat und die Reste vom Frühstück. Auch sonst gab es keine Anzeichen für ein unnatürliches Ableben."

Manuela verschluckte sich und hustete. Sie schob den Teller zur Seite und bereute ihre Frage.

„Entschuldigung. Das tut mir jetzt leid. Es ist für mich so selbstverständlich geworden. Ich wollte nicht …"

„Schon gut. Ich bin selber schuld. Ich hatte sowieso keinen Appetit mehr. Lass uns ein Abkommen treffen: In der Freizeit keine Gespräche mehr über unsere Arbeit, okay?"

„Abgemacht. Unter einer Bedingung: Du erzählst mir vorher, wie dein Tag war. Sonst raubt mir mein schlechtes Gewissen den Schlaf. Ich werde pausenlos an dich denken, die ganze Nacht. Was unweigerlich zur Folge hätte, dass ich dir vermutlich direkt morgen früh einen Heiratsantrag mache."

„Das ist nicht fair."

„Warum nicht? Ich bin eine gute Partie. Ziemlich rüstig für mein Alter, charmant und unwiderstehlich."

„Und eingebildet."

„Findest du?"

Lachend prosteten sie sich zu. Danach erzählte Manuela ihm von ihrem ungewöhnlichen Fall. Besonders der heutige Nachmittag beschäftigte sie nachhaltig. Ihr Bauchgefühl wehrte sich, in Horst Kreuzer einen Mörder zu sehen. Die Faktenlage sprach allerdings eine andere Sprache.

„Eine Barbituratvergiftung, sagst du?"

„Vermutet Doktor Haverdunk."

Ihr wurde auf einmal klar, wie dünn das Eis war, auf dem sich ihre Ermittlungen bewegten.

„Wann ist das Opfer denn von uns gegangen?"

Manuela dachte einen Augenblick nach.

„Ungefähr vor dreieinhalb Monaten, warum?"

„Oh. Da wird die Nachweisbarkeit schwierig."

Daran hatte niemand gedacht, durchfuhr es Manuela. In der Vergangenheit verließen sie sich blind auf die Arbeit und vor allem die Ergebnisse der Rechtsmediziner. Ihr war kein einziger Fall bekannt, in dem sie nicht zweifelsfrei die Todesursache belegen konnten. Nervosität befiel die Ermittlerin. Nicht nur, dass ihnen die Leiche fehlte, nun mussten sie auch noch um den Nachweis der Straftat fürchten. Hajo konnte ihre Sorgen erkennen.

„Es hängt entscheidend vom verwendeten Medikament ab. Einige Barbiturate sind nach drei Monaten nicht mehr nachweisbar, andere noch nach vier Monaten. Ihr solltet mir den Herrn also schnellstmöglich liefern."

„Das ist leicht gesagt", Manuelas Gedanken schweiften zum Worst Case. Ein mutmaßlicher Mörder sitzt ihnen gegenüber und ihnen fehlt der Nachweis, dass es sich überhaupt um einen Mord handelt. In diesem Fall würde nur ein freiwilliges Geständnis helfen. Sie verwarf den abwegigen Gedanken, fühlte Resignation aufkeimen.

„Nicht, wenn man sich in die Rolle des Täters versetzt. Er dürfte heilfroh gewesen sein, mit der Leiche unbeobachtet vom Friedhof zu entkommen. Dort braucht ihr also nicht zu suchen. Wo fährt er aber, vermutlich in Angstschweiß gebadet, hin? An den Rhein oder einen Baggersee? Unwahrscheinlich. Er könnte zum einen beobachtet werden, zum anderen könnte die Leiche irgendwann wieder auftauchen. In den nächsten Wald? Mitten in der Nacht? Im Waldboden gräbt es sich nicht gut, der ist voller Wurzelwerk. Hat er einen Garten?“

„Ich glaub schon. Du meinst …?“

„Warum nicht? Wäre zumindest naheliegend. Er setzt den Wagen samt Inhalt rückwärts in die Garage und schafft die Leiche durch die Hintertür in den Garten. Dort dürfte er ungestört sein. Möglicherweise umgibt eine hohe Hecke das Grundstück. In diesem Fall wäre es ein Leichtes, das Opfer unbemerkt von den Nachbarn verschwinden zu lassen. Habe ich mal in einem Krimi gelesen.“

Manuela verschlug es die Sprache. Aus Hajos Mund klang es frappierend einfach. Sie versuchte sich vorzustellen, wie Horst Kreuzer nachts eine Leiche in seinem Garten vergrub. Irgendetwas in ihr wehrte sich dagegen, Kreuzer könne derart eiskalt agieren. Sie sah den Hass in seinen Augen bei dem Gedanken an Gisbert Gesdonk. War er stark genug, um alles andere auszublenden? Konnte ein biederer Durchschnittsmensch, für den sie Kreuzer dem ersten Eindruck nach hielt, vom Hass getrieben zur berechnenden Bestie werden? Bartschneiders Aussage fiel ihr ein. Es wurden zwei Männer auf dem Friedhof gesehen. Ewald Klostermann sprach ebenfalls davon, mehrere Stimmen gehört zu haben. Manuela fragte sich, wer Kreuzer bei diesem sehr persönlichen Motiv hätte helfen sollen. Sie wusste nur eines ganz sicher: Es war Eile geboten. Heute konnte sie nichts mehr ausrichten, am morgigen Samstag mussten sie handeln. Sie entschuldigte sich bei Hajo und ging zum Telefonieren vor die Tür. Dort stand ein halbes Dutzend Raucher, Manuela lief einige Meter die Bahnhofstraße hinauf, um ungestört zu sein. Zum Glück war das Handy der Staatsanwältin nicht ausgeschaltet. Von der Festnahme Kreuzers hatte Annette

Gerland bereits erfahren. Manuela teilte ihr Hajos Aussage bezüglich der Nachweisbarkeitsdauer mit und bat um eine Durchsuchungsanordnung für Kreuzers Haus.

Hajo hatte inzwischen bezahlt und empfing sie vor der Tür.

„Na, Süße. Gehen wir zu dir oder zu mir?"

Manuela seufzte.

„Daraus wird leider nichts. Ich muss früh raus, es steht eine Hausdurchsuchung an."

„Kein Problem, ich habe einen Wecker. Außerdem war ich mal friesischer Meister im Eierkochen."

22

Der Duft von frischen Rühreiern mit Speck und Kaffee breitete sich in Gertrud Grimms Küche aus. Heinrich hatte darauf bestanden, in der Woche beim Frühstück mit Annette alleine zu sein. Dafür hatten sie abgemacht, am Samstag gemeinsam in der Küche seiner Mutter zu frühstücken. Eigentlich genoss er den Service, aber heute stocherte er lustlos im Rührei herum. Annette bekam wunschgemäß ein Müsli mit Vollkornflocken, dazu einen Früchtetee. Als die Tasse leer war, schüttete Gertrud Grimm hastig nach. Ihr Blick trennte sich keine Sekunde von der Staatsanwältin. Die Unruhe war ihr deutlich anzumerken. Sie hatte am gestrigen Abend einige Fetzen des Telefonates mitbekommen. Nicht sehr viel, aber genug, um ihre Neugierde anzustacheln.

„Und? Wie weit seid ihr?“, fragte sie, um einen möglichst nebensächlichen Tonfall bemüht. Heinrich verzog das Gesicht. Annette führte den Löffel zum Mund, kaute genüsslich, pustete in die Tasse und nahm einen kleinen Schluck.

„Wir kommen voran. Danke der Nachfrage.“

Frau Grimm verschränkte störrisch die Arme.

„Ach ja? Ich hörte, ihr habt einen heißen Tipp bekommen.“

Annette legte seufzend ihr Besteck zur Seite.

„Na schön. Horst Kreuzer sitzt in Untersuchungshaft.“

„Warum das denn?“ Heinrichs Stimme donnerte. „Ihr glaubt doch wohl nicht ernsthaft, dass Hotte ein Mörder ist?“

„Hotte?“

Heinrich erzählte ihr von der gemeinsamen Schulzeit und ihrer Freundschaft, die im Laufe der Jahre eingeschlafen war. Seine Beschreibung Kreuzers deckte sich in weiten Teilen mit den charakterlichen Eindrücken, die Adriano ihr auf dem Weg zum Parkplatz geschildert hatte.

„Darüber kann ich mir kein Urteil erlauben. Du weißt, dass letztendlich nur Fakten zählen. Kreuzer hat gedroht, Gesdonk umzubringen, und er verfügt über ein handfestes Motiv. Außerdem hat er für Sonntagnacht kein Alibi."

„Wer hat das schon, wenn er alleine lebt?", erwiderte Heinrich wütend. „Und das Motiv müsste sich, wenn überhaupt, gegen dieses Mädchen richten. Sie hat ihn schließlich angezeigt und damit sein Leben zerstört."

„Auf Drängen Gesdonks, ja."

Heinrich atmete tief durch. Seine Mutter legte ihre Hand auf seinen Arm. Er schüttelte sie ab.

„Heinrich, ich verstehe dich", sprach sie beruhigend auf ihn ein, „aber die Menschen ändern sich. Wann hast du Hotte das letzte Mal gesehen? Du kennst ihn doch gar nicht mehr."

„Ich muss ihn nicht kennen. Ich weiß auch so, wie abwegig diese Anschuldigung ist. Hast du nicht behauptet, es waren zwei Männer in der fraglichen Nacht damit beschäftigt, das Grab auszuheben? Wer sollte denn bitte schön der zweite Mann sein? Und weshalb sollte Kreuzer einen Mord vertuschen wollen und sich gleichzeitig einen Mitwisser ins Boot holen? Das ist ausgemachter Schwachsinn."

Gertrud Grimm wirkte plötzlich nachdenklich. Das hatte sie übersehen. Fieberhaft suchte sie nach einer Erklärung.

„Vielleicht hat Herr Klostermann sich verzählt", stammelte sie hilflos.

„Nein", antwortete Annette. „Es gibt einen weiteren Zeugen, der zur fraglichen Zeit zwei Männer beobachtet hat. Das ist in der Tat seltsam, wischt die bestehenden Fakten allerdings nicht zur Seite. Aber ich kann dich beruhigen, Heinrich. Dein Freund hat gute Chancen, selbst wenn er Gesdonk ermordet haben sollte. Nach unserem Kenntnisstand gehen wir von einer Barbituratvergiftung aus. Diese lässt sich noch maximal drei bis vier Monate nach Eintreten des Todes nachweisen. Wenn wir den Leichnam nicht schnellstmöglich finden, droht Kreuzer also höchstens ein Verfahren wegen Störung der Totenruhe. Es sei denn, wir können ihn zu einem Geständnis überreden."

Heinrich blieb ihr zynischer Unterton nicht verborgen. Fast konnte er sie sogar verstehen. Ob Hotte der Täter war oder jemand anderes, spielte dabei keine Rolle. Wissen, dass ein Mensch ermordet worden ist und nicht die geringste Chance haben, den Mörder zu ermitteln, war der Albtraum schlechthin. In diesem Augenblick klapperte der Briefschlitz in der Haustür. Seine Mutter sprang auf, rannte in den Flur und kam Sekunden später mit der Samstagsausgabe des Rheinischen Boten zurück. Hastig fischte sie im Stehen den Lokalteil heraus, überflog die Überschrift und hielt ihn dann wie eine Trophäe mit ausgestrecktem Arm Heinrich entgegen.

„Jetzt kennt uns jeder. Sieh mal, mein Junge! Kannst stolz auf deine Mutter sein."

Heinrich legte die Zeitung zwischen sich und Annette auf den Tisch. Beim Anblick der Titelzeile stockte ihm der Atem: *Detektivbüro Grimm & Sohn klärt Mordfall – Die teuflische Rache des suspendierten Lehrers Horst K.*

Darunter war ein Mann abgebildet, der mit den Händen auf dem Rücken zwischen Adriano und Manuela eingeklemmt das Haus verließ. Wenigstens hatte man seine Augen mit einem schwarzen Balken unkenntlich gemacht. Heinrichs Gesichtszüge wirkten versteinert, auf seiner Stirn schwoll eine Ader bedenklich an. Frau Grimm stellte unterdessen erstaunt fest, dass Konrad Walther das Motiv ohne ihre Mithilfe gefunden hatte.

„Woher hat der das?" Annette klopfte fassungslos auf die Zeitung.

„Woher wohl!", rief Heinrich. „Und meinen Namen auch noch mit reinziehen!"

„Tut mir leid! Ich kann mir den Mörder nicht aussuchen", antwortete sie schnippisch.

Heinrich schnappte den Lokalteil, sprang auf und stellte sich dicht vor seine Mutter. „Das wirst du geradebiegen! Am Montag steht genau an dieser Stelle ein Widerruf oder ich melde das Gewerbe ab! Hast du mich verstanden?"

23

„Nein. Wie oft soll ich das noch sagen, es gab keine Vorabinformationen. Die PK ist um 13 Uhr, basta!“ Manuela knallte das Telefon auf den Tisch. Seit sieben Uhr liefen die Leitungen heiß. Die Medienvertreter beschwerten sich wüst über die ihrer Meinung nach bevorzugte Behandlung des Rheinischen Boten.

„So eine verdammte Scheiße!“, fluchte Josef Wolters, der erst vor wenigen Minuten gekommen war. „Das hat uns gerade noch gefehlt. Diesem Schmierfinken würge ich einen rein, dass dem kein Hut mehr passt!“

„Wird auch Zeit, mal ein ernsthaftes Wort mit unserer Meisterdetektivin zu reden“, ergänzte Adriano. Manuelas Blick wanderte zur Uhr. Beim Gedanken an die bevorstehende Durchsuchung schwante ihr nichts Gutes …

Dreißig Minuten später erreichten sie mit drei Fahrzeugen das Einfamilienhaus an der Dahlienstraße in Rheinberg-Alpsray. Fast zwei Dutzend Medienvertreter erwarteten sie bereits. Im Rückspiegel erkannte sie den Transporter der Hundeführer. Da sie unmöglich das gesamte Grundstück auf einen bloßen Verdacht hin umgraben konnten, hatte sie Leichenspürhunde angefordert.

„Wo bleiben denn die Kollegen vom Schutzbereich? Die sollten hier absperren.“ Manuela trommelte nervös mit den Fingern auf die Armlehne. Adriano zuckte die Schultern. Die Journalisten hinderten ihn an der Weiterfahrt. Er hupte mehrmals, schaffte es schließlich im Schritttempo in die Auffahrt hinein. Sie waren kaum ausgestiegen, da wurden sie bereits umlagert. Manuela verwies immer wieder auf die Pressekonferenz am Mittag. Ein Radioreporter drückte ihr ein Mikrofon ans Kinn. Sie schob ihn unwirsch zur Seite. Ein fettleibiger Mann um die dreißig erwartete sie an der Haustür. Er trug einen blauen Kittel mit dem Aufdruck eines Schlüsseldienstes. Manuela hatte sich bewusst dagegen entschieden, Kreuzer um den Hausschlüssel zu bitten. Sie wollte sich die Möglichkeit offenhalten, ihn beim Verhör im richtigen Augenblick mit Belastungsmaterial zu konfrontieren. Nach ihrer Einschätzung bestand durchaus die Möglichkeit, dem Verdächtigen auch ohne den endgültigen Nachweis eines Mordes ein Geständnis zu entlocken.

Mittlerweile war ein Streifenwagen aus dem nahen Kamp-Lintfort eingetroffen. Die uniformierten Kollegen spannten sofort ein Absperrband entlang der Grundstückgrenze und drängten die murrende Medienschar sowie die vermehrt angelockten Nachbarn dahinter zurück. Die Haustür war geöffnet, Manuela bat den Mitarbeiter des Schlüsseldienstes, das Garagentor ebenfalls aufzumachen. Wenige Augenblicke später erschienen zwei Hundeführer mit ihren Tieren. Ein Polizist hob das Flatterband und ließ sie durch. Einer der beiden lief direkt durch die Garage in den Garten, der andere schickte seinen Hund quer durchs Haus.

Josef und Mareike nahmen sich mit Manuela das Erdgeschoss vor. Adriano durchsuchte mit Bartschneider und Manthey das Obergeschoss. Michael Kempkes und Elke Meiners gingen in den Keller. Die Suche im Haus galt in erster Linie verschmutzter Kleidung, Gartengeräten, Barbituraten und möglichem Schriftverkehr zwischen Kreuzer und Gesdonk. Manuela plagte die Verantwortung für diesen Einsatz. Es war nicht mehr als ein Strohhalm, nach dem sie griffen und womit sie diesen Aufwand später begründen musste.

„Frau Warnke?“

Sie folgte der unbekannten Stimme auf die Terrasse. Einer der beiden Hundeführer erwartete sie in seinem verwaschenen, grünen Arbeitsanzug. Neben ihm hockte ein gelangweilter Schäferhund.

„Hier ist alles sauber. Wir verschwinden dann mal wieder.“

„Was ist mit dem Gartenteich, könnte darunter …?“

Das Kopfschütteln des Kollegen machte die Hoffnung zunichte.

„Wir haben uns auch den Polo in der Garage vorgenommen. Negativ."

„Der wird die Leiche kaum im Auto gelassen haben." Manuela winkte resigniert ab.

„Das muss er auch nicht. Wenn in diesem Fahrzeug in den letzten vierzehn Tagen eine Leiche transportiert worden wäre, hätten unsere Jungs das gerochen."

Sie hatte es geahnt, warum hatte sie nicht auf ihr Bauchgefühl gehört? Im Erdgeschoss und Keller fanden sich nicht die geringsten Anhaltspunkte. In Kreuzers Büro hätte sich das gesamte Personal des Finanzamtes einen ganzen Tag lang austoben können, ohne den geringsten Hinweis darauf zu finden, dass dieser Raum nicht ausschließlich als Arbeitszimmer verwendet wurde. Mit dem Gedanken, die ganze Sache hinzuschmeißen, ging sie in den Flur. Engels drängte sich in ihr Bewusstsein. Ihr Behördenleiter würde sie Montag in aller Frühe in sein Büro zitieren und nach dem Grund für den personalintensiven Einsatz fragen. Sie fühlte sich niedergeschlagen, frustriert. Zu allem Überfluss überkam sie eine bleischwere Müdigkeit. Die Nacht bei Hajo war schön gewesen, aber fast schlaflos.

„Manuela, kommst du mal bitte?" Adrianos Stimme hallte durchs offene Treppenhaus. Wenig später führte er sie in ein kleines Zimmer im Obergeschoss. Die abgestandene Luft lenkte Manuelas ersten Blick unweigerlich auf das verschlossene Fenster. An der Wand daneben befand sich ein Krankenbett mit seitlich angebrachten Holzleisten oberhalb der Matratze. Ein kleiner Resopaltisch mit zwei einfachen Stühlen und ein verblichener Kleiderschrank bildeten das Mobiliar. Die Tapete mit dem altmodischen Blumenmuster hatte ihre schönste Zeit längst hinter sich. Adriano deutete auf einen kleinen Medizinschrank an der Wand neben einem einfachen Spiegel. Die Türen hatte er offen gelassen. Manuela begutachtete die akkurat gestapelten Medikamentenpackungen.

„Jede Menge Schlafmacher und Beruhigungspillen. Ohne

mich besonders auszukennen glaube ich, dass man damit einen Elefanten flachlegen kann.“

Manuela wirkte skeptisch. Sie nahm die oberste Schachtel heraus und hielt sie ins Licht.

„Das Verfallsdatum war im Mai überschritten.“

„Na und? Die Wirkung dürfte immer noch ausreichen“, bemerkte Adriano trocken.

„Schon, aber was beweist das? Diese Mittelchen haben viele zu Hause. Kreuzer wird uns eine simple Erklärung liefern. Ohne die Leiche haben wir nicht die geringste Chance. Und selbst dann …“

Manuela schüttelte resigniert den Kopf. Sie verteilte die Medikamente in zwei Beutel und ging wortlos an Adriano vorbei aus dem Zimmer. Auf dem Weg nach unten kam ihr die Situation seltsam unwirklich vor. Sie fragte sich, wie Kreuzer es geschafft haben sollte, eine Leiche mitsamt Sarg zu stehlen und unbemerkt fortzuschaffen. Und vor allem wohin. Am liebsten würde sie die Untersuchungszelle aufschließen und Kreuzer einen schönen Tag wünschen.

Vor der Haustür warteten Bartschneider und Manthey.

„Wir haben uns in der Nachbarschaft umgehört. Sonntag gegen 21 Uhr ist Kreuzer weggefahren. Ansonsten hat niemand was bemerkt.“ Bartschneider zeigte auf das Nachbarhaus neben der Garage. „Dort macht niemand auf. Da müssten wir noch mal nachfragen.“ Manuela nickte. Unzufrieden mit dem Ergebnis beendete sie die Aktion. Medikamente, die jeder Hausarzt verschreibt und die noch dazu offenbar für eine pflegebedürftige Person bestimmt waren, dürften sie allein nicht weiterbringen. Sie war gespannt auf Kreuzers Erklärung dazu, wohin er an diesem Abend gefahren war.

24

Gertrud Grimm sah auf die Küchenuhr. Sie hatte ihren Chauffeur ausdrücklich um Pünktlichkeit gebeten. Heinrich hatte sie vor einer Stunde noch einmal darauf hingewiesen, dass er es ernst meinte mit der Gewerbeabmeldung. Sie würde Camel kaum dazu bewegen können, seinen Artikel zu widerrufen. Es musste eine andere Lösung her. Sie ärgerte sich, dass die Weseler Polizei es nicht einmal fertigbrachte, eine ausgewachsene Leiche samt Behältnis zu finden. Sobald sich nämlich herausstellen würde, dass der Artikel der Wahrheit entsprach, dürfte ihr Sohn kein Argument mehr haben. Glaubte sie zumindest. Es blieb ihr also keine andere Wahl, als der Polizei erneut zu helfen. Die Rechnung dafür, nahm die Seniorin sich vor, würde die Staatsanwaltschaft bekommen.

Mittlerweile war der vereinbarte Termin um zwanzig Minuten überschritten und die Detektivin formulierte gedanklich schon eine Stellenanzeige. In dem Augenblick, als sie wütend die Nummer des örtlichen Taxiunternehmens suchte, vernahm sie von der Straße lauten Krach, gemischt mit schrillen Hupgeräuschen. Als Frau Grimm das Haus verließ, hoffte sie mit einem Blick auf das seltsame Gefährt, dass ihre Nachbarn sie nicht sehen konnten. Am Straßenrand parkte ein giftgrüner Kleinwagen. Das Geräusch eines Presslufthammers drang aus dem Fahrzeuginnern herüber. Das Blech der Fahrertür pulsierte im Takt dazu. Die Karosserie berührte fast den Asphalt, das Dach endete eine Handbreit über ihrem Bauchnabel. Zweifelnd lief sie um den Wagen. Auf der Heckscheibe verkündete ein Aufkleber: Ich bin klein und gemein. Mit einem beherzten Griff öffnete sie die Tür und hielt sich sofort die Hände an die Ohren. Mit mitleidigem Ausdruck schaltete Ben die Anlage aus. Nachdem sie zwei Einstiegsvarianten erfolglos verworfen hatte, ging Frau Grimm in die Hocke und schob ihren Körper seitwärts in den

Schalensitz. Ben zog von hinten einen Hosenträgergurt nach vorne und reichte ihn ihr. Sie hoffte inständig, dass er ihr beim Aussteigen behilflich sein würde …

„Also ich muss doch sehr bitten. Diese Verspätungen lasse ich mir nicht mehr länger bieten! Und was ist das überhaupt für ein Fahrzeug?"

„Polo. 95 PS, tiefergelegt, Spurverbreiterung. Habe ich mir von 'nem Kumpel geliehen. Der muss die Karre aber um acht wiederhaben. Will noch nach Duisburg ins ‚Daddy', 'n paar Schnecken angraben."

„Das ist aber ein unpraktisches Auto für einen Gärtner."

„Hä? Ach … forget it."

Ihr Blick fiel auf den Schaltknüppel, auf dem als Knauf eine Billardkugel thronte.

„Jedenfalls erwarte ich das nächste Mal ein bequemeres Fahrzeug. Und nun bringen Sie mich bitte zur Dahlienstraße in Rheinberg-Alpsray."

„Sehr wohl, Mylady."

Nachdem er das kleine Navigationssystem über dem Armaturenbrett programmiert hatte, fragte Ben, ob es eilig wäre. Gertrud Grimm sah auf die Uhr, wollte anmerken, dass sie bereits spät dran seien, überlegte es sich aber im letzten Augenblick anders.

„Nein, nein. Wir haben viel Zeit. Fahren Sie ruhig langsam."

Enttäuscht startete er den Motor. Bis zur Rheinbrücke schwiegen sie, dann konnte Ben seine Neugierde nicht länger zurückhalten.

„Meine Mutter hat gesagt, Sie haben einen Mordfall gelöst. Stimmt das?"

„Ja, mein Junge, das stimmt. Wir fahren übrigens zum Haus des Mörders. Ich muss dort einige Nachbarn befragen."

„Wow! Wer ist denn der Mörder?"

„Horst Kreuzer, Lehrer an der Rheinberger Hauptschule", antwortete sie stolz. Das Thema gefiel der Detektivin.

„Ein Lehrer? Wie geil ist das denn? Hat er womöglich einen

Kollegen …" Ben führte einen Zeigefinger an die Schläfe, gab ein kurzes „paff" von sich und ließ den Kopf zur Seite fallen. Dabei entglitt ihm das kuchentellergroße Lenkrad. Frau Grimm zuckte.

„Nein. Er hat eine Schülerin unsittlich … also sexuell … berührt. Nun, das Mädchen litt sehr darunter. So sehr, dass sie sich in ihrer Not an eine Vertrauensperson wandte. Diese hat die Schülerin zur Anzeige gedrängt, woraufhin Kreuzer sich rächte."

„Ach so. Na denn. Wie heißt das Mädchen? Vielleicht kenne ich sie. Als DJ lernt man 'ne Menge Leute kennen."

Frau Grimm hatte sich den Namen nicht merken können. Die Kleine dürfte tatsächlich nicht viel jünger sein als Ben. Möglicherweise konnte ihr Chauffeur eine Aussage beisteuern, die den Fall beschleunigte. Sie kramte in ihrer Handtasche und fand schließlich den Namen in ihrem Notizblock.

„Nadežda Rada. Sagt Ihnen der Name etwas?"

Ben lachte lauthals los. Er hielt sich mit beiden Händen am Lenkrad fest, konnte nicht aufhören.

„Nadežda Rada! Unsittlich berührt …" Erneut prustete er los. Frau Grimm konnte sich keinen Reim darauf machen.

„Sie kennen die Dame?"

„Dame? Der ist gut. Die Alte ist ein Golfplatz. War bis vor zwei Jahren bei meiner Schwester in der Klasse. Nachdem sie den dritten Lehrer angebaggert hat, ist sie geflogen."

„Golfplatz? Ich fürchte, ich kann Ihnen nicht ganz folgen …"

„Bei der durfte jeder einlochen. Sagt man so."

Frau Grimm verstand kein Wort. Allmählich verlor sie die Geduld.

„Ich wäre Ihnen sehr dankbar, wenn Sie deutsch reden könnten. Ich spiele nämlich kein Golf."

„Das glaube ich. Klasse!" Erneut ging seine Stimme in lautem Lachen unter. Sie standen in Millingen am Bahnübergang.

„Okay. Die Dame hatte häufig wechselnde Sexualkontakte." Ben sagte es betont langsam. „Sagt Ihnen das was?"

„Ähem … nicht persönlich, aber sonst … schon."

Gertrud Grimm dachte darüber nach, wie sie diese Aussage bewerten sollte. Möglicherweise wurde Kreuzer doch ungerechtfertigt vom Dienst suspendiert. Dieser Umstand dürfte das Motiv zusätzlich untermauern.

Mittlerweile hatten sie die Dahlienstraße erreicht. Frau Grimm bat ihren Chauffeur, den Wagen vor dem Bereich der kleinen Stichstraße abzustellen und dort auf sie zu warten. Von der Hausdurchsuchung hatte sie nichts mitbekommen. Ihr ging es zunächst um die Information, wann Kreuzer in der Nacht zum Montag nach Hause gekommen war, um ein grobes Zeitfenster zu bekommen. Sie rückte ihren Mantel zurecht und klingelte bei den Nachbarn zur Linken Kreuzers. Eine Dame in ihrem Alter öffnete die Tür.

„Guten Tag. Sie wünschen?"

„Wohlfahrt. Anneliese Wohlfahrt", stellte sie sich mit betont sorgenvoller Miene vor. „Ich komme vom Schutzbund der Lehrer e.V. Unsere Aufgabe ist es, beruflich oder gesellschaftlich entgleisten Lehrkörpern Halt zu geben. Einer unserer schwierigsten Fälle ist derzeit Herr Kreuzer. Leider öffnet er nicht, das ist wirklich schade. Ich habe extra den umständlichen Weg mit öffentlichen Verkehrsmitteln aus Moers hierher genommen."

„Ich wüsste nicht, wie ich Ihnen helfen kann. Außerdem", der Blick der Nachbarin verfinsterte sich, „finde ich es eine Frechheit, einem Kinderschänder auch noch Hilfe anzubieten. Wer hilft denn dem armen Mädchen?"

„Nein, das ist ja furchtbar! Davon sagt man mir mal wieder nichts. Außer dass der Kollege vom Dienst suspendiert wurde. Das ist wieder typisch. Aber wenn das so ist, also …", sie drückte das Kreuz durch und stemmte entrüstet die Arme in die Hüfte, „dann werde ich einen gesalzenen Bericht schreiben und ihn der Disziplinarkommission vorlegen, darauf können Sie sich verlassen."

Frau Grimm trat einen Schritt zur Seite, sah sich kurz um.

„Haben Sie vielleicht verwertbare Hinweise für mich, Frau …"

„Leinenweber. Das besprechen wir besser nicht an der Haustür. Kommen Sie doch bitte herein, Frau Wohlfahrt."

Während die Kaffeemaschine gurgelte, malte die Nachbarin das Bild eines perversen Sexmonsters im unscheinbaren Gewand eines Lehrers. Geahnt hätten es alle und immer schon. Verhindern konnte es niemand.

„Dass er auch noch einen unschuldigen Menschen getötet hat! Nein, wie schrecklich. Die Rübe gehört dem abgehauen, jawohl. Man hört, er soll sogar vor den Toten nicht zurückschrecken. Was ist das nur für ein Mensch?"

„Stimmt!", rief Frau Grimm erstaunt. „Davon habe ich während der Busfahrt hierher auch gehört. Jemand soll am späten Sonntagabend auf dem Annafriedhof ein Grab ausgehoben haben. Sagen Sie nicht, das war unser Herr Kreuzer?"

„Doch! Aber sicher nicht am Sonntagabend. Vielleicht Montag in der Früh, das schon eher. Ist ja auch egal, wann. Der Teufel soll ihn holen."

Gertrud Grimm kramte einen Block aus der Tasche und überprüfte die Aussage Klostermanns. Gegen 22 Uhr hatte dieser die Stimmen der Männer am Grab von Gisbert Gesdonk vernommen.

„Vielleicht ist das nicht so wichtig, Frau Leinenweber, aber ich darf keine widersprüchlichen Informationen vorlegen. Am Ende wird dieser Mensch freigesprochen und die Schule muss ihn wieder einstellen."

„Das möge Gott verhüten."

Ich auch, dachte die Detektivin.

„Sie deuteten an, Kreuzer könne nicht am Sonntagabend auf dem Friedhof gewesen sein?"

„Allerdings. Da hat er mich nämlich mit seinem Lärm aus dem Bett geschmissen. Das müssen Sie sich mal vorstellen: Um zehn Uhr abends torkelt der sturzbetrunken aus dem Haus, grölt dabei herum wie so ein … ein … Prolet", sie wedelte hilflos mit den Armen, „und holt einen Kasten Bier aus dem Kofferraum seines Autos. Jedenfalls wollte er das. Der Kasten fiel mit Karacho auf den Boden. Glauben Sie, der hat die Scherben aufgefegt? Hatte der gar nicht nötig! Hauptsache weitersaufen."

Frau Leinenweber stand auf und holte die Kaffeekanne. Gertrud Grimm ließ langsam den Block sinken. Fieberhaft bemühte sie sich darum, diese neue Aussage in ihre Theorie einzubetten. Hatte Klostermann sich getäuscht? Nein, Kreuzer dürfte nach der Beschreibung seiner Nachbarin kaum in der Lage gewesen sein, ein Grab auszuheben. War es ein bewusstes Täuschungsmanöver, wollte er sich auf diese Weise ein Alibi verschaffen?

„Und dann fährt der noch Auto. In dem Zustand. Das muss man sich mal vorstellen."

Gertrud Grimms Hand schoss vor, griff nach dem Block.

„Wissen Sie, wie spät das war, Frau Leinenweber?"

„Warten Sie mal … um Viertel nach zehn kam mein Sohn mit Dante zurück, der geht abends immer noch eine große Runde mit unserem Pudel. Ich hörte noch, wie er sagte: Ist der wieder blau."

„Wohin er gefahren ist, wissen Sie natürlich nicht."

„Doch. In die Garage. Ich war gerade wieder eingeschlafen. Das hat vielleicht gescheppert, kann ich Ihnen sagen. Dass der das Tor überhaupt noch aufbekommen hat."

Enttäuscht packte Frau Grimm den Block ein und verabschiedete sich. Auf dem Bürgersteig sah sie instinktiv zum Nachbarhaus. Ein schlanker Mann, in Jeansjacke und -hose gekleidet, stand vor Kreuzers Haustür. Er klingelte mehrmals, klopfte an die Scheibe. Dann griff er in die Innentasche seiner Jacke und holte Zettel und Stift hervor. An die Glasscheibe der Haustür gelehnt, kritzelte er eilig eine Nachricht und warf die Notiz anschließend in den Briefkasten. Als sich der Fremde für einen kurzen Moment zu ihr drehte, erkannte sie das tätowierte Spinnennetz auf seiner linken Wange.

25

Manuela rieb sich die Augen. Zwei Stunden hatten sie Kreuzer verhört. Schon zu Beginn lieferte er die erwartet banale Erklärung für die vielen Medikamente. Seine pflegebedürftige Mutter habe bis zu ihrem Tod im Februar in diesem Zimmer gelebt. Sie benötigten den Raum nicht und er habe ihn seither auch nicht mehr betreten. Für die nächtliche Autofahrt gab er als Grund einen Einkauf an der Tankstelle in Annaberg an.

„Oh, eine einsame Kollegin."

Es war Jonas Martin. Sie hatte sein Klopfen nicht gehört.

„Ja. Mein Kollege hat mich auf den Knien angefleht, da habe ich ihn gehen lassen."

„Ach, der Adriano. Polizeipräsident wird der nicht mehr. Gut, dass die Kollegen vom LKA fleißiger sind. Sie haben mir soeben die Auswertung der Bilddateien gefaxt. Ich habe vorsichtshalber telefonisch nachgefragt. Dieses Fachchinesisch versteht ja keine Sau. Sieh dir das mal an."

Martin legte zwei Ausdrucke auf den Schreibtisch. Beide Bilder kamen Manuela vertraut vor. Auf dem ersten erkannte sie Horst Kreuzer und Nadežda Rada in der Jugendherberge. Der Lehrer stand ihr etwa dreißig Zentimeter gegenüber, berührte die Schülerin jedoch nicht. Das zweite Bild zeigte die beiden beim Sportunterricht. Auch hier lag keine Berührung vor. Erstaunt hob sie das Gesicht.

„Ist das nicht zum Kotzen? Die haben diese Bilder mit einem popeligen Bildbearbeitungsprogramm manipuliert. Lässt sich auf Ausdrucken kaum feststellen, aber jetzt, mit der Originaldatei, schon. Die Kollegen meinen, sie können unter Umständen sogar nachweisen, ob diese Sauerei auf einem bestimmten Rechner gemacht wurde. Ich besorge mir jetzt einen Beschluss von der Frau Staatsanwältin und werde den Kids mal die Spielzeuge wegnehmen. Die mache ich fertig, das schwöre ich."

Auch Manuela spürte Wut in sich aufsteigen. Gleichzeitig fragte sie sich, ob Kreuzer jemals wieder vollständig rehabilitiert werden konnte. Ein weiterer Gedanke stieß ihr bitter auf: Hatten die Schüler ihren Lehrer damit zum Mörder gemacht? Das Verhör rückte wieder in ihr Bewusstsein. Horst Kreuzer, seine Körpersprache. In sich zusammengesackt ließ er alle Anschuldigungen auf sich einprasseln, nahm sie ohne Regung auf. Saß auf dem Stuhl wie ein angeschlagener Boxer. Eine einzige Nacht in der Untersuchungszelle hatte ausgereicht, um ihn innerlich kapitulieren zu lassen. Es kam Manuela vor, als fühle der Lehrer sich im Polizeigewahrsam geborgen, als wolle er gar nicht mehr zurück in sein angestammtes Leben. In eine Umgebung aus Hass, Lügen und selbstgerechter Moral. Sie musste mehrfach gegen ihr Mitgefühl ankämpfen, sich immer wieder einreden, einen dringend tatverdächtigen Mörder vor sich zu haben. Irgendwann hatte sie ihm geraten, einen Anwalt zu konsultieren. Er hatte nur resigniert gelacht. In zwei Stunden mussten sie ihn freilassen. Die Morddrohung eines in die Enge getriebenen Mannes und ein fehlendes Alibi dürften dem Haftrichter nicht reichen. Es machte der Ermittlerin nicht sonderlich viel aus. Fluchtgefahr im eigentlichen Sinn sah sie nicht gegeben. Einzig eine mögliche Flucht aus dem Leben bereitete ihr Sorgen. Nachdem Jonas Martin gegangen war, suchte sie Kreuzer erneut auf.

Teilnahmslos saß er auf der Pritsche und starrte auf die Wand gegenüber. Manuela wies einen Kollegen an, vor der Zellentür Stellung zu beziehen.

„Herr Kreuzer, ich habe eine gute Nachricht für Sie."

Er antwortete nicht, sah sie nicht einmal an.

„Wir konnten die Anschuldigungen gegen Sie, was die angeblichen sexuellen Übergriffe betrifft, entkräften. Die Belastungsfotos sind allesamt am Computer manipuliert worden. Gegen die betreffenden Schüler wird ein Ermittlungsverfahren eingeleitet. Sie werden vollständig rehabilitiert."

Kreuzer stieß ein kurzes Lachen aus. Er sah Manuela aus tief in den Höhlen liegenden Augen an. Dann lachte er ein zweites Mal. Erst zaghaft, dann immer heftiger.

„Das haben sie bei mir gelernt. Im Informatikunterricht. Ich wollte ihnen erklären, wie gefährlich es sein kann, private Bilder ins Internet zu stellen."

Wieder folgte ein irres Lachen. Manuela schloss für eine Sekunde die Augen.

„Herr Kreuzer, Sie sind Opfer einer hinterhältigen Intrige geworden. Das wird jeder Richter berücksichtigen. Sagen Sie mir die Wahrheit. Der Albtraum muss ein Ende haben."

Mit einem Ruck sprang Kreuzer von der Pritsche auf.

„Die Wahrheit?", schrie er. „Die haben Sie doch längst! Sie und all die Moralapostel, denen der Schein reicht!"

Die Zellentür wurde aufgerissen, der Uniformierte stürzte herein. Manuela deutete ihm an, dass sie alles unter Kontrolle hatte.

„Gisbert Gesdonk starb kurz nachdem Sie gedroht haben, ihn umzubringen. In der Nacht zum Montag wurde sein Leichnam gestohlen. Das ist die Wahrheit."

Kreuzer hob die Arme, ballte die Hände zu zitternden Fäusten.

„Nehmen wir an, ich hätte ihn getötet", fuhr er überraschend sachlich fort. „Nennen Sie mir einen Grund, weshalb ich die Leiche hätte stehlen sollen."

Manuela atmete tief durch. Kreuzers Überzeugung, mit der er den Satz vorbrachte, ersparte ihr die Antwort.

„Herr Kreuzer, wir werden Sie nicht länger festhalten. Die Kollegen bringen Sie gleich nach Hause. Bitte halten Sie sich aber zu unserer Verfügung."

Kreuzer schüttelte ungläubig den Kopf.

Manuelas Gedanken krochen zähflüssig durch dichten Nebel. Haverdunk hat sich geirrt, Gesdonk starb eines natürlichen Todes, mach dir einen schönen Abend mit Hajo, hörte sie eine innere Stimme. Die Leiche wurde gestohlen, ein Friedhofsraub zur Verdeckung inszeniert, Morddrohung und Anzeichen einer Vergiftung, mahnte die Kommissarin in ihr. Aufkommende Müdigkeit ließen die Gedanken entschwinden. Versonnen sah sie aus dem Fenster. Ihr Blick schweifte über grüne Wiesen, endete an einem grauen Band, das sich unter schweren Wolken am Horizont abzeichnete. Ein Bussard stürzte dem Boden entgegen. Zaghaftes Klopfen entlockte ihr ein müdes „Herein".

„Na, auch Langeweile?"

Mareike setzte sich fröhlich grinsend auf die Kante von Adrianos Schreibtisch. Manuela ließ sich in ihrem Stuhl zurückfallen.

„Ich musste Kreuzer freilassen. Wir haben nicht das Geringste gegen ihn in der Hand."

„Wie sag ich's Engels, nicht wahr?"

„Engels kann mich mal."

„Der alte Sack?"

„Blöde Kuh. Sag mir lieber, wo die Leiche ist. Ohne können wir den Deckel bald zumachen. Es gibt nicht den geringsten Ansatz. Kreuzer war der einzige Fleck auf Gesdonks weißer Weste."

„Meiner Meinung nach sollten wir anders an den Fall herangehen. Aus welchem Grund sollte jemand dem Mörder bei der Entsorgung des Opfers helfen? Bestimmt nicht für 'ne Eins in Mathe."

„Wir haben Kreuzers Haus auf den Kopf gestellt, seine Bankdaten gecheckt, die Telefonverbindungen der letzten drei Monate geprüft. Es gibt nicht den geringsten Hinweis auf Erpressung. Außerdem: Womit sollte er Kreuzer erpressen? Er wird wohl kaum bei der Tat dabei gewesen sein."

„Was erst recht die Frage aufwirft, warum der Mitwisser schweigt."

Mareike wurde es unbequem, sie setzte sich auf Adrianos Stuhl.

„Stimmt. Hat sich eigentlich jemand um Kreuzers Frau gekümmert?"

„Jupp war so freundlich. Die Gattin hat sich ein paar Tage freigenommen, war das vergangene Wochenende bei ihren Eltern in Fulda. Haben die Kollegen dort überprüft."

„Okay. Ich lasse Kreuzer observieren. Vielleicht taucht der ominöse zweite Mann ja dort auf."

„Schön. Dann können wir heute Abend ins Weseler Nachtleben eintauchen. Mal sehen, was auf dem Markt ist. Vergleiche lohnen immer. Ich meine, wo das doch mit Hajo nichts Ernstes ist ..."

Sie grinste provozierend. Manuela verzog das Gesicht. Immer wieder hatte sie ihrer Freundin den Wind aus den Segeln genommen, die Beziehung zu Hajo als lose Freundschaft abgetan.

„War das ein Widerspruch?"

„Hajo hat nächsten Samstag Geburtstag. Er möchte mich bei der Gelegenheit seiner Familie vorstellen."

„Hui. Und?"

„Ich weiß nicht. Hajo ist verheiratet. Also noch. Sie leben seit einem Jahr getrennt."

„Nein, wie unmoralisch! Noch nicht geschieden und dann schon mit einer anderen. Das geht ja gar nicht. Hast du ihn denn nicht über deine Vorstellungen von Sitte und Anstand aufgeklärt?"

„Darum geht es nicht. Seine Frau hatte damals einen Liebhaber, Hajo hat sofort die Scheidung eingereicht. Jetzt tut es ihr leid und sie möchte alles rückgängig machen."

„Konkurrenz belebt das Geschäft."

„Kannst du ein Mal ernst bleiben, verdammt noch mal?"

Manuela hob die Stimme, im selben Augenblick tat es ihr leid.

„Entschuldige." Mareike sah sie mitfühlend an. „Ich wusste nicht, dass dich die Sache so mitnimmt."

„Schon gut. Sie kämpft mit unfairen Mitteln um ihn. Benutzt Ben-Jonas und Jan-Thomas für ihre Zwecke. Hajo hängt sehr an den Zwillingen, möchte sie am liebsten jeden Tag bei sich haben. Wenn er es sich mit seiner Ex verscherzt, sieht er die beiden nur noch alle zwei Wochen. Die schreckt vor nichts zurück, hat sogar angekündigt, an seinem Geburtstag zu erscheinen."

„Scheiße. Das ist wirklich eine blöde Situation. Er muss sich also zwischen den Kindern und dir entscheiden?“

„Darüber haben wir die halbe Nacht gesprochen. Er liebt mich und würde es sogar in Kauf nehmen, die Kinder seltener zu sehen. Mir zuliebe. Das kann nicht gut gehen.“

Mareike presste die Lippen aufeinander. Sie wusste, dass sie ihrer Freundin nicht helfen konnte. Manuela brauchte Ablenkung, musste den Kopf freibekommen für eine Entscheidung. Schließlich willigte sie ein und die beiden verabredeten sich für 19 Uhr beim Italiener an der Doelenstraße.

26

Eine halbe Stunde lang hatte sie mit einer Haarnadel, einem gebogenen Draht und einem Schraubendreher, den sie für Notfälle stets bei sich trug, versucht, den Zettel aus dem Briefkasten zu fischen. Immer wieder blieben neugierige Nachbarn am Bürgersteig stehen und staunten über die Geschichte von dem versehentlich falsch eingeworfenen Brief. Frau Grimm glaubte nicht an Zufälle. Schon gar nicht im Zusammenhang mit einem Mordfall. Er hatte wenige Meter neben Gesdonks Grab gestanden und sie beobachtet. Dass er nun Kreuzer aufsuchte, musste einen Grund haben, davon war die Seniorin überzeugt. Sie konnte den einmal mittig gefalteten Zettel mit einem Auge auf dem Grund des Briefkastens erkennen. Die Faltkante lag unten, sodass er nach oben aufklappte. Leider war der Kasten sehr schmal und der Einwurfschacht nur wenige Zentimeter von der Wand entfernt. Die Schrift konnte sie zwar erkennen, aber bis auf zwei Ziffern nicht lesen. Nach kurzem Nachdenken kam ihr die Idee. Sie kramte die kleine Digitalkamera aus der Handtasche und schoss einige Fotos durch den offenen Schlitz.

Ben hielt vor der Haustür direkt hinter einem alten Ford Mustang. Camel lehnte lässig am Kotflügel und warf nur beiläufig einen Blick auf den giftgrünen Kleinwagen. Beim Anblick seiner Informantin allerdings, wie sie mühselig aus dem Wagen kletterte, blieb sein Mund offen stehen. Fast im selben Moment, in dem die Beifahrertür ins Schloss fiel, ertönten ohrenbetäubende Bässe. Frau Grimm hielt sich die Hände auf die Ohren und ging zur Haustür. Camel folgte ihr hastig.

„Da sind Sie ja endlich, Frau Grimm. Ich warte schon seit einer Stunde hier. Wir müssen reden."

„Haben Sie einen Termin?"

„Wie bitte?"

„Na schön, kommen Sie rein."

Sie führte den Reporter ins Büro, bot ihm einen der Bistrostühle in der Ecke an. Anschließend zog sie ihren Mantel aus und brachte ihn zur Garderobe im Flur.

„Was gibt es denn Dringendes?", wollte Frau Grimm wissen, als sie ihm gegenüber Platz nahm. Ihre merkwürdige Gelassenheit machte Camel nervös. Der Aufmacher in der heutigen Ausgabe hatte für mächtigen Wirbel gesorgt. Die Konkurrenz lag ihm zu Füßen und bettelte förmlich um Informationen. Das Lokalfernsehen hatte in den Nachrichten ihre Zeitung zitiert – leider ohne seinen Namen zu nennen. Jetzt warteten alle gespannt auf weitere Details des brisanten Falles. Die Montagsausgabe dürfte in wenige Stunden überall vergriffen sein. Obwohl Sennheiser es niemals offen zugeben würde, klang in dem Gespräch vor einer halben Stunde Stolz durch. Er versprach sogar, ihm für die nächsten drei Ausgaben die Seite eins freizuhalten. Auch die Redaktion des überregionalen Teils sehnte sich nach Hintergrundberichten zum Mordfall aus seiner Feder. Genau so hatte er sich seinen Abschied aus den Niederungen der Provinz immer gewünscht: mit Pauken und Trompeten. Nie mehr über das Jubiläum irgendeines Karnickelzüchtervereins berichten, keine Termine mehr bei hundertjährigen Tattergreisen. Aber noch standen ausführliche Berichte über den sensationellen Mordfall aus. Das Motiv hatte er mit dem ihm eigenen investigativen Journalismus bereits gefunden. Es galt nun, mehr über den eigentlichen Mord in Erfahrung zu bringen.

„Ich habe meinen Teil der Abmachung eingehalten, Frau Grimm. Jetzt sind Sie dran. Ich benötige dringend weitere Hintergrundinformationen. Es muss ein Totenschein ausgestellt worden sein, der eine natürliche Todesursache bescheinigt, nicht wahr?"

Frau Grimm nickte stumm.

„Also wird der Tote kaum ein Messer in der Brust oder eine Kugel im Kopf gehabt haben. Wie hat Kreuzer ihn denn umgebracht?"

„Gar nicht."

Gespannt wartete Camel darauf, dass Frau Grimm über ihren Scherz lachen würde. Hatte sie seine Frage etwa missverstanden?

„Wie meinen Sie das?", fragte der Redakteur zaghaft nach.

„Nun, ich habe mich wohl geirrt. Herr Kreuzer verfügt für die fragliche Zeit am vergangenen Sonntag über ein Alibi. Er kann die Leiche also nicht gestohlen haben."

Camel sackte in sich zusammen. Vor seinem geistigen Auge öffnete sich ein Abgrund, in dem seine beruflichen Erfolge auf Nimmerwiedersehen verschwanden. Er konnte es nicht fassen, klammerte sich an eine letzte vage Hoffnung.

„Der Mord hat sich vor über drei Monaten ereignet. Vielleicht war er es trotzdem …?"

„Und wer – und vor allem warum – sollte dann die Leiche stehlen? Herr Walther, Sie enttäuschen mich. Wir lagen falsch, das kann mal vorkommen."

„Wir … fa… falsch?", stotterte Camel.

„Ja. Bevor ich es vergesse, Sie müssen unbedingt den Artikel aus der heutigen Ausgabe widerrufen. Bevor es Ärger gibt."

Er wähnte sich im falschen Film. Mit ein paar lapidaren Sätzen untergrub sie das Fundament seiner Karriere. Wut stieg in ihm hoch.

„Das werde ich, worauf Sie sich verlassen können! Ich habe auch schon die Schlagzeile vor Augen." Mit gespreiztem Daumen und Zeigefinger zog er ein imaginäres Banner an ihren Augen vorbei. „Blamage für Detektei Grimm. Dilettantische Ermittlungen belasten Unschuldigen!"

Camel sprang gehetzt auf und lief aus dem Büro. Frau Grimm stürzte eilig hinterher.

„So warten Sie doch, Herr Walther! Sie haben mich missverstanden. Ich habe nicht behauptet, dass Kreuzer unschuldig ist. Es gibt durchaus Anhaltspunkte für eine Beteiligung an der Tat. Möglicherweise", sie trat dicht an ihn heran, senkte verschwörerisch die Stimme, „hat er den Mord in Auftrag gegeben."

„Sie glauben, er hat einen Auftragskiller engagiert?“

Ihr Blick verfinsterte sich. Camel schöpfte neue Hoffnung.

„Wir wissen, dass zwei Personen am Diebstahl der Leiche beteiligt waren. Vor einer Stunde habe ich eine äußerst zwielichtige Gestalt beobachtet, die eine Nachricht in Kreuzers Briefkasten warf. Zuvor hat diese Person mehrfach geklingelt und an die Tür geklopft. Es schien sehr wichtig. Auf dem Zettel konnte ich zwei Zahlen erkennen. Es könnte sich um die letzten Ziffern einer Kontonummer handeln. Ich werde mich sofort an die Auswertung dieser Spur begeben. Selbstverständlich halte ich Sie auf dem Laufenden. Achten Sie darauf, dass Ihr Handy eingeschaltet bleibt.“

„Ähem … ja, mache ich. Aber bis morgen brauche ich was für die Montagsausgabe.“

„Kein Problem. Und jetzt entschuldigen Sie mich bitte. Ich habe zu tun.“

Mithilfe einer Lupe fädelte sie den kleinen Stecker in die Digitalkamera. Kurz darauf erschien auf dem Monitor ein Ordner. Sie öffnete ihn mit einem Mausklick. Drei daumennagelgroße Bildchen erschienen. Frau Grimm öffnete das erste. Inmitten einer verdunkelten Umgebung zeichneten sich nur die unscharfen Umrisse des Zettels ab. Sie öffnete die zweite Aufnahme. Der Innenraum des Briefkastens war vom Blitz hell erleuchtet, der Zettel dadurch jedoch völlig überbelichtet. Die dritte Aufnahme erfüllte sie endlich mit Zufriedenheit. Leider war nur der obere Teil der linken Zettelhälfte erkennbar, die Schrift dadurch abgeschnitten. Sie notierte die Zeichen „000,-“ sowie die darunter lesbare Buchstabenfolge „arg“. Erpressung, schoss es ihr sofort durch den Kopf. In ihrer Fantasie reihten sich weitere Nullen an die obere Zeile. Aber für was stand die Endung „arg“? Angestrengt suchte sie nach dem passenden Wort. Plötzlich schlug sie sich vor die Stirn, mit einem Ruck öffnete sich der Vorhang. Beinahe wäre sie auf Kreuzers Alibi hereingefallen.

27

„So beruhige dich doch endlich."

Wie ein aufgescheuchtes Wiesel lief der drahtige Mittdreißiger hin und her. Auf seiner Stirn war eine Ader bedrohlich angeschwollen.

„Beruhigen? Du hast mich reingelegt!"

Wut und Verzweiflung drang aus seinen Worten.

„Aber wie kommst du denn darauf?", fragte eine sanfte Stimme.

Er schüttelte heftig den Kopf, fuhr herum, schlug mit der flachen Hand auf den Tisch, ballte sie anschließend zur Faust, so fest, dass die Knöchel weiß hervortraten. Immer wieder drängten sich die Bilder in sein Bewusstsein. Nachts hörte er das leise Rasseln der Ketten, sah den feuchten Sarg vor sich, der langsam in das bleiche Licht des Mondes kroch. Er hatte ihm vertraut, ihm alles geglaubt. Sein Gegenüber holte zwei Gläser und eine Flasche Wein, deutete seinem Gast an, Platz zu nehmen.

„Lass uns in Ruhe reden. Ich bin sicher, die Unklarheiten werden rasch beseitigt sein."

„Unklarheiten? Du hast mir ein Märchen aufgetischt. Hier", er zog eine Zeitung aus der Jackentasche und schmiss sie auf den Tisch, „steht es schwarz auf weiß. Es handelt sich um einen Mord!"

Der andere warf einen kurzen Blick auf den Artikel, den er bereits am frühen Morgen gelesen hatte, und lächelte milde.

„Und das glaubst du?"

„Warum sollte ich es nicht glauben? Ich habe die Polizei auf dem Friedhof gesehen. Bei diesem Kreuzer waren sie auch."

„Warte." Der andere stand auf und holte aus einer Schreibtischschublade eine weitere Tageszeitung. „Bitte schön. Ist auch von heute. Darin steht kein Wort über einen Mord. Die Polizei hat bei der Exhumierung ein leeres Grab vorgefunden, daraus hat sich dieser Reporter die Geschichte zusammengereimt. Und warum haben sie das Grab geöffnet? Weil ein Supergärtner nicht in der Lage war, Blumen an die richtige Stelle zu setzen.“

Er setzte sich langsam, nahm einen Schluck Rotwein.

„Kann ich riechen, dass sich jemand merkt, an welchen Stellen die ganzen Pflanzen stehen?“

„Nein.“ Der andere legte beruhigend eine Hand auf seinen Oberarm. Er schüttelte ihn sofort ab.

„Trotzdem. Ich werde nicht zulassen, dass ein Unschuldiger in den Knast geht. Ich habe oft genug gesessen. Ich weiß, wie schnell man einwandert. Mit Mord will ich nichts zu tun haben. Ich fahre heute noch nach Köln, morgen sage ich Kreuzer die Wahrheit und dann verschwinde ich mit Jaqueline irgendwohin, wo uns niemand findet.“

Ein letztes Mal füllte der Gastgeber das Glas.

28

Sie waren an diesem Sonntag schon um halb acht aufgestanden. Annette wollte ihren Vater in der Eifel besuchen. Heinrich freute sich darauf, den pensionierten Oberstaatsanwalt wiederzusehen. Im Gepäck hatten sie einige Grundrisse von Wohnungen in Wesel. Annettes Vater konnte sich auch nach fünf Jahren noch nicht mit dem Alleinsein abfinden, spürte immer mehr den Wunsch, in der Nähe seiner Tochter zu leben. Seiner Mutter hatte Heinrich nichts davon erzählt, freute sich stattdessen lieber auf das Frühstück mit Annette. Während seine Freundin sich anzog, kochte Heinrich Eier und deckte den Tisch. Das grelle Licht der Deckenlampe ersetzte er durch eine Kerze auf dem Küchentisch. Es duftete nach aufgebackenen Croissants, Früchtetee und Kaffee. Nach einem zärtlichen Kuss im Vorübergehen setzte sie sich Heinrich gegenüber und schenkte Tee ein. In diesem Augenblick wurde die Tür schwungvoll aufgerissen und Frau Grimm platzte mit einem Stapel Handtücher auf dem Arm ins Zimmer.

„Huch, ihr seid schon auf? Ich wollte nur eben frische Handtücher ins Bad bringen. Hm, das duftet aber lecker."

Kurzerhand legte sie den Stapel auf die Kommode neben der Tür und setzte sich an den Tisch. Heinrich umklammerte das Messer in seiner Rechten.

„Guten Morgen, Mutter! Ich bin durchaus in der Lage, meine Handtücher selber zu waschen!"

„Ja, das habe ich gesehen. Die liegen schon die ganze Woche im Waschkeller."

„Und wenn sie da drei Monate liegen", er schlug wütend auf den Tisch, „geht dich das gar nichts an!"

„Das ist wieder mal typisch. Da steht man von morgens bis abends für seinen Sohn parat, und das ist der Dank. Ich weiß schon, warum ich mir damals ein Mädchen gewünscht habe, nicht wahr, Annette? Apropos, hat Kreuzer eigentlich schon gestanden?"

Heinrich war sprachlos. Weder erkannte er den Zusammenhang zwischen dem gewünschten Geschlecht ihres Kindes, einem Stapel Handtücher und Hotte Kreuzer noch verstand er die Dreistigkeit, mit der sie ihn überfuhr.

„Nein, hat er nicht. Wird er auch kaum, wir mussten ihn gestern entlassen. Ausreichende Indizien, die eine Untersuchungshaft begründen könnten, liegen nicht vor."

„Da hat dich dein Spürsinn scheinbar im Stich gelassen", bemerkte Heinrich süffisant. Seine Mutter nahm die Antwort mit einer bemerkenswerten Gelassenheit auf. Mit überlegenem Lächeln rührte sie eher beiläufig den Kaffee in seiner Tasse um.

„Für Sonntagabend verfügt dein Hotte sogar über ein Alibi", bemerkte sie betont unaufgeregt.

„Da hast du es. Ich habe gleich gesagt, dass Hotte unschuldig ist!", triumphierte Heinrich. Seine Mutter führte ihre Tasse an den Mund, pustete kurz hinein und trank genüsslich einen Schluck. Er ahnte, dass sie sich damit nicht zufriedengeben würde.

„Oberflächlich betrachtet, ja."

„Was meinst du damit?"

Frau Grimm nahm sich ein Croissant, schnitt es seelenruhig auf und bestrich eine Hälfte mit Butter und Marmelade. Sie biss hinein, bedachte ihren Sohn dabei mit einem vielsagenden Augenaufschlag.

„Dein Hotte hat gestern einen Erpresserbrief erhalten. Das ist äußerst ungewöhnlich für einen Unschuldigen, findest du nicht?"

Heinrich runzelte die Stirn.

„Woher willst du das wissen? Hat der Postbote dich den Brief etwa vorab lesen lassen?"

„Postbote? Beim Überbringer handelt es sich um eine äußerst zwielichtige Person und bei dem Brief um einen gefalteten Zettel. Mit detektivischem Geschick gelang es mir, ihn zu lesen, zumindest teilweise. Aber das reichte schon. Kreuzer wird zweifelsfrei erpresst!"

Frau Grimm vermied eine genauere Beschreibung des Überbringers. Sie befürchtete, dass die Polizei ihn mit einer groß angelegten Suchaktion bereits im Vorfeld verscheuchen würde.

„Gertrud", mischte Annette sich nun ein, „du hast gerade selbst gesagt, dass Herr Kreuzer ein Alibi hat – auch wenn das neu für mich ist. Es wird sich um einen Trittbrettfahrer handeln. Möglicherweise Jugendliche aus seiner Klasse, die ihn erschrecken wollen. Ich würde das nicht so hoch hängen. Wir werden Herrn Kreuzer am Montag dazu befragen und die Angelegenheit gegebenenfalls strafrechtlich verfolgen."

„Liebe Annette. Bei der ominösen Person handelt es sich keineswegs um einen Schüler. Im Gegenteil, dieser Mann ist mir schon einmal begegnet. Und zwar am Grab von Gisbert Gesdonk. Außerdem bezieht sich das Alibi lediglich auf den vergangenen Sonntag. Wir haben bei unseren Überlegungen bisher einen großen Fehler gemacht. Wer sagt denn, dass Gesdonks Mörder die Leiche gestohlen haben muss?"

„Wer denn sonst?"

Heinrich fand keine Erklärung für die Andeutung seiner Mutter. Diese zog einen gefalteten Zettel aus ihrer Kitteltasche und legte ihn vor ihm auf den Tisch. Ihr Sohn setzte seine Lesebrille auf und betrachtete stirnrunzelnd die Zeichen:

… 000,-

… arg

„Das ist alles?", fragte Heinrich erstaunt.

„Reicht das nicht? Mit ein wenig kriminalistischem Sachverstand erkennt man darin ein Geständnis!"

Sie rückte näher an den Tisch, als könnten jeden Augenblick ungebetene Zuhörer Heinrichs Wohnung betreten. Geheimnisvoll fuhr sie fort: „Die obere Zeile steht für die verlangte Summe, sagen wir mal 10.000 Euro. Die untere Zeile ist die Endung von ‚Sarg'. Es bedeutet, dass der Überbringer der Nachricht von dem Mord weiß, möglicherweise hat er Kreuzer sogar dabei beobachtet. Mit der Leiche hat er ihn in der Hand, das weiß er ebenfalls.

Er lässt sie also verschwinden. Kreuzer gerät in den Fokus der Ermittlungen, wird nervös. Der richtige Augenblick, um zuzuschlagen. Für die Summe x bietet er jetzt dem Mörder an, ihm den Ort zu nennen, an dem sich der Sarg befindet. Die Polizei muss nichts weiter machen, als ihn bei der Geldübergabe festzunehmen."

Mit der rechten Hand imitierte sie dicht vor Annettes Gesicht zuschnappende Handschellen. Zufrieden lehnte Frau Grimm sich zurück und nippte an ihrem Kaffee. Für eine Minute herrschte nachdenkliche Stille. Dann musste Heinrich lachen. Er beugte sich vor und winkte seine Mutter mit dem Zeigefinger heran.

„Eine Frage hätte ich noch: Warum hat die zwielichtige Person den Leichnam nicht dort gelassen, wo er war?"

Diese Frage hatte sie befürchtet. Sie war der Grund für eine schlaflose Nacht gewesen. Erst in den frühen Morgenstunden war es ihr gelungen, eine halbwegs plausible Erklärung zu finden.

„Er musste dem Mörder zuvorkommen. Kreuzer war sicher, den perfekten Mord begangen zu haben. Keine Zeugen, ein lupenreiner Totenschein, er konnte sich entspannt zurücklehnen. Dann taucht plötzlich doch ein Mitwisser auf und erpresst ihn."

„Und dieser Mitwisser hat Angst, dass Herr Kreuzer zum Friedhof geht und die Leiche ausgräbt? Das ist doch verrückt", mischte sich Annette ein.

„Ich bitte dich! Immerhin hat der Diebstahl der Leiche den Mörder erst so richtig unter Druck gesetzt. Das ist doch offensichtlich."

Heinrich verstaute die Lesebrille in der Brusttasche seines Hemdes und schüttelte ungläubig den Kopf.

„Das ist die mit Abstand verrückteste Geschichte, die du uns jemals erzählt hast. Ich hoffe, du behältst sie wenigstens für dich."

29

Manuela warf eine Aspirin in den Becher vor ihr. Wolters verzog sein Gesicht zu einem leichten Grinsen. Bis um 23 Uhr hatte sie sich mit Mareike durch die vorzügliche Weinkarte des Italieners getrunken, ohne in der „Causa Hajo“ zu einem befriedigenden Ergebnis zu kommen. Mühevoll lenkte sie ihre Aufmerksamkeit auf die Teambesprechung, die sie für diesen Sonntagmorgen um neun Uhr einberufen hatte. Mit wenigen Worten fasste sie die dürftigen Neuigkeiten im Fall Gesdonk zusammen, die weitestgehend aus der Freilassung des einzigen Tatverdächtigen bestanden.

„War 'n Schuss in den Ofen“, kommentierte Wolters. „Konnte ich mir bei dem sowieso nicht vorstellen. Der macht sich ja schon in die Hosen, wenn er ein Knöllchen verpasst bekommt. Und überhaupt, wie sollte Kreuzer mit seiner überdachten Zündkerze einen Sarg transportieren? Der Kofferraum ist doch schon voll, wenn er einen Regenschirm reinlegt. Das war von Anfang an Kokolores.“

„Hast du eine bessere Idee? Außerdem kann er sich ein Auto geliehen haben, das soll vorkommen“, rief Manuela und fasste sich an die Schläfe. Elke Meiners räusperte sich. Die Oberkommissarin trug einen dicken Wollpullover, darüber einen Schal. Ihre Nase war vom vielen Schnäuzen knallrot.

„Diesen Ansatz habe ich gestern verfolgt. Ich habe bei sämtlichen Autovermietern im Kreis nachgefragt, mir die Namen und Adressen von allen Kunden besorgt, die zum fraglichen Zeitpunkt einen Kombi oder Transporter geliehen haben. Sind insgesamt vierzehn. Neun davon konnte ich bislang ausschließen, den Rest überprüfe ich noch. Kreuzer war natürlich nicht darunter“, fügte die rothaarige Kollegin nach einer kurzen Pause an und zog eine zweite Liste aus ihrem Ordner. „Ich habe auch sämtliche Baumärkte und Werkzeugverleiher befragt. Irgendwie müssen die Täter den Sarg ja aus dem Boden bekommen haben.

Weil unserem Zeugen Klostermann Motorengeräusche wohl kaum verborgen geblieben wären, habe ich mich auf Flaschenzüge, Handkräne und so weiter beschränkt. Drei Personen muss ich noch checken, der Rest kommt nicht infrage. Das sind natürlich nur diejenigen, die mit Karte bezahlt haben. Bahrzahler fallen durchs Raster.“ Unvermittelt musste sie niesen.

Anschließend meldete sich Michael Kempkes zu Wort.

„Ich habe Gisbert Gesdonk durchleuchtet. Er hatte einen Lehrstuhl für Homiletik an der Kirchlichen Hochschule in Wuppertal. Im Jahre 2003 ließ er sich emeritieren, half danach in der Kirchengemeinde Rheinberg aus. Vor zwei Jahren setzte er sich endgültig zur Ruhe. Einer seiner Studenten war damals übrigens der heutige Pfarrer der evangelischen Kirchengemeinde in Rheinberg, Benedikt Bachus. Seit dieser Zeit trat er aber immer wieder durch sein ehrenamtliches Engagement in Erscheinung. Vor zwei Jahren wurde ihm dafür das Bundesverdienstkreuz verliehen. Neunundvierzig Jahre verheiratet, blitzsauberes Führungszeugnis, keine Skandale. Also, wenn ihr mich fragt“, schloss Kempkes seine Ausführungen, „wird der uns kein Motiv liefern.“

„Da klaut doch keiner aus Spaß ’ne Leiche, verdammt noch mal!“, Wolters tippte sich an die Stirn.

„Ich sag ja nur, dass Gesdonk sauber ist. Aber bitte, wenn du es besser kannst – nur zu.“

„Das bringt nichts, Leute.“ Manuela hob beschwichtigend die Hände. „Ein mögliches Motiv haben wir. Vielleicht ist der Ansatz falsch?“

Manuela berichtete von ihrem Gespräch mit Jonas Martin.

„Die haben das alles getürkt?“ Wolters war fassungslos.

„Wie es aussieht, ja“, antwortete Manuela. „Ich habe Nadežda Rada am Freitag besucht, da wusste ich noch nichts davon. Hat mir aber auch so gereicht. Für mich ist die Kleine psychisch gestört, die benötigt dringend fachliche Hilfe. Interessanter war aber die Aussage ihres Freundes. Demnach steht das Fräulein auf Talarträger.“

„Dafür dürfte unser Opfer kaum infrage kommen“, unterbrach Mareike sie.

„Das sieht ihr Freund nicht so. Der ist heute noch eifersüchtig auf Gesdonk, macht ihr deswegen sogar Vorwürfe. Außerdem war er im Fall der sexuellen Übergriffe gegen Nadežda Rada der einzige Zeuge neben dem Mädchen selbst. Diese Aussage hat er zurückgezogen. Vermutlich hatte er ein schlechtes Gewissen.“

„Das sagst du jetzt erst?“ Kempkes wirkte irritiert.

„Wir hatten Kreuzer kurz zuvor festgenommen. Es erschien mir völlig abwegig. Meine Güte, der Junge ist höchstens sechzehn! Außerdem würde er wohl kaum den Verdacht von Kreuzer lenken, wenn er selbst der Täter wäre.“

„Der Junge ist höchstens sechzehn“, wiederholte Mareike mit provokantem Unterton.

„Das macht ihn nicht zum Unschuldslamm, klar. Aber glaubst du wirklich, er hat Gesdonk getötet und ihn drei Monate später wieder ausgegraben und fortgeschafft? Das ist doch absurd.“

Mareike hob die Schultern. Leise Diskussionen breiteten sich aus. In den Gesichtern der Anwesenden stand Ratlosigkeit.

„Das glaube ich ehrlich gesagt von niemandem“, gestand Mareike nach einer kurzen Pause, „aber Haverdunks Aussage in Verbindung mit der gestohlenen Leiche ist eindeutig. Wir kommen keinen Schritt weiter und das Schlimmste daran ist, dass uns die Zeit im Nacken sitzt.“

Josef Wolters hielt es nicht mehr auf dem Stuhl. Unruhig wie ein Tiger im Käfig lief er vor dem Fenster hin und her und fluchte leise vor sich hin.

„Mensch, Jupp, kannst du dich bitte wieder setzen? Das macht mich wahnsinnig.“

„Weißt du, was mich wahnsinnig macht? Da buddelt einer mitten auf dem Friedhof ein Grab auf, klaut Sarg samt Inhalt und wir haben nicht den geringsten Ermittlungsansatz. Das gibt’s doch nicht, verdammte Hacke! Das muss doch irgendwelche Spuren hinterlassen haben.“

„Wir haben die Spuren nach einem Friedhofsraub aufgenommen, falls Sie das meinen, Herr Kollege." Eugen Bartschneider fühlte sich persönlich angegriffen. „Von einer verschwundenen Leiche war uns bis dahin nichts bekannt! Außerdem hat es die ganze Nacht gegossen, da wird sowieso kaum was übrig geblieben sein. Hat das Ergebnis der Spurensicherung auch bestätigt."

„Und was ist mit Zeugen? Hier, jede Menge." Wolters hielt die Liste von Leuten hoch, die sich auf den Aufruf in den Medien gemeldet hatten, weil sie in der fraglichen Zeit in der Nähe des Annafriedhofs waren.

„22.50 Uhr, Römerstraße, ein einsamer Radfahrer ohne Licht, 23.10 Uhr, Annastraße – eine Horde angetrunkener Jugendlicher. Und so weiter, bis zwei Uhr. Alle paar Minuten ein Zeuge, der irgendwas Verdächtiges gesehen hat. Außer zwei Männer mit 'nem Sarg oder einem Fahrzeug, das vom Friedhof kam, war so ziemlich alles dabei. Überhaupt, die Besucherparkplätze sind hell beleuchtet, das würde niemand riskieren. Mit einem Wagen auf den Friedhof fahren wäre zu auffällig. Wie zum Teufel konnten die also abhauen?"

Stille breitete sich aus. Die Frustration war förmlich greifbar. Sie alle wurden von denselben Fragen belastet, die ihnen während der gestrigen Pressekonferenz gestellt worden waren und die sicherlich in der kommenden Woche die Zeitungen dominieren würden. Montagnachmittag hatte ein Einsatztrupp der Kriminaltechnik den gesamten Friedhofsbereich durchgekämmt. Nirgendwo gab es Hinweise auf außergewöhnliche Erdbewegungen.

„Hat eigentlich jemand in den Kühlräumen neben der Leichenhalle nachgesehen?"

Ungläubige Blicke flogen zu Elke Meiners.

„Na ja, man sagt doch, einen Baum versteckt man am besten im Wald, oder?"

„Verdammter Mist!", entfuhr es Bartschneider.

„Das wäre dreist." Wolters klang nachdenklich. „Aber warum eigentlich nicht? Die dürften kaum aufwendig gesichert sein."

„Nutzt uns jetzt nichts mehr, es ist eine Woche her. Außerdem wäre das in der Tat ziemlich abgebrüht."

Kevin Manthey hatte die Diskussion bis hierhin teilnahmslos verfolgt. Seit Beginn der Teambesprechung blätterte er immer wieder interessiert in dem Bericht der Kriminaltechnik, den Manuela als Kopie verteilt hatte. Ihm war ein scheinbar unbedeutendes Detail aufgefallen.

„Unsere Kollegen haben im Bereich des Grabes einen sehr gut erhaltenen Fußabdruck sichergestellt. Er befand sich deutlich sichtbar in der feuchten Erde des Nachbargrabes."

„Das stimmt", bestätigte Bartschneider. „Den gleichen haben wir am Zaun neben der Beute entdeckt. Worauf willst du hinaus?"

„Alle Spuren wurden akribisch beseitigt. Selbst das Nachbargrab rechts und das Gras links, auf dem sich die ausgehobene Erde befand, wurde gesäubert und geharkt. War alles picobello. Und ausgerechnet mitten in der fein geharkten Erde befindet sich ein exzellent erhaltener Fußabdruck. Keine versehentlich vergessene Einbuchtung eines Absatzes oder einer Fußspitze, sondern ein regelrechtes Prachtexemplar. Findet ihr das nicht merkwürdig?"

Bartschneider schüttelte den Kopf.

„Das war Absicht. Wir sollten die Spur finden. Damit wollten die Täter den Grabraub bestätigen."

Josef Wolters setzte sich auf einen freien Stuhl Bartschneider gegenüber.

„Und dafür benutzen sie ausgerechnet das Grab von Gesdonk? Stoßen uns quasi mit der Nase darauf? Dein Kollege hat recht, da ist was faul."

„Es wirft außerdem die Frage auf", fuhr Manthey fort, „weshalb wir dann keine Spuren vom zweiten Täter finden konnten."

„Weil der cleverer war", antwortete Wolters.

Mareike sah darin die Möglichkeit, ein erstes vages Profil anzufertigen. Sie dachte laut darüber nach.

„Er könnte natürlich unter Zeitdruck geraten sein, ist möglicherweise beobachtet worden. Wir wissen nicht, wann das Grab wieder hergerichtet wurde. Immerhin sind die Täter laut dem Zeugen Klostermann bei dessen Eintreffen verschwunden. Vielleicht ist nur einer alleine zurückgekehrt. Benötigt man eigentlich bestimmte Vorkenntnisse, um diese Arbeit auszuführen?"

„Der Mörder war der Gärtner, nee, ist klar", lachte Wolters.

„Ich finde diesen Ansatz nicht uninteressant", überlegte Manuela. „Ich könnte das nicht. Jedenfalls nicht so, dass Frau Gesdonk am nächsten Morgen auf den ersten Blick keine Veränderung aufgefallen wäre. Auf jeden Fall sollten wir der Sache nachgehen."

30

„Wir könnten in Rheinberg auf die Autobahn fahren.“

„Dein alter Schulfreund lässt dir keine Ruhe, stimmt’s?“

Heinrichs Anspannung war ihr nicht verborgen geblieben.

„Ich glaube die Geschichte meiner Mutter zwar nicht, aber …“

„Meinetwegen, so lange wird es schon nicht dauern.“

Aus seiner Hemdtasche zog Heinrich einen gefalteten Zettel und reichte ihn Annette. Er hatte sich vor der Abfahrt die Wegbeschreibung am Computer herausgesucht, während seine Freundin noch schnell einen kleinen Koffer für Notfälle packte.

Kurz hinter der Firma Aumund, an der Kreuzung zur Heydecker Straße, schmunzelte Heinrich.

„Hier an der Ecke war früher der Schuster Ravens, mein Vater ging immer dorthin.“

Wenig später erreichten sie das Haus von Horst Kreuzer an der Dahlienstraße. Heinrich beschlich ein mulmiges Gefühl. Fast vierzig Jahre hatten sie sich nicht mehr gesehen und nun musste ein solcher Anlass für ein Wiedersehen herhalten. Er bat Annette, im Auto zu warten, das er drei Häuser weiter parkte.

Erst nach dem fünften Klingeln öffnete Kreuzer. Heinrich bekam bei seinem Anblick zunächst kein Wort heraus. Kreuzer wirkte ungepflegt, die Haut war gräulich. Unter seinen Augen zeichneten sich dunkle Schatten ab. Auf der Straße hätte er ihn nicht erkannt.

„Hallo, Hotte“, begrüßte er ihn nach einer langen Pause. Kreuzer legte die Stirn in Falten.

„Heinrich?“, fragte er unsicher.

„Du hast mich erkannt?“

Seine Mundwinkel glitten kaum sichtbar nach oben. Es schien ihn Kraft zu kosten.

„Ehrlich gesagt nein. Aber du warst der Einzige, der mich so genannt hat. Komm schon rein.“

Er führte ihn in die Küche. Die Luft roch abgestanden wie in einem Krankenhauszimmer. Heinrich schaute sich um. Auf dem Herd befand sich ein großer Topf, an dessen Rand eingetrocknete Suppenreste klebten. Neben der Küchenzeile stand ein voller Abfalleimer. Einige Fliegen kreisten darum. Auf dem Tisch standen leere Bierflaschen und ein Aschenbecher mit einer halb ausgedrückten Zigarette.

„Du rauchst?"

„Ich versuche gerade, es mir anzugewöhnen. Man sagt, es beruhigt die Nerven."

Heinrich fühlte sich von einer Sekunde zur nächsten elend. In seiner aktiven Zeit war er vielen Opfern begegnet. Hatte Angehörige von Tätern erlebt, denen von der Gesellschaft eine kollektive Mitverantwortung aufgebürdet wurde. Nur weil sie irgendwann einmal der falschen Liebe vertraut hatten oder einfach nur Familienmitglieder waren. Mit dem Abschlussbericht, manchmal auch einer Gerichtsverhandlung, zu der er als Zeuge geladen wurde, waren die Fälle für ihn erledigt. Er hatte sich nie gefragt, wer sich um die Angehörigen kümmerte.

„Falls du hergekommen bist, weil du mal einen echten Triebtäter sehen wolltest, muss ich dich enttäuschen. Das war alles nur ein harmloser Schülerstreich." Der Zynismus beherrschte nicht nur seine Worte, sondern seine gesamte Gestik. Heinrich fühlte sich unwohl.

„Ich weiß. Glaubst du wirklich, ich bin deswegen hier?"

„Sag du es mir."

Kreuzer nahm einen tiefen Schluck aus einer Bierflasche. Heinrich schaute unwillkürlich auf die Küchenuhr an der Wand hinter ihm. 10.15 Uhr. Hotte hatte früher nie getrunken.

„Ich bin hier, weil ich dir helfen möchte."

„Ich habe mal gehört, du bist Polizist."

„Ich war, bin vor zwei Jahren pensioniert worden. Meine Mutter ist", er stockte, „Detektivin. Sie ist mit dem Fall Gesdonk beauftragt worden. Ich glaube, dass du nichts damit zu tun hast."

„Wie edel. Obwohl der Verdacht besteht?"

Heinrich platzte der Kragen.

„Verdammt, dein Selbstmitleid hilft dir nicht weiter. Jetzt reiß dich gefälligst zusammen!"

Er riss ihm die Flasche aus der Hand, schob mit dem Unterarm die restlichen Flaschen und den Aschenbecher aus Kreuzers Reichweite. Dieser beobachtete ihn teilnahmslos.

„Man hat dir ziemlich übel mitgespielt, Hotte. Das ist ganz großer Mist. Noch schlimmer ist es aber, sich jetzt hängen zu lassen."

„Was bleibt mir anderes übrig?"

„Kämpfen, verdammt! Ich werde dafür sorgen, dass man dich vollständig rehabilitiert. Aber das schaffe ich nicht alleine. Zunächst müssen wir dich komplett aus der Schusslinie ziehen."

Kreuzer lehnte sich zurück, sah ihn nachdenklich an.

„Ich denke, das bin ich längst."

„Nicht ganz. Du wirst erpresst, oder?"

„Erpresst? Wie kommst du darauf?"

„Meine Mutter hat beobachtet, dass gestern jemand einen Zettel in deinen Briefkasten gesteckt hat."

„Ach, das." Er stand auf und ging aus dem Raum. Wenig später kam er mit einem Blatt Papier in der Hand zurück.

„Erpressung würde ich das nicht nennen, eher ein Angebot. Damit kann ich aber nichts anfangen." Er reichte Heinrich das Blatt mit dem waagerechten Knick. Heinrich setzte seine Lesebrille auf und überflog verwundert die mit einem Kugelschreiber hingekritzelten Worte:

Ich kan beweisen, das sie unschuldig sind.
Dan mus ich aber weg. Geben sie mir 5000,–
für die Warheit. Sontag um fünf im Stadtparg

Heinrich dachte an die Deutung seiner Mutter und musste spontan lachen. Kreuzer registrierte es verwundert.

„Hast du eine Ahnung, von wem das stammt?"

Kreuzer hob ratlos die Schultern. Jede andere Reaktion hätte

Heinrich überrascht. Er dachte angestrengt nach, sah sich den Text noch einmal genauer an.

„Kommt dir die Schrift bekannt vor? Neun Rechtschreibfehler in drei Zeilen … Sieht nach einem Schüler aus."

„Nicht, wenn er in meinem Deutschunterricht war." Zum ersten Mal lachte Kreuzer, auch wenn es gezwungen wirkte. Heinrich freute sich dennoch, auf dem richtigen Weg zu sein.

„Ich bin kein Grafologe", fügte Kreuzer an, „aber dass diese Schrift von einem Erwachsenen stammt, erkenne ich auch so. Kein Schüler würde den Bogen des ‚g' derart kantig zeichnen. Oder sieh dir die Nullen an: in einem Zug und sehr schnell geschrieben."

„Ein Erwachsener, der die Schule abgebrochen hat? Oder mit Lese-Rechtschreib-Schwäche?"

„Ausgeschlossen! Dafür ist die Schrift zu flüssig. Eher Schulabbrecher, muss aber nicht. Du", er zögerte, „glaubst tatsächlich an meine Unschuld?"

„Von Anfang an. Wenn die Sache zu Ende ist, gehen wir einen trinken und unterhalten uns über alte Zeiten. Was hältst du davon?"

„Ja, wenn …"

„Du musst dich darauf einlassen, ist dir das klar?"

Heinrich deutete auf den Zettel. Kreuzer nickte.

„Nur, wenn du in meiner Nähe bleibst."

In Heinrich wurden Erinnerungen an die Jugendzeit wach. Es war ein heißer Sommer gewesen, irgendwann Ende der Sechziger. Sie hieß Maria, besuchte die Klasse unter ihnen und trug ihr langes blondes Haar offen im warmen Wind. Hotte war unsterblich in sie verliebt. Irgendwann hatte er sich ein Herz gefasst und sie ins Kino eingeladen. Eine Stunde vorher verließ ihn aber der Mut. Heinrich redete geduldig auf ihn ein. Hotte, du musst gehen, es ist deine Chance. – Nur, wenn du in meiner Nähe bleibst.

„Das kann ich nicht. Ich fahre heute in die Eifel, den Vater meiner Freundin besuchen. Aber selbstverständlich wird die Polizei in der Nähe sein."

Horst Kreuzer senkte den Blick. Die Finger seiner rechten Hand trommelten unentwegt auf die Tischplatte.

„Denkst du, es ist der Mörder?" Er deutete mit dem Kopf auf die Nachricht.

„Ganz sicher nicht. Der Mörder dürfte kein Interesse an deiner Entlastung haben."

„Stimmt. Andererseits … wer außer dem Mörder sollte wissen, dass ich unschuldig bin?"

„Ein Zeuge, zum Beispiel."

In Kreuzer schien diese Antwort Erleichterung auszulösen. Heinrich verschwieg ihm, dass er nicht daran glaubte. Ein Zeuge würde sich bei der Polizei melden. Zumindest würde er nicht warten, bis ein Unschuldiger verdächtigt wurde. Sollte es ihm tatsächlich um Erpressung gehen, würde er sich direkt an den Mörder halten. Da die Logik ebenfalls ausschloss, dass es sich beim Absender des Schreibens um den Mörder selbst handelte, blieben lediglich zwei Möglichkeiten: Entweder war es eine unbeteiligte Person, die von Kreuzers misslicher Lage erfahren hatte und Kapital daraus schlagen wollte, oder …

Heinrich schoss mit einem Ruck aus dem Stuhl hoch. Vergeblich suchte er in seinen Taschen nach dem Handy. Er ließ sich von Kreuzer das Telefon bringen und ging damit in den Flur. Manuela nahm sofort ab. Er erklärte ihr die Situation.

„Wo im Stadtpark?"

„Das weiß ich nicht."

„Na prima. Sollen wir etwa mit einer Hundertschaft ausschwärmen?"

„Verdammt, ich weiß es nicht! Aber ihr müsst was machen."

Während des Telefonats kritzelte Heinrich, an die Wand gelehnt, die Faxnummer der Dienststelle auf ein Taschentuch und reichte es Kreuzer durch die offene Küchentür mit der Bitte, die Botschaft auf dem Zettel weiterzuleiten.

Nachdem Heinrich aufgelegt hatte, vernahm er das Fiepen des Faxgerätes aus einem kleinen Raum neben dem Wohnzimmer. Er folgte dem Geräusch. Kreuzer lief vor dem Fenster hin und her. Offensichtlich hatte er das Gespräch belauscht.

„Es ist gefährlich, richtig?“

Heinrich trat auf ihn zu, legte seinen Arm freundschaftlich um seine Schulter.

„Du bist nicht allein. Und als Belohnung bekommst du dein Leben zurück. Ist das nichts?“

Kreuzer lächelte. Sein Gesicht war bleich.

31

Die Wolken waren verflogen, der Sonntag entwickelte sich zu einem klaren, sonnigen Novembertag. Um sieben Uhr hatte Frau Grimm nach kurzen Zweifeln ob der ungewöhnlichen Uhrzeit Frau Gesdonk angerufen und ihren Verdacht bezüglich Kreuzer relativiert. Die Sache mit der Erpressung verschwieg die Detektivin, sie wollte nach dem ersten Fiasko zunächst Klarheit. Zu ihrer Verwunderung hatte ihre Klientin nach dem zweiten Klingelton abgenommen. Sie zeigte sich erleichtert, schien insgeheim immer noch auf einen weniger schrecklichen Hintergrund zu hoffen.

Mürrisch kletterte Frau Grimm aus dem Führerhaus. Der schneeweiße Transporter mit der Werbeaufschrift einer Wäscherei, den Bens Vater an diesem Sonntag „sicher nicht braucht", würde sich an Wochentagen prima zur verdeckten Ermittlung eignen. Niemand würde bemerken, dass eine Detektivin ihrer Arbeit nachging. An einem Sonntagnachmittag zwischen einer Handvoll blitzblank geputzter Familienkutschen auf dem Parkplatz im Stadtpark jedoch war er so auffällig wie eine Nonne in der Disco.

„Denken Sie eigentlich daran, sich ein eigenes Auto anzuschaffen?"

Ben rückte die verwaschene Baseballkappe zurecht, schürzte die Lippen und deutete ein Nicken an.

„Klaro, sobald die Euronen reichen. Heute verdiene ich ja gut."

Frau Grimm verzog das Gesicht.

Fünf endlos erscheinende Stunden hatten sie vor Kreuzers Haus gewartet. Zwischendurch hatte sie die Befürchtung, den Augenblick verpasst zu haben. Immer wieder liefen Anwohner an dem drei Häuser weiter geparkten Lieferwagen vorbei und warfen neugierige Blicke hinein. Frau Grimm rechnete bereits damit, dass sie ihnen ihre Wäsche bringen würden. Um halb fünf war es endlich so weit. Sie fragte sich, ob Kreuzer sie wohl bemerkt hatte, und wunderte sich, dass er am Friedhof vorbeifuhr. Schließlich war in dem Erpresserschreiben von einem Sarg die Rede, den dürfte er wohl kaum mit sich schleppen. Wenig später bog Kreuzer in die Allee am Stadtpark ein. Sie zählte langsam bis zehn, gab ihrem Fahrer dann ein Zeichen, den Lieferwagen ebenfalls auf dem kleinen Parkplatz vor dem Freibad abzustellen.

Ben wollte nicht mehr länger im Auto sitzen, schnallte sich ab und öffnete die Tür.

„Sie warten hier, das ist zu gefährlich."

„Klar, ist nur was für durchtrainierte Omas", antwortete er trotzig.

„Jetzt werden Sie mal nicht frech. Ich bezahle Sie fürs Fahren …"

„Und fürs Rumhocken", fiel er ihr ins Wort. „Dabei könnte ich Ihnen helfen."

Nachdem er ihr erklärt hatte, den Park hervorragend zu kennen, weil sein Großvater in Rheinberg lebte und fast jeden Sonntag mit ihm dort war, nahm sie ihn widerwillig mit. In einigem Abstand verfolgten sie Kreuzer auf seinem Weg um das Hegerbecken, welches in seiner Form und Größe an ein Fußballfeld erinnerte. Ben gefiel sich derweil in der Rolle des Fremdenführers: „1935 wurde im Rahmen einer Arbeitsbeschaffungsmaßnahme damit begonnen, den ehemaligen Schuttabladeplatz der Stadt in eine Grünanlage umzuwandeln." Er imitierte dabei mit dunkler Stimme seinen Großvater. „1932 hatte das Ratsmitglied Gottfried Heger die Idee, in dem ehemaligen Sumpfgebiet der Löth einen Teich anzulegen. Die Löth ist übrigens der heutige Moersbach und …"

„Schon gut", unterbrach ihn Frau Grimm, die sich mehr für Horst Kreuzer interessierte. Kurz vor dem Günter-Rehse-Weg, der entlang des Moersbaches in den hinteren Bereich des Parks führte, kam ihnen ein junges Paar mit Kinderwagen über eine schmale Holzbrücke entgegen. Ihr fiel auf, dass ein halbes Dutzend scheinbar zufällig anwesender Spaziergänger Kreuzer ebenfalls verfolgten. Zwei von ihnen hielten ständig ein Handy am Ohr. Ihr Abstand zu Kreuzer betrug etwa achtzig Meter. Wollte sie den gleichen Abstand zu den Verfolgern einhalten, würde sie womöglich den entscheidenden Augenblick verpassen. Strammen Schrittes näherten sie sich der Gruppe. Als einer der Männer sich nach ihnen umdrehte, blieb Frau Grimm neben einer alten Silberweide stehen, deren vier Stämme wie die gespreizten Finger einer Hand aus dem Boden ragten, und beobachtete interessiert die Enten auf dem Moersbach. Ben vergrub die Hände in den Seitentaschen seines blauen Fleece-Shirts. Gelangweilt erwiderte er den Blick des Mannes. Kurz darauf passierten sie den von Gitterrosten gesäumten Weg unterhalb der Eisenbahnbrücke. Dahinter wurden sie bereits erwartet.

„Guten Tag, Frau Grimm. Was machen Sie denn hier?"

„Frau Warnke! Das ist aber eine Überraschung. Wir machen einen Spaziergang. Das Wetter lädt förmlich dazu ein, finden Sie nicht?"

Neben der Kommissarin erkannte sie die Polizisten, denen sie bereits auf dem Friedhof begegnet war.

„Einen Spaziergang. Gut, dann spazieren Sie mal in die andere Richtung weiter. Dieser Bereich ist zurzeit für den Publikumsverkehr gesperrt."

Sie abservieren, wenn es spannend wurde, das könnte denen so passen. Notgedrungen musste sie ihre Tarnung aufgeben.

„Also gut. Ich verfolge Herrn Kreuzer, wie Sie vermutlich auch. Wenn Sie mich durchlassen, erzähle ich Ihnen, weshalb Kreuzer hier ist."

„Das wissen wir bereits, Frau Grimm. Und nun entschuldigen Sie mich."

Manuela wendete sich ab und folgte ihren Kollegen. Eugen Bartschneider versperrte ihr grinsend den Weg. Fluchend trat sie den Rückzug an.

Auf einer der braunen Holzbänke an dem kleinen Weiher saß ein junger Mann mit einer Dose Bier in der Hand und starrte aufs Wasser. Kreuzer setzte sich neben ihn. Seine Knie zitterten.

„Guten Tag", begrüßte er ihn vorsichtig.

„Tach."

„Sie … wollten mich sprechen?"

„Hä?"

„Schon gut, entschuldigen Sie."

Erleichtert stand Kreuzer auf und ging weiter. Ein Polizist in Zivil überprüfte den Mann.

Manuela sah auf die Uhr. 17.10 Uhr. Alle möglichen Ausgänge waren abgesperrt. Zusätzlich wurde die Umgebung des Stadtparks weiträumig von Streifenwagen patrouilliert. Ihr Handy vibrierte. Es war Mareike, die mit Wolters an einem Parkplatz auf der anderen Seite nahe dem Altenheim Sankt Thekla wartete.

„Fünf fremde Personen befinden sich im Park. Alle sauber. Sollen wir abbrechen?"

„Nein, wir lassen ihn die Runde beenden."

Auf dem Bahndamm, in der Nähe der Unterführung zum Freibad, erkannte sie in der einsetzenden Abenddämmerung Kevin Manthey. Als er sie bemerkte, schüttelte er den Kopf.

Eine halbe Stunde hatte Kreuzer für die Wege im hinteren Teil des Stadtparks benötigt. Inzwischen hatte die Dunkelheit eingesetzt und es gab aufgrund der schlechten Lichtverhältnisse keine Möglichkeit der unentdeckten Observation mehr. Manuela ließ die Aktion abbrechen. Auf dem Rückweg erkannte sie im Licht des Mondes zwei Schatten auf dem Weg vom Spanischen Vallan, einem Wachturm aus dem frühen 18. Jahrhundert. Kurz darauf stöhnte die Kommissarin auf.

„Was machen Sie denn noch hier?"

„Ich habe einen möglichen Fluchtweg gesichert, den Ihre Leute ganz offensichtlich vergessen haben. Ich nehme an, Ihre Aktion war erfolglos. Das wundert mich nicht, war ja auffällig genug."

Der Spanische Vallan befand sich auf einer Anhöhe, die eine hervorragende Aussicht auf den Park und die angrenzenden Straßen um die Löthwiesen bot. Die Polizei hatte sie anscheinend außer Acht gelassen. Über die Vallanstraße hätte der Täter somit unerkannt entkommen können.

„Möglicherweise haben wir auch falsche Hinweise bekommen. Ich hörte, Sie haben jemanden beobachtet, der eine Nachricht in den Briefkasten von Herrn Kreuzer geworfen hat. Sie wissen nicht zufällig, von wem diese Nachricht stammt?"

Der unterschwellige Verdacht, sie selbst habe die Nachricht verfasst, blieb Frau Grimm nicht verborgen. Ein Grund mehr, die Beschreibung des Mannes nicht preiszugeben. Ich werde dir den Täter auf dem Silbertablett servieren, Fräulein, dachte sie voller Wut.

„Tut mir leid, das weiß ich nicht. Ich sehe es auch nicht als meine Aufgabe an, die Arbeit der Polizei zu übernehmen. Und jetzt entschuldigen Sie mich bitte. Schönen Tag noch, Frau Warnke."

Sie drehte sich auf dem Absatz um und stöckelte hoch erhobenen Hauptes davon. Auf dem Parkplatz angekommen, hörte sie aus der Stadt das Läuten der Kirchturmglocken.

„Zurück nach Wesel?", fragte Ben, während er den Motor startete.

„Nein, wir gehen in die Kirche."

„Och nö."

Ben parkte den Lieferwagen auf dem Seitenstreifen gegenüber einer Pizzeria. Dieses Mal wollte er unbedingt im Auto auf sie warten.

Die evangelische Kirche befand sich geschützt in einem Innenhof hinter den Häuserzeilen. Die Besucher erreichten sie über einen Torweg von der Rheinstraße. Frau Grimm rekapitulierte auf ihrem Weg dorthin die Ereignisse des Nachmittages. Der Erpresser wollte sich mit Kreuzer um 17 Uhr im Stadtpark treffen, so viel schien klar. Warum war er nicht erschienen? Hatte die Polizei ihn tatsächlich abgeschreckt? Woher wusste die Polizei von dem Treffen? Er würde es wieder versuchen. Aber wo und wann? Sie musste schnellstmöglich die Identität des Mannes in Erfahrung bringen. Nach ihren Erfahrungen war der Kirchgang eine hervorragende Möglichkeit des Nachrichtenaustauschs. Gerade den älteren Gemeindemitgliedern dürfte das Erscheinungsbild des Erpressers ein Dorn im Auge sein. Ein idealer Nährboden, um an die dringend benötigten Informationen zu gelangen. Vor der Kirchenpforte unterhielt sich eine dunkelhaarige Pfarrerin im schwarzen Talar mit Benedikt Bachus. Zum Abschied legte sie Bachus tröstend die Hand auf den Unterarm. Mit hängenden Schultern ging der Pfarrer um die Kirche. Frau Grimm beschlich eine undefinierbare Ahnung. Sie folgte ihm. Wenige Meter vor dem kleinen Garten der Pfarrerswohnung erreichte sie ihn.

„Herr Bachus, geht es Ihnen nicht gut?“

Der Pfarrer drehte sich um. Sein Blick war leer, die Mundwinkel hingen kraftlos herab.

„Guten Tag, Frau Grimm. Danke der Nachfrage. Ich bin einfach nur maßlos traurig. Fred ist gestern Abend ums Leben gekommen. Ein Verkehrsunfall.“

„Fred … ähem, ja … das tut mir sehr leid für Sie.“

Bachus bemerkte ihre Ratlosigkeit.

„Fred Kowalski, ein Gemeindemitglied. Er war wie ein Sohn für mich. Es tut so weh.“

Gertrud Grimm nickte teilnahmsvoll.

„Ich würde jetzt gerne alleine sein. Es ist schon schlimm genug, dass ich den ersten Taizégottesdienst in unserer Gemeinde nicht leiten kann.“

„Selbstverständlich. Das verstehe ich. Einen schönen Tag … ähem, ich meine …“

„Schon gut.“

Die braune Holztür schloss sich langsam. Frau Grimm schob ihren Fuß in den Türspalt. Ein älterer Herr im schwarzen Anzug öffnete und bat sie freundlich in die Kirche. Der Anblick, der sich ihr bot, versetzte sie in Erstaunen. Sprachlos blieb sie stehen und sah sich um. Ein Meer aus Kerzen tauchte das Kircheninnere in warmes Licht. Eine leise Stimme lenkte sie ab. Neben ihr stand der Herr, der sie hereingelassen hatte.

„Sie haben noch nie an einem Taizégottesdienst teilgenommen? Dann geht es Ihnen wie den meisten hier."

„Nein. Was ist das?"

„Es handelt sich um einen meditativen Gottesdienst, bei dem mithilfe des Gesangs in entspannter Atmosphäre gebetet wird. Wir wollen diese Art des Gottesdienstes während der Herbst- und Wintermonate an jedem zweiten Sonntag anbieten. Bitte", seine Augen waren ein einziger Ausdruck von Freude, „nehmen Sie teil."

Sie setzte sich in eine der letzten Reihen vor drei ältere Damen, drehte sich um.

„Entschuldigung", flüsterte sie, „kennen Sie sich in Rheinberg aus?"

„Ja", antwortete eine der Damen. Ihre weißen Haare waren mit einem unnatürlich blassen Blauschimmer bedeckt.

„Man hat mir gestern in der Fußgängerzone die Handtasche gestohlen."

„Nein", staunte die Dame in der Mitte, „hier in Rheinberg?"

„Jawohl. Und zwar am helllichten Tag! Und die Polizei unternimmt mal wieder nichts."

„Das kennt man ja. Schlimm, früher hätte es das nicht gegeben."

Die beiden anderen Damen nickten zustimmend. Der Organist stimmte die ersten Töne an.

„Ich muss den Täter unbedingt finden. Die Tasche ist ein Geschenk meines Sohnes. Ich werde auf eine Anzeige verzichten, wenn er sie mir nur wiedergibt."

Eine junge Frau in der Reihe vor ihr mahnte zur Ruhe. Der Kirchenchor sang *Behüte mich, Gott.*

„Wie hat er denn ausgesehen?", flüsterte die Weißhaarige.

„Ganz schrecklich. Auf seiner linken Gesichtshälfte war ein Spinnennetz tätowiert."

„Der Fred?", rief die Dame in der Mitte. Sämtliche Besucher des Gottesdienstes drehten sich zu ihnen um. Frau Grimm schluckte.

32

Camel fiel die Arbeit ungewohnt schwer. Die Karnevalsgesellschaft „Rhinberkse Jonges“ hatte ihr Programm für die gerade begonnene Session vorgestellt. Ausgerechnet ihm als ausgewiesenem Karnevalslaien mussten sie diesen Termin aufdrücken. In voller Prinzenmontur hatte ihm die frisch gekürte Tollität in Erwartung fachgerechter Fragen gegenübergesessen.

Nun hockte er ratlos vor dem Monitor, um die dürren Ergebnisse in einen lesenswerten Beitrag zu verwandeln. Seine Gedanken waren woanders. Vier Stunden blieben ihm noch, bis dahin musste der in der Samstagausgabe vollmundig angekündigte und mit Spannung erwartete Hintergrundbericht zum Mordfall Gesdonk fertig sein. Der Gedanke an das Fehlen der geringsten verwertbaren Information trieb ihm den Schweiß auf die Stirn. Camel starrte auf das Handy. Achtmal hatte er ihre Nummer in den letzten fünfzehn Minuten angewählt. Andauernd störte irgendein Telefon seine Konzentration, nur der dringend erwartete Anruf blieb aus. Eine Kollegin, die vor wenigen Minuten von einer Vernissage in der Sparkasse kam, berichtete von erhöhtem Polizeiaufkommen rund um den Stadtpark. Er stellte sich vor, wie sie in diesen Minuten Gesdonks Leiche aus irgendeinem Gebüsch zerrten, während er sich hier mit „Prinz Willi II. der Wurstige“ herumquälte. Apropos – hastig blätterte er seinen Notizblock durch, dann traf ihn die Realität wie ein Keulenschlag. Er hatte es tatsächlich versäumt, den Namen der Tollität aufzuschreiben. Weil er gerade jetzt keine blöden Kollegenkommentare gebrauchen konnte, suchte er im Internet danach. Camel war mit der Formulierung der Titelzeile beschäftigt, da gab sein Handy die Melodie des Songs „Mendocino“ in einer Qualität wieder, die darauf schließen ließ, dass sie auf einer leeren Suppendose eingespielt worden war.

„Camel, äh, Walther … Konrad“, meldete er sich überhastet.

„Die Schwalbe ist aus dem Nest gefallen", vernahm er die bedrohlich flüsternde Stimme seiner Hoffnungsträgerin.

„Hä?"

„Moment ..." Camel hörte Orgelklänge im Hintergrund. Wenig später fiel eine Tür knarrend ins Schloss. Die Musik verstummte.

„Frau Grimm?"

„Da bin ich wieder, jetzt kann ich reden. Ich habe Ihnen doch von der ominösen Person berichtet, die einen Zettel in Kreuzers Briefkasten geworfen hat."

„Ja, was ist damit?" Der Journalist kramte nervös nach einem neuen Block.

„Bei dieser Person handelte es sich um Fred Kowalski. Er wusste, wo sich der Sarg mit dem Toten befindet, wollte Kreuzer damit erpressen. Vor einer Stunde sollte es im Stadtpark zu einem Treffen kommen."

Daher das erhöhte Polizeiaufkommen, dachte Camel. Dann fiel ihm etwas auf.

„Wieso wusste? Hat er es wieder vergessen?"

„Gewissermaßen. Kowalski ist gestern Abend bei einem Verkehrsunfall ums Leben gekommen."

„Was? Das kann kein Zufall sein!"

„Sie sagen es. Die Polizei weiß bislang nichts von dem Zusammenhang. Wir sollten unseren Vorsprung nutzen, Herr Walther."

„Sicher ... ich meine, ganz meine Meinung. Aber wie?"

„Besorgen Sie die Adresse von Fred Kowalski und holen Sie mich vor der evangelischen Kirche ab. In zehn Minuten."

„Fred Kowalski? Ja, aber ..." Sie hatte aufgelegt. Ratlos legte er das Handy auf den Tisch.

„Was ist mit Spiderman?" Seine Kollegin hatte das Gespräch anscheinend verfolgt.

„Spiderman?", echote Camel.

„Wirf mal einen Blick ins Archiv. Wir haben schon mal über

ihn berichtet.“ Heike Schiffer hielt die gespreizten Finger ihrer rechten Hand über die linke Wange. Camel fand den Artikel sofort. Er stammte aus dem vorigen Jahr. Beim Anblick des Mannes mit dem Spinnennetz-Tatoo im Gesicht erschrak er.

„Hast du die Adresse?“

„Nö. Irgendwo in Orsoy, wo genau, weiß ich nicht. Andreas war bei dem Termin, ging, glaube ich, um eine Resozialisierungsmaßnahme der Stadt oder so was.“

Camel schnappte sich das Telefonbuch. Sekunden später rannte er aus den Redaktionsräumen des Rheinischen Boten.

„Auf gar keinen Fall. Das ist zu gefährlich. Sie warten hier. Ich bin gleich wieder zurück.“

„Boah, immer wenn’s spannend wird. Ein Scheißjob ist das!“ Ben verschränkte verärgert die Arme.

Mit quietschenden Reifen brachte Camel den Wagen eine Handbreit neben Frau Grimm zum Stehen.

„Haben Sie die Adresse?“, fragte Frau Grimm beim Einsteigen.

„Selbstverständlich. Aber was wollen Sie dort?“

„Informationen, was sonst? Entweder gehörte er zu den Tätern oder er kannte den Mörder. Wie dem auch sei, dieser Kowalski steckte mittendrin. Sein Tod kann kein Zufall gewesen sein. Wir müssen Beweise finden. Am besten, bevor die Polizei dort auftaucht.“

„Sie wollen in die Wohnung? Ja … Wie denn?“

„Durch die Tür.“

Frau Grimm verdrehte die Augen. Camel peitschte den alten Mustang über die kurvenreiche Straße Richtung Rheinberg-Orsoy. Vereinzelt tauchten Holzkreuze am Straßenrand auf. Vor einem flackerten zahlreiche Grablichter. Die Seniorin krallte sich in den Gurt.

„Ich denke, Herr Kowalski wird noch länger tot sein.“

„Spätestens um zehn muss der Bericht raus.“ Er trat das Gaspedal durch. In der Kurve am ehemaligen Krankenhaus brach das

Heck aus. Nur eine Minute später stoppte er den alten Ford am Anleger der Rheinfähre und blickte verwirrt auf den Fluss.

„Ich glaube, ich habe mich verfahren."

Im Rückspiegel sah er ein junges Paar mit einem Hund. Camel setzte zurück und fragte nach dem Weg.

Kurz darauf parkte er direkt vor dem zweigeschossigen Mietshaus an der Seilerbahn 61. Frau Grimm ging schnurstracks zur Haustür, entnahm ihrer Handtasche diverses Werkzeug und machte sich über das Schloss her. Camel sah sich unruhig um. Am Ende der Straße bemerkte er ein älteres Paar, das auf sie zuschlenderte.

„Frau Grimm, beeilen Sie sich", nuschelte er hinter vorgehaltener Hand.

„Ja doch. Verflixt … das klemmt …"

„Guten Abend. Möchten Sie zu Herrn Kowalski, gnädige Frau?"

Sie richtete sich auf. Vor ihr stand ein Hüne mit grauem Haar und buschigen, weißen Augenbrauen. Vor seinen Bauch hielt er einen schwarzen Hut. Wie auf Kommando verlieh sie ihren Augen einen feuchten Glanz. Weinerlich antwortete sie:

„Mein Sohn. Er ist …"

„Ich weiß", antwortete der Mann mitfühlend.

„Sein Bruder und ich benötigen einige Sachen … für den Bestatter. Er muss das Schloss ausgetauscht haben. Ich bekomme es nicht auf."

„Erhard, ich geh schnell den Bruno holen", meldete sich seine Begleiterin und lief bereits die Straße herunter.

„Meine Frau sagt dem Vermieter Bescheid. Er wohnt direkt um die Ecke, in der Kommandanturstraße. Eine traurige Sache. Ich hörte heute beim Kirchgang davon. Endlich hatte der Fred sein Leben im Griff und dann so was. An Weihnachten wollte er Sie übrigens in Bayern besuchen kommen, hat er mir vor Kurzem erzählt. Gütiger Gott, da haben Sie den langen Weg auf sich genommen und konnten sich nicht einmal mehr verabschieden."

„Ja moi, was tut man nit oalles für sei Buam. I hob do nur den oanen. Was red i da? Und dich natürlich, gell?“ Sie kniff Camel in die Wange.

„Ähem … freilich.“ Der Journalist nickte unsicher. Zwei Minuten später tauchte ein untersetzter Mann mit Halbglatze auf. Hosenträger spannten sich um den ausladenden Bauch. Das klein karierte Hemd hing an einer Seite aus der Hose. In der rechten Hand hielt er ein Schlüsselbund. Er streckte Frau Grimm die Hand entgegen.

„Moser. Mein aufrichtiges Beileid, Frau Kowalski.“

Frau Grimm schluchzte herzzerreißend. Moser öffnete wortlos die Tür und bat sie hinein.

„Lassen Sie sich Zeit. Wenn Sie gehen, ziehen Sie einfach die Tür ins Schloss. Meine Frau schließt heute Abend ab, wenn sie den Hund ausführt.“

Frau Grimm wischte sich mit einem Taschentuch eine imaginäre Träne aus dem Augenwinkel und bedankte sich leise.

„So“, sie klatschte tatendurstig in die Hände, „dann wollen wir mal.“

Durch den kleinen Flur gelangten sie in das Wohnzimmer. Abgenutzte Möbel aus mindestens drei Epochen versammelten sich in dem knapp zwanzig Quadratmeter großen Raum. Auf der hellgrünen Tapete zeichneten sich Pinselspuren und lange Farbnasen ab und an der Wand neben dem Fenster hing das Poster einer spärlich bekleideten Blondine in eindeutiger Pose. Eine neuwertige Ledergarnitur umsäumte einen alten Kacheltisch, daneben stand ein Nussbaumschrank mit ausgeblichener Oberfläche. Camel durchsuchte Schubladen und eingelassene Regale. Frau Grimm kümmerte sich derweil um einen ausladenden Schreibtisch aus naturbelassener Eiche. Einen Computer suchte sie vergebens. In einem silberfarbenen Halter befand sich ein Stapel Briefe. Sie zog ihn heraus und blätterte darin. Es handelte sich überwiegend um Rechnungen. Dazwischen einige Werbebriefe eines Kabelnetzbetreibers. Camel hatte inzwischen die Videosammlung des Verstorbenen entdeckt und murmelte fast genüsslich die Titel der Filme.

„Schulmädchen – zu allem bereit … Wenn die Nonnen Strapse tragen … Blondinen auf Abwegen …“

„Herr Walther, ich fürchte, Sie haben den Grund unseres Aufenthaltes vergessen.“

„Äh, ja, ich meine … hier ist nichts. Ich sehe mal im Sideboard nach.“

Zwischen diversen Fernbedienungen und Gebrauchsanleitungen entdeckte Camel ein Foto des Toten. Der Anblick bescherte ihm eine Gänsehaut. Nach einem verstohlenen Blick auf die beschäftigte Seniorin ließ er es in der Innentasche seines Trenchcoats verschwinden.

Frau Grimm öffnete die linke Tür des Schreibtisches. Einige Aktenordner waren akkurat nebeneinander aufgereiht. Sie zog einen mit der Beschriftung „Gericht“ heraus und blätterte darin, ging dann zur anderen Seite des Zimmers und legte ihn auf das Sideboard.

„Sehen Sie sich das an. War ein ganz schönes Früchtchen, unser Herr Kowalski. Lauter Gerichtsurteile. Hier: schwerer Raub, drei Jahre und fünf Monate, das war 1991. Oder hier: räuberische Erpressung, zwei Jahre und sechs Monate, das war 1995. Da war er gerade erst wieder raus“, staunte Frau Grimm. Sie blätterte ans Ende der Akte. Das letzte Urteil stammte aus dem Jahr 2002. Sechseinhalb Jahre nach einem bewaffneten Banküberfall.

„Fehlt nur ein Mord in seiner Vita“, stellte Camel fest. Gertrud Grimm klappte den Ordner zu und machte sich am Schreibtisch auf die Suche nach weiteren Anhaltspunkten. Sie zog eine Schublade in der Mitte heraus. Darin befanden sich Briefumschläge, Büroklammern, Klebeband und andere Utensilien. Ihre Aufmerksamkeit galt einem Notizblock. Sie schaltete eine kleine Schreibtischlampe an und hielt den Block dicht darunter. Die Abdrücke von Buchstaben zeichneten sich ab. Sie holte einen Bleistift aus ihrer Handtasche und rieb die Mine in flachem Winkel darüber. Langsam kam die Schrift zum Vorschein.

„Park mit g, da soll einer drauf kommen!"

Camel, der längst hinter ihr stand, notierte den Text.

„Kowalski wollte beweisen, dass Kreuzer unschuldig ist? Wie konnte er das wissen?"

„Das ist die Frage." Gertrud Grimm massierte nachdenklich ihr Kinn. „Es bedeutet auf jeden Fall, dass Kowalski nicht der Mörder von Gesdonk war."

Camel sah sie ungläubig an.

„Das wissen wir nicht. Vielleicht hat er kalte Füße bekommen und wollte sich mit dem Geld ins Ausland absetzen. Immerhin ermittelt inzwischen die Polizei. Besonders intelligent war er wohl nicht, wenn man sich den Text so ansieht."

Das Gleiche dachte Frau Grimm in diesem Augenblick von dem Journalisten.

„Sie glauben an einen Zufall, was den Unfalltod betrifft?"

„Natürlich nicht …" Er schlug sich die Hand vor die Stirn. „Stimmt. Wer sollte dann Kowalski umgebracht haben? Das passt alles nicht zusammen. Aber vielleicht war es tatsächlich nur ein Unfall, wäre doch möglich. Kowalski steht unter ungeheurem Druck, fährt viel zu schnell, grübelt einen Moment zu lange – und rums!"

Die Detektivin schüttelte langsam den Kopf.

„Ein paar Stunden, nachdem er diesen Brief bei Kreuzer abgegeben hat? Nein. Kowalski war Zeuge des Mordes. Zur Polizei konnte er nicht. Mit seinem Vorstrafenregister hätten die ihn sofort festgenommen oder zumindest kein Wort geglaubt. Er entschließt sich, den Mörder zu erpressen. Dieser zahlt zunächst, dann lässt er die Leiche verschwinden, stellt die Zahlungen ein, weil Kowalski nichts mehr in der Hand hat außer seiner Aussage. Die Aussage eines Kriminellen. Dass die Polizei Kreuzer verdächtigt, kommt dem Mörder sehr gelegen. Kowalski will sich nicht so einfach ausbooten lassen. Er wird wütend, droht damit, Kreuzers

Unschuld zu beweisen. Die Polizei wird ihre Ermittlungen ausweiten, Gefahr droht, Kowalski muss verschwinden. Für immer."

Sie stand jetzt ganz dicht vor ihm, fuhr mit dem Zeigefinger ruckartig über ihre Kehle. Der Reporter atmete kurz und in schnellen Zügen. Seine hohe Stirn glänzte im Schein der Deckenstrahler. Plötzlich vernahmen sie aus dem Flur das Geräusch eines sich drehenden Schlüssels.

„Hat der Vermieter nicht gesagt, er will uns alleine lassen?", flüsterte Camel.

„Ja, das hat er."

„Wer zum Teufel ist das dann?"

„Mir fällt nur eine Person ein, die ein Interesse daran haben könnte, hier herumzuschnüffeln."

Ihre Stimme war mit einem dumpfen Grollen belegt. Camels Lippen zitterten.

„Sie glauben …"

Frau Grimm führte den Zeigefinger vor ihren Mund. Auf ihre Augen legte sich ein gespenstischer Schatten. Die Tür öffnete sich mit leisem Quietschen. Das Geräusch von Schritten drang an ihre Ohren. Leise fiel die Haustür ins Schloss.

„Gleich haben Sie Ihre Geschichte", flüsterte sie mit einem Augenzwinkern und verschwand hinter der Tür. Camel huschte mit zitternden Knien ins gegenüberliegende Schlafzimmer.

33

„Verdammte Hacke!“ Voller Wut trat Wolters gegen die Tür, die daraufhin mit lautem Knall ins Schloss fiel. „Haben wir nichts anderes vor, als im Stadtpark Räuber und Gendarm zu spielen? Da steckt garantiert wieder diese Provinz-Marple hinter. Die hat doch nicht alle Latten am Zaun!“

„Der Hinweis kam von Herrn Grimm“, wollte Manuela ihn beruhigen.

„Geschenkt. Wer hat den Schmierzettel denn wohl geschrieben?“

Die Hauptkommissarin atmete tief durch. Ihre Kollegen waren mittlerweile seit sieben Tagen im Dienst. Ein Ende war nicht in Sicht. Die Überstundenberge waren schon vor dieser Ermittlung kaum überschaubar. Auf Freizeitausgleich bestand aufgrund des permanenten Personalmangels keine Chance. De facto arbeiteten ihre Kollegen und sie umsonst. Ein Umstand, der die Stimmungslage nicht gerade verbesserte. Wolters kam an Manuelas Platz, beugte sich vornüber und stützte sich mit den Handballen auf dem Tisch ab.

„Mach den Deckel drauf, Mädchen. Das bringt nichts mehr. Wir werden verarscht und darauf hat hier keiner mehr Bock.“

Mareike zog ihn an der Schulter zurück. Sie war die Einzige, die wusste, dass heute sein Hochzeitstag war. Sie suchte den Blickkontakt mit Manuela, gab ihr ein Zeichen.

„Geh nach Hause, Jupp, mach dir einen schönen Abend mit deiner Frau. Sie hat es verdient.“

„Bist du jetzt der Chef, oder was?“

„Ich schließe mich den Worten meiner Vorrednerin an“, grinste Manuela.

„Nichts da, entweder gehen alle oder keiner.“

„Jupp, das ist ein Befehl!“, bellte Manuela mit lauter Stimme. Wolters schaute sich um.

„Tut mir leid, Mädels, ihr müsst wohl leider ohne mich auskommen."

Kaum war die Tür geschlossen, klärte Mareike die Verbliebenen auf. Nach einer kurzen Pause meldete sich Eugen Bartschneider.

„Haben unsere Leute den Erpresserbrief untersucht?"

Manuela seufzte. Kreuzer hatte das Original mitgebracht. Ein Bote hatte es sofort der KTU in Duisburg übergeben. Dort gab es sonntags nur einen Notdienst, der versprach, sich umgehend der Sache anzunehmen. Im Klartext hieß dies Ablage M wie Montag, wusste Manuela aus ihrer Duisburger Zeit. Irgendwann danach würde ein grafologisches Gutachten folgen. Es würde von einer vermutlich schweren Kindheit die Rede sein. Von einem IQ knapp über Raumtemperatur und ebenfalls von vermutlich schweren Depressionen. Es war eine Eigenart der Gutachter, ihre Thesen mit einer Vielzahl von Konjunktiven zu schützen. Ihre Kollegen hatten einmal einen Studienrat festgenommen, dem ein ähnliches Gutachten galt. Sie verschwieg das alles.

„Sie sind vermutlich dabei. Ich erwarte das Ergebnis morgen."

Bartschneider verzog das Gesicht. Michael Kempkes räusperte sich. Manuela sah ihn auffordernd an.

„Ich habe mich heute Mittag um diesen Jasper Boll gekümmert. Zuerst habe ich mir ein Foto aus dem Internet gefischt. Der Junge betreibt mit ein paar anderen eine Seite, die sich mit Satanskult und so 'nem Scheiß beschäftigt. Egal, das Foto war okay. Mit dem habe ich mal aus Spaß Gesdonks Nachbarschaft abgeklappert. War sehr interessant. Der Bengel hat sich dort ziemlich oft herumgetrieben. Und nicht nur das. Einem Nachbarn sagte er wörtlich", Kempkes zog einen zerknitterten Zettel aus der Brusttasche seines Hemdes, „‚Gesdonk fickt kleine Mädchen. Passen Sie auf Ihre Tochter auf. Aber keine Sorge, das wird bald ein Ende haben.' Also, wenn ihr mich fragt, sechzehn Jahre hin oder her, der Typ stand verdammt unter Strom."

Manuela kamen Zweifel. Sie hatte Jasper Boll als den ruhigeren Part in der Beziehung mit Nadežda Rada eingeschätzt.

„Du glaubst, dieser Sechzehnjährige besitzt den Mut, ein Grab auszuheben und den Sarg samt Inhalt zu stehlen? Das kann ich mir nicht vorstellen."

Michael Kempkes lehnte sich selbstgefällig zurück und verschränkte sichtbar zufrieden die Arme.

„So wie die drauf sind? Ich habe die Clique dieser Satansjünger gecheckt. Jörn Beifuss, der beste Freund Bolls, hat am vierten Mai dieses Jahres seinen 18. Geburtstag groß gefeiert. Und nun ratet mal, wo."

„Du wirst es uns sicherlich gleich verraten", antwortete Mareike betont gelangweilt.

„Auf dem Annafriedhof. Am Grab seiner Oma. Mit jeder Menge Kerzen, mystischer Musik, literweise Wein und allem Zip und Zap. Unsere Kollegen haben die Fete kurz vor Mitternacht abgebrochen."

Manuela geriet ins Grübeln. Irgendwas in ihr sträubte sich gegen den Verdacht, dass Sechzehnjährige dazu in der Lage sein sollten, derartige Grenzen zu überschreiten. Bilder aus ihrer Jugend drangen ihr ins Bewusstsein. Von Lagerfeuerfeten mit herumgereichten Joints und geklautem Schnaps aus elterlichen Bars. Sie sah Jasper Boll vor sich. Sein Gesicht, das mehr Angst als Unbekümmertheit ausdrückte. Bilder von Hajos Zwillingen mischten sich darunter. Sie bemerkte den Verlust ihrer Neutralität. Manuela fror.

34

Ihr Blick fiel auf einen Kerzenständer, der neben der Leselampe auf dem Schreibtisch stand. Sie entfernte den faustdicken Kerzenstumpf von der eisernen Auffangschale. Mit dem fingerlangen Dorn voran hielt sie ihn bereit zum Angriff. Knarrend öffnete sich die Wohnzimmertür so weit, dass Frau Grimm sich in die schmale Zimmerecke quetschen musste. Sie konnte nichts erkennen, hörte nur Schritte einer Person, die sich zur anderen Seite des Raumes entfernten. Eine Schublade des alten Nussbaumschrankes wurde herausgezogen. Sie drückte die Tür vorsichtig ein kleines Stück zu. Gerade so viel, um am Türblatt vorbeisehen zu können. Eine Person in dunklem Lodenmantel durchwühlte hastig den Inhalt der Schublade. Mit dem rechten Fuß stieß sie gegen die Tür, die daraufhin mit lautem Knall ins Schloss fiel. Der Mann zuckte zusammen. Einige Papiere fielen zu Boden. Vorsichtig drehte er sich um. Im Gesicht der Detektivin zeichnete sich Erstaunen ab.

„Kann ich Ihnen helfen, Herr Bachus?“

„Haben Sie mich erschreckt, Frau Grimm.“ Er atmete schwer. Aus der Tür zum Schlafzimmer betrat Camel den Raum. Seine Kleidung war voller Staub. Offenbar hatte er sich unter dem Bett in Sicherheit gebracht.

„Was machen Sie überhaupt hier? Sind Sie etwa hier eingebrochen?“ Bachus’ Stimme bebte. „Ich werde die Polizei anrufen!“

„Ich bin dienstlich hier. Und von Einbruch kann keine Rede sein. Der Vermieter war so freundlich, uns reinzulassen. Und was machen Sie hier?“

Bachus zögerte einen Augenblick. Dann lief er zur Sitzgarnitur, ließ sich schwerfällig in einen Sessel fallen.

„Ich bin gewissermaßen auch dienstlich hier. Ich organisiere die Beerdigung. Fred hat mir mal erzählt, dass seine Mutter in Bayern lebt. Niemand hier kennt sie. Ich würde ihr gerne die Gelegenheit geben, bei der Beisetzung ihres Sohnes anwesend zu sein.“ Bachus fielen die Worte sichtlich schwer. „Fred hat mir mal einen Zweitschlüssel gegeben, er vertraute sonst niemandem. Ich benötige dringend die Anschrift der Mutter, deshalb bin ich hier. Außerdem würde ich für den Trauergottesdienst gerne ein Bild des Toten haben. Ich wünsche mir …“, er stockte, „dass die Menschen sein Angesicht im Gedächtnis bewahren.“

Camel griff unweigerlich in seinen Trenchcoat, zog die Hand aber zurück, bevor sie nach dem Bild greifen konnte. Frau Grimm fragte sich, ob überhaupt jemand zur Trauerfeier erscheinen würde. Sie ging zum Schreibtisch, blätterte in einer Akte und kritzelte die Anschrift der Mutter auf die Rückseite einer Rechnung der Telefongesellschaft. Bachus ließ sie in seiner Brieftasche verschwinden. Auf seiner Stirn bildete sich Schweiß. Er zog den Mantel aus und legte ihn über den Sessel neben sich. Bachus trug einen schwarzen Anzug, ein weißes Oberhemd, dazu eine schwarze Krawatte.

„Herr Bachus, was wissen Sie über den Unfall?“

Der Pfarrer umklammerte mit den Händen die Lehne des Sessels. Seine Fingerknöchel wurden schneeweiß. Er senkte betreten den Kopf.

„Fred lag irgendwas auf der Seele. Ich kannte ihn wie kein anderer, habe das gespürt. Am Nachmittag war er noch auf dem Friedhof. Er arbeitete dort als Gärtner. Ich habe ihm den Job bei der Stadt besorgt. Eine Grabstelle musste vorbereitet werden. Neben der Leichenhalle befindet sich eine Doppelgarage für Material und Geräte, in der Fred sich immer umzieht. Dort habe ich ihn zufällig gefunden. Ich wollte das Licht ausschalten. Er hatte die Gummistiefel und die Arbeitshose bereits ausgezogen und schlief im Sitzen. Ich habe ihn geweckt. Er sagte, er habe seit drei Nächten nicht mehr schlafen können. Ich … Ich verstehe einfach nicht, weshalb er nicht mit mir reden wollte. Unser Verhältnis war von gegenseitigem Vertrauen und Respekt geprägt. Klaus Siegers, sein Bewährungshelfer, hatte mich damals darum gebeten, mich ein wenig um Fred zu kümmern. Herr Siegers war lange Zeit Presbyter in unserer Gemeinde, bevor er nach Geldern gezogen ist. Ich habe die Entscheidung nie bereut, habe Fred oft stundenlang zugehört, ihm geholfen, wo ich nur konnte, umgekehrt übrigens auch. Ich konnte mir beim besten Willen nicht vorstellen, dass es irgendetwas gab, über das wir nicht hätten sprechen können. Ich habe ihm gesagt: Ich stehe hinter dir. Wenn du einen Fehler gemacht hast, helfe ich dir, ganz egal, um was es sich handelt. Du musst nur darüber reden. Dann sprang er plötzlich auf, zog sich hastig an. Er wollte unbedingt noch an diesem Abend zu Jacqueline nach Köln fahren. Ich habe auf ihn eingeredet, habe gefleht, er möge in diesem Zustand nicht mehr fahren, er müsse Jacqueline vergessen."

Bachus nahm ein Taschentuch aus der Hosentasche, trocknete seine Augen damit.

„Es war vergeblich, er hat nicht auf mich gehört. Hätte ich ihn nur irgendwie aufgehalten."

„Wer ist diese Jacqueline? Warum sollte er sie vergessen?", hakte Frau Grimm leise nach.

Sein Blick wurde hart. Die Augenlider flackerten.

„Wenn der Teufel eine Frau wäre, hieße er Jacqueline. Sie hat sein Leben ruiniert. Für sie ist er sogar ins Gefängnis gegangen. Immer wieder hat sie ihn angestachelt. Bei fast allen Straftaten war sie dabei. Fred war ihr hörig. Sie kam meistens mit Geldstrafen oder Bewährung davon, während Fred jahrelang eingesperrt wurde. Der Junge hat es nie geschafft, von ihr loszukommen. Gestern war er sogar bereit, seine Freiheit für sie zu opfern."

Camel hielt inzwischen einen Block in der Hand und machte sich eifrig Notizen. Gertrud Grimm runzelte die Stirn.

„Sie meinen, die beiden hatten wieder ein Verbrechen geplant?"

Bachus stieß ein zynisches Lachen aus.

„Das war nicht nötig. Dem Richter war der Umgang mit Jacqueline als belastendes Element natürlich nicht verborgen geblieben. Fred hatte noch drei Monate Bewährung. Eine der Bewährungsauflagen lautete, den Kontakt zu dieser Frau vollständig abzubrechen."

Das Herz des Spinnenmannes – Schwerverbrecher opfert Freiheit für die Liebe, notierte Camel leicht gerührt und ersetzte gleich darauf Freiheit durch Leben.

„Hat er mit Ihnen über Horst Kreuzer gesprochen?", wollte die Detektivin wissen. Bachus strich sich mit der Hand nachdenklich über die Haare.

„Ja", antwortete er zögernd, „aber das liegt schon einige Monate zurück. Es ging um diese unangenehme Sache an der Schule. Alle im Ort sprachen darüber."

„Sie sagten vor einigen Tagen, Kreuzer habe gedroht, Gesdonk umzubringen. Haben Sie Fred auch davon erzählt?"

„Ja. Ich habe ihm gesagt, er solle für Kreuzer beten, er brauche gerade jetzt, in dieser verzweifelten Lage, die Unterstützung unseres Herrn."

„Wie lange wollte er denn bei seiner Freundin bleiben?", fragte Camel.

„Ich nehme an, höchstens einen Tag. Er hat jedenfalls nichts davon gesagt, dass er Urlaub hat."

„Merkwürdig. Ich habe mich vorhin im Schlafzimmer umgesehen. Im Kleiderschrank befinden sich nur noch ein paar Sommersachen. Unterwäsche ist auch nur für einige Tage da. Das sieht eher danach aus, als ob Herr Kowalski länger fortbleiben wollte."

„Davon weiß ich nichts", antwortete der Pfarrer leicht erstaunt.

„Herr Bachus, ist es nicht ungewöhnlich, einen ehemaligen Straftäter einzustellen?"

„Es widerspricht dem christlichen Grundsatz der Nächstenliebe, einem Mitmenschen, der vom Weg abgekommen ist, mit gesellschaftlicher Isolation zu begegnen. Selbstverständlich hat die Stadt ihn nicht blauäugig eingestellt. Die Sozialprognosen waren sehr gut, Fred hat außerdem im Gefängnis eine Ausbildung zum Gärtner absolviert. Mit sehr gutem Prüfungsergebnis übrigens. Diese Umstände in Verbindung mit einem persönlichen

Gespräch haben auch dazu geführt, dass ich mich bei der Stadtverwaltung für ihn eingesetzt habe. Die haben ihn dem DLB, also dem früheren Bauhof, weiterempfohlen. Seit einem Jahr war er dort beschäftigt, wurde überwiegend als Friedhofsgärtner eingesetzt. Das machte ihm so viel Spaß, dass er unserer Gemeinde oft nach Feierabend noch zur Hand ging. Wir steckten ihm dafür gelegentlich was zu."

Eine Minute des Schweigens trat ein. Dann fiel Bachus etwas auf. Er hatte es im ersten Schreck nicht registriert.

„Frau Grimm, Sie sagten, Sie seien dienstlich hier. Wie meinten Sie das?"

„Ich ermittle im Mordfall Gesdonk. In diesem Zusammenhang tauchte der Name Kowalski auf. Mehr kann ich Ihnen leider nicht sagen. Laufende Ermittlungen, Sie verstehen?"

Der Pfarrer zog die Stirn in Falten.

„Wollen Sie vielleicht damit andeuten, dass Fred etwas mit der Sache zu tun hat?"

„Kowalski war vor drei Stunden mit Kreuzer verabredet. Bevor es zu diesem Treffen kommen konnte, stirbt er. Halten Sie das für einen Zufall, Herr Bachus?"

„Um Gottes willen", flüsterte Benedikt Bachus und rutschte in den Sessel. Sein Blick ging ins Leere.

35

Es regnete in Strömen an diesem Montagmorgen. Manuela legte den nassen Schirm in die Spüle der Kaffeeküche und wollte gerade in ihr Büro, da kam ihr Mareike auf dem Flur entgegen. Sie wedelte mit der Hand, als habe sie sich verbrannt.

„Dicke Luft. Engels erwartet dich. Adriano ist schon da."

„Was gibt's denn Dringendes?"

„Liest du keine Zeitung?"

„Nein, Hajo hat keine abonniert."

„Oje. Warte, ich hol sie dir."

„Nicht nötig." Sie legte die Hand auf Mareikes Unterarm. „Ich werde es auch ohne überleben."

„Viel Glück."

Schon von Weitem erkannte sie die Stimme des Kommissariatsleiters.

„Was bilden Sie sich ein? Sind Sie jetzt unser Pressesprecher oder was?"

Wenig später trat Adriano mit hängenden Schultern aus dem Büro. Wortlos schüttelte er den Kopf.

Die Tür stand offen. Engels empfing sie mit hochrotem Kopf. Sein Bauch reichte bis an die Schreibtischplatte. Manuela rechnete damit, dass ihr Vorgesetzter eines Tages platzen würde. Ein Bild an der Wand fiel ihr ins Auge. Es zeigte ihn als drahtigen jungen Mann in Uniform. Manuela kam es wie eine Karikatur vor.

„Sie wollten mich sprechen?"

Seltsamerweise schien ihn die Frage ein wenig zu beruhigen.

„Allerdings", antwortete er einsilbig und bedeutete ihr dabei, sich zu setzen.

„Zahlen Sie Steuern, werte Frau Warnke?"

„Selbstverständlich."

„Gerne? Oder eher nicht?"

Manuela konnte es nicht ausstehen, wie eine Auszubildende behandelt zu werden.

„Herr Engels, falls Sie mich zurechtweisen wollen, dann machen Sie es. Aber unterlassen Sie bitte diese albernen Spielchen!"

Für einen Augenblick verstummte ihr Gegenüber. Manuela rechnete mit einem Wutausbruch. Stattdessen kam er relativ gelassen zum Kern seines Anliegens.

„Gut. In Ordnung." Er griff nach der heutigen Ausgabe des Boten, die neben ihm scheinbar zum Angriff bereitlag und warf sie vor ihr auf den Tisch. Manuelas erster Blick fiel auf das Bild eines Mannes mit hagerem Gesicht und einem Spinnennetztatoo auf der linken Wange. Darüber der Titel:

Sensation im Mordfall Gesdonk: Spinnenmann kannte den Mörder!

Manuela bemerkte den Namen des Verfassers und verzog das Gesicht. Sie lehnte sich zurück und überflog den Artikel:

… erpresste Fred K. den dringend Tatverdächtigen Horst K. … einen Tag vor der Übergabe kommt der mysteriöse Spinnenmann ums Leben. Die Polizei tappt im Dunkeln. Oberkommissar Steilmann: „Ich habe keine Ahnung." … unglaubliche Pannenserie bei Weseler Polizei. Vom Opfer fehlt nach wie vor jede Spur … Hauptverdächtiger wieder auf freiem Fuß … Großeinsatz im Stadtpark, obwohl die Zielperson längst tot ist. Was kommt als Nächstes auf uns Steuerzahler zu?

Verärgert ließ Manuela den Lokalteil zurück auf den Schreibtisch fallen. Engels hatte seine Daumen hinter die altmodischen Hosenträger geschoben und fuhr sie hoch und runter.

„Und? Womit muss der Steuerzahler als Nächstes rechnen? Eine weitere Hausdurchsuchung oder vielleicht ein Großeinsatz auf dem Friedhof? Und statt die Leiche zu finden, kommt eine zweite hinzu. Menschenskind, Warnke, ich dachte, Sie sind Profi!"

„Das stand leider erst heute in der Zeitung. Ich werde die Einsätze zukünftig mit Herrn Walther vom Boten absprechen. Was die Hausdurchsuchung betrifft: Der Tatverdächtige Horst Kreuzer hatte ein Motiv und ein fehlendes Alibi, was mittlerweile nicht mehr der Fall ist. Darüber hinaus hatte er in der Vergangenheit damit gedroht, Gesdonk zu töten. Der Aktion im Stadtpark lag ein Erpresserschreiben an Kreuzer zugrunde. Dieser Sache mussten wir nachgehen. Und was die fehlende Leiche betrifft, schließe ich mich den Worten meines Kollegen Steilmann an: Ich habe keine Ahnung. Vielleicht ist es hilfreich, wenn ich ab sofort täglich zu Ihnen komme und mir Ihren Rat einhole."

Auf Engels' Stirn schwoll eine Ader an.

„Frau Warnke, ich verbitte mir diesen Ton!"

„Glauben Sie, es macht uns Spaß, keinen Schritt voranzukommen? Statt einer hilfreichen Rückendeckung bekommen wir Knüppel zwischen die Beine geworfen. Bei allem Respekt, das kotzt mich an!"

Engels drückte das Kreuz durch und holte tief Luft. Manuela rechnete mit einer Fortsetzung seines Wutausbruches. Aber er sah sie nur schweigend an. Allmählich entspannten sich seine Gesichtszüge. Bevor er fortfuhr, presste er die Lippen aufeinander.

„Frau Warnke, ich weiß Ihr Engagement und auch Ihre fachliche Qualifikation zu schätzen, wirklich. Aber bitte verstehen Sie auch mich. Wir stehen in der Öffentlichkeit. In dieser Angelegenheit ganz besonders. Versprechen Sie mir, dass wir den Fall schnellstmöglich vom Tisch haben."

„Das kann ich nicht. Erst recht nicht, wenn ich hier sitze statt bei der", sie sah demonstrativ auf die Uhr, „seit fünf Minuten laufenden Teamsitzung."

Engels nickte schwerfällig. Mit einer fahrigen Bewegung aus dem Handgelenk winkte er Manuela hinaus.

In dem Moment, da sie das kleine Sitzungszimmer betrat, verstummten die Gespräche.

„Hat er dich langgemacht?“ Josef Wolters reagierte als Erster. Manuela stellte sich auf Zehenspitzen vor ihn.

„Geht so.“

Gelächter breitete sich aus. Manuela wollte die ohnehin gedrückte Stimmung nicht zusätzlich belasten. Tief in ihrem Inneren brodelte es. Engels war gewöhnlich ein umgänglicher Behördenleiter. Aber immer, wenn es eng wurde, schaltete er um, dachte nur an das Image der Dienststelle und nicht zuletzt an seines. Sie konnte dieses Verhalten nicht ausstehen. In der Tischmitte erkannte sie den ausgebreiteten Lokalteil. Adriano sah beschämt weg. Er hatte sich nichts dabei gedacht, hatte den Reporter eigentlich nur abwimmeln wollen.

„Diesem Schmierfinken grab ich das Wasser ab“, maulte Wolters. Manuela machte eine wegwerfende Handbewegung.

„Was wissen wir über diesen Kerl?“ Sie zeigte auf das Bild in der Zeitung. Michael Kempkes meldete sich zu Wort.

„Fred Kowalski, geboren am 15.02.1975 in Burgbach an der Weil. Liegt in Oberbayern, in der Nähe von Rosenheim. Hat so ziemlich alles durch, was das Strafgesetzbuch hergibt. Ein halbes Dutzend Freiheitsstrafen mit insgesamt knapp zwölf Jahren. Zuletzt entlassen am ersten März vergangenen Jahres. Seit erstem Juni letzten Jahres Anstellung als Aushilfskraft beim Dienstleistungsbetrieb der Stadt Rheinberg. Laut Melderegister der Stadt Rheinberg wohnhaft im Ortsteil Orsoy, Seilerbahn 61. Fred Kowalski ist am vergangenen Samstag gegen 18.30 Uhr bei einem Verkehrsunfall auf der A57 in der Nähe von Krefeld ohne Fremdeinwirkung ums Leben gekommen. Den Unfallbericht der Kollegen habe ich vor einer halben Stunde per Fax bekommen.“

Kempkes schlug eine Mappe vor sich auf und entnahm die oberen drei Blätter.

„Laut Zeugenaussage eines Lkw-Fahrers, an dem er kurz zuvor mit, ich zitiere: ‚deutlicher überhöhter Geschwindigkeit vorbeigerast ist, sei das Unfallfahrzeug in einem Winkel von etwa zehn Grad gegen die Mittelleitplanke geprallt. Im Anschluss durchschlug das Fahrzeug die Seitenleitplanke auf der anderen Seite der Fahrbahn, stürzte eine Böschung hinunter und prallte schließlich seitwärts mit dem Dach vor einen Baum. Der am Unfallort eingetroffene Notarzt stellte den Tod des Fahrers fest. Hinweise auf die Unfallursache wurden eindeutig nicht gefunden. Zur weiteren Unfallursachenermittlung wurde eine Blutprobe angeordnet und vom Notarzt genommen. Eine toxikologische Untersuchung erfolgt.'"

Michael Kempkes legte das Fax in die Mappe zurück und sah sich um.

„Das reicht nicht. Wir benötigen die genaue Todesursache", schloss Mareike sich an.

„Ja", bestätigte Manuela. „Wer kümmert sich um die Obduktion?"

Michael Kempkes hob müde den Zeigefinger.

„Ich weiß nicht", dachte Bartschneider laut nach, „möglicherweise sehen wir schon Gespenster. Ein Fremdverschulden lag ja offenbar nicht vor. Am Ende war es ein technischer Defekt."

„Klar. Einen knappen Tag, bevor dieses Früchtchen sich mit Kreuzer im Stadtpark treffen wollte, gibt er den Löffel ab?", antwortete Josef Wolters eine Spur zu laut und tippte sich an die Stirn. „Das ist doch kein Zufall!"

„Stimmt", pflichtete Mareike ihm bei, „wir sollten schnellstens herausfinden, mit wem sich dieser Kowalski in den letzten Stunden vor seinem Tod getroffen hat."

Manuela wusste, was das bedeutete. Kempkes stieß einen Seufzer aus.

„Dann werden wir kaum drum herumkommen, die Presse um Hilfe zu bitten."

„Jau, noch zu Kreuze kriechen vor diesem Dorfpaparazzo. Ohne mich!", ereiferte sich Wolters.

Eine hitzige Diskussion entbrannte. Manuela versuchte, die aufgebrachten Kollegen zu beschwichtigen. Ihnen blieb keine andere Wahl. Was sie über Kowalski wussten, reichte bei Weitem nicht aus für eine fundierte Umfeldermittlung. Wertvolle Zeit würde ihnen durch die Finger rieseln wie die Körner in einer Sanduhr. Zeit, die gerade jetzt nicht zur Verfügung stand. Begleitet vom Murren der Kollegen veranlasste sie eine Pressekonferenz für den späten Nachmittag. Dann klatschte sie in die Hände und ging zum Flipchart in der Ecke neben dem Fenster. Seit sie in Engels' Büro den Zeitungsbericht gelesen hatte, quälte sie der Gedanke nach der Rolle Kreuzers in diesem Fall. Sie nahm sich einen roten Filzschreiber aus der Ablage und zeichnete einen Kreis. Dorthinein schrieb sie zunächst nur den Namen „Kreuzer".

„Wer gehört noch in den Täterkreis?", fragte sie in die Runde.

„Zählen wir Kreuzer überhaupt noch zu den Tatverdächtigen?", wollte Elke Meiners wissen. „Immerhin war es Grundlage für Kowalskis Erpressung, ihm den Nachweis seiner Unschuld zu liefern."

„Der aber nicht erbracht wurde", konterte Eugen Bartschneider.

„Weil er vorher zum Schweigen gebracht wurde."

„Bitte keine bloßen Spekulationen, Leute. Das bringt uns nicht weiter. Dass ich seinen Namen in den Kreis geschrieben habe, heißt nicht, dass ich ihn zwingend für den Täter halte. Aber ausschließen können wir dies zum jetzigen Zeitpunkt nicht. Durch die Erpressung Kowalskis ist er zumindest Bestandteil der Ermittlung."

„Sehe ich auch so", bestätigte Michael Kempkes, während er seine modische Brille mit der knallroten Einfassung putzte. „Und was ist mit Kowalski? Zumindest bei dem Raub der Leiche können wir von zwei Tätern ausgehen. Den Mörder von Gesdonk schien er ebenfalls zu kennen. Sollte sich der Verdacht erhärten, dass er Opfer eines Tötungsdeliktes wurde, wäre es denkbar, dass sein Komplize sich eines Zeugen entledigen wollte."

Manuela nickte und schrieb den Namen in den Kreis.

„Bleibt noch dieser Junge, wie war der Name? Böll oder Bell oder …"

„Jasper Boll“, unterbrach Kempkes seinen Kollegen Wolters. Er zog die Stirn in Falten. „Schwierig. Dass er mehrmals bei Gesdonk aufgetaucht ist, wissen wir. Aber sowohl für den Tatzeitpunkt als auch für diese ominöse Privatexhumierung hat er ein Alibi. In beiden Fällen stammt es von seiner Freundin“, er blätterte erneut in seiner Mappe, „Nadežda Rada.“

Manuela verdrehte die Augen.

„Alibi, nee, is' klar“, bemerkte Wolters mit einer abfälligen Handbewegung. Kempkes zuckte hilflos die Schultern. Manuela notierte den Namen zu seinem Erstaunen dennoch in dem Kreis.

„Da beim Diebstahl der Leiche zwei Personen beteiligt waren, stellt sich die Frage, ob wir es mit einer unbekannten Person zu tun haben oder ob es eine Querverbindung unter diesen dreien gibt.“

„Also“, antwortete Mareike zögernd, „Boll und Kreuzer kennen sich natürlich, dürften aber nicht gerade befreundet sein.“

„Immerhin hat Boll seine belastende Aussage zurückgezogen“, warf Manuela ein.

„Ich glaube nicht, dass deswegen eine Verbindung besteht. Zwischen Kowalski und Kreuzer schon eher. Allerdings widerspricht der Text des Erpresserschreibens dieser Vermutung. Bleiben Boll und Kowalski“, resümierte Mareike.

„Spinnen wir das mal weiter“, unterbrach Wolters die Frauen. „Boll hat also Gesdonk umgelegt, Motiv: Eifersucht. Kowalski weiß davon und bietet Kreuzer gegen Bares an, ihn zu entlasten. Macht Sinn, bei Boll dürfte kaum was zu holen sein. Heißt aber, dass wir Mister Unbekannt suchen. Denn weshalb sollte Kowalski die Leiche entsorgen?“

„Das könnte Jasper Boll mit seiner Freundin erledigt haben“, warf Mareike ein.

„Nette These“, meldete sich Manthey, der sich bis dahin ausgesprochen ruhig verhalten hatte, „aber Kowalski weilt nicht mehr unter uns. Klammern wir mal die Möglichkeit eines relativ unwahrscheinlichen Unfalls aus, hätte wohl nur Gesdonks Mörder ein Motiv gehabt. Woher sollte Jasper Boll aber von dem Erpresserbrief gewusst haben?"

Josef Wolters stieß einen langen Seufzer aus. Sie drehten sich im Kreis. Ohne weitere Ergebnisse machte es keinen Sinn. Manuela beendete die Teamsitzung. Auf dem Weg ins Büro hingen ihre Gedanken an Jasper Bolls Freundin Nadežda Rada. Die Psyche des Mädchens hatte sie gleichermaßen in Mitleid und Angst versetzt. Welchen Einfluss hatte sie auf Jasper Boll? Konnte sie ihn zum Werkzeug ihrer Rache werden lassen?

36

Heinrich nahm zum dritten Mal eine Kohlroulade von dem Teller in der Mitte. Annette schüttelte den Kopf.

„Wo bleibt eigentlich deine Mutter? Sie lässt uns doch sonst nicht alleine essen."

Heinrich wollte gerade zu einer Antwort ansetzen, da öffnete sich die Tür zum Flur und Gertrud Grimm betrat mit Mantel und Schuhen bekleidet ihre Küche.

„Entschuldigung, mein Chauffeur kann jeden Moment kommen."

„Wo soll's denn hingehen?"

„Nach Rheinberg natürlich."

„Natürlich."

Sie hatte ihren Sohn am Morgen ausführlich über die Ergebnisse des Wochenendes informiert. Wie immer hegte er Zweifel, die durch Camels Artikel zusätzlich genährt wurden. Erst das Gespräch mit Annette vor wenigen Minuten ließ ihn nachdenklich werden.

„Ich hoffe, du willst Hotte nicht wieder irgendwas anhängen!"

„Hotte? Ähem … nein", stotterte sie verlegen, um gleich darauf selbstbewusst anzufügen: „Das Blatt hat sich mit dem zweiten Mord dramatisch gewendet. Der Mörder sitzt in der Falle!"

„Aha. Und wo steht diese Falle?"

„Das weiß ich noch nicht. Aber ich werde es herausfinden. Fakt ist, dass Fred Kowalski dem Mörder gedroht hat, ihn zu verraten. Meine Aufgabe besteht nun darin, in Erfahrung zu bringen, mit wem sich das Opfer kurz vor seinem Tod getroffen hat."

„Das ist Aufgabe der Polizei, Gertrud!", mischte Annette sich energisch ein.

„Ja, auch."

Lautes Hupen ertönte von der Straße. Frau Grimm sprang auf.

„Nachtisch steht im Kühlschrank!", rief sie und zog eilig die Tür hinter sich ins Schloss.

Am Straßenrand parkte ein acht Meter langes Wohnmobil. Auf dem Fahrersitz erkannte sie Ben, der den Kopf wie eine Taube bewegte und dabei mit den Händen auf das Lenkrad trommelte. Nach dem Öffnen der Beifahrertür schallten ihr die bereits vertrauten Bässe entgegen. Ben schaltete das Radio ab, Frau Grimm hangelte sich auf den Beifahrersitz.

„Wir werden nicht in Rheinberg übernachten müssen", bemerkte sie bissig nach einem Blick auf das großzügig bemessene Doppelbett im Heck.

„Auf die Schnelle war nichts anderes zu bekommen. Außerdem haben Sie sich doch beim letzten Mal ein bequemeres Gefährt gewünscht", grinste Ben. „Na, ist das nicht ein geiles Teil? Gehört unserem Nachbarn."

„Das hat er Ihnen einfach so geliehen?"

„Ja. Also quasi. Er stellt das Wohnmobil im Winter in der Scheune meines Onkels unter. Ich hab gesagt, ich soll es zum Waschen abholen."

„Was? Sie haben das Fahrzeug gestohlen?"

„Ausgeliehen. Wohin soll denn die Reise gehen, Chefin?"

Wenn sie das wüsste ... Wen konnte Fred Kowalski gekannt haben? Laut Bachus hatte er keine Freunde gehabt. Sie beschloss also, es zunächst bei seinem Arbeitgeber zu probieren. Unterwegs erhielt sie nach einem längeren Telefonat mit der Stadtverwaltung die Anschrift des Dienstleistungsbetriebes der Stadt Rheinberg. Eine freundliche Mitarbeiterin erklärte ihr sogar den Weg dorthin. Was nicht viel nutzte, da sie bereits drei Minuten nach dem Telefonat die Abbiegepunkte vergessen hatte. Grinsend tippte Ben die Adresse ein und eine freundliche Frauenstimme führte sie zielsicher auf das Gelände an der Bahnhofstraße.

Während Ben auf dem Innenhof nach einem Abstellplatz für

das übergroße Reisemobil suchte, betrat Frau Grimm den Eingang neben einem alten Gebäude, das sie an eine Scheune erinnerte. Auf dem Flur blieb ein Mittvierziger mit hoher Stirn stehen und lächelte sie freundlich an.

„Guten Tag, bin ich hier richtig beim Friedhofsamt?"

„Nicht direkt." Er reichte ihr die Hand. „Rainer von Hempel, ich bin der Betriebsleiter des DLB. Wir sind unter anderem für die Unterhaltung der Friedhöfe in Rheinberg zuständig. Wie kann ich Ihnen helfen, Frau …"

Wer bin ich denn?, überlegte sie eine Sekunde, entschied sich dann kurzfristig für die Wahrheit.

„Mein Name ist Grimm. Gertrud Grimm. Ich bin Detektivin und derzeit mit dem Mordfall Gesdonk beauftragt, Herr Hempel."

„Von Hempel. Detektivin? Mordfall?"

Von Hempel sah über ihre Schulter zur Tür. Er schien zu vermuten, dass jeden Augenblick ein Spaßvogel mit der Kamera hinterherkommen würde. Frau Grimm ärgerte sich unterdessen, nicht noch einmal die Mutterrolle angenommen zu haben.

„Genau. In diesen Zusammenhang fällt auch der Mord an Fred Kowalski."

Von Hempel schob seine Brille hoch und starrte sie ungläubig an.

„Herr Kowalski ist bei einem Unfall durch Eigenverschulden ums Leben gekommen, soweit ich weiß", antwortete der Betriebsleiter empört.

„Das glauben Sie."

Von Hempel wirkte nun sichtlich irritiert.

„Diese Nachricht habe ich heute Morgen erhalten. Aber bitte, lassen Sie uns das in meinem Büro bereden." Er machte einen Schritt zur Seite und bat sie, ihm zu folgen. Wenig später saß sie dem Betriebsleiter am Schreibtisch gegenüber.

„Sie sind wirklich Detektivin?"

Frau Grimm reichte ihm ihre Visitenkarte. Er drückte erneut seine Brille hoch und überflog den Text mit gerunzelter Stirn.

„Ich bin von Frau Charlotte Gesdonk beauftragt worden, seltsame Umstände im Zusammenhang mit dem Tod ihres Mannes Gisbert Gesdonk zu klären. Mittlerweile steht zweifelsfrei fest, dass Herr Gesdonk ermordet wurde. Meine Ermittlungen führten unweigerlich zu Herrn Fred Kowalski. Dass dieser einen Tag, bevor er sich mit einer dringend tatverdächtigen Person treffen wollte, ums Leben kam, kann kein Zufall sein."

„Sie wollen damit andeuten, er ist …"

Gertrud Grimm nickte eher beiläufig. Von Hempels Mimik wurde ernst, sein Blick verriet nach wie vor Ungläubigkeit.

„Was können Sie mir über Herrn Kowalski sagen, Herr Hempel?"

„Von Hempel. Also, ich weiß nicht, ob ich Ihnen überhaupt etwas sagen darf."

„Doch, doch", beeilte sie sich. „Ich benötige schließlich keine geheimen Personaldaten. Eher Allgemeines. Was für ein Mensch war er? Welchen Umgang pflegte er? Hatte er Freunde und so weiter. Es ist Ihnen sicherlich nicht egal, unter welchen Umständen Ihr Mitarbeiter ums Leben gekommen ist, oder?"

„Nein, selbstverständlich nicht."

Von Hempel rückte die Brille zurecht, sah sie eine Minute schweigend an, als ob er die Hoffnung hegte, seine Besucherin würde unverrichteter Dinge wieder gehen. Dann räusperte er sich.

„Also schön. Aber ich möchte Sie bitten, dieses Gespräch vertraulich zu behandeln."

„Etwas anderes würde mir gar nicht in den Sinn kommen, Herr Hempel. Was denken Sie von mir?"

„Von … ach, egal. Fred war ein feiner Mensch. Das sage ich nicht, weil er tot ist. Er war fachlich gut, fleißig und hilfsbereit. Ich glaube, er war der einzige meiner Mitarbeiter, der nie gemeckert hat, wenn mal wieder Überstunden anfielen. Ich habe seine Einstellung nie bereut. Obwohl ich größte Bedenken hatte, weil …"

„Er ein mehrfach verurteilter Straftäter war", vollendete die Detektivin den Satz.

„Das wissen Sie bereits? Nun gut. Aufgrund der Bewerbung hätten wir ihn sicherlich nicht eingestellt. Herr Bachus hat seine Hand für ihn ins Feuer gelegt, das gab wohl letztendlich den Ausschlag für die Verwaltung, ihn uns, sagen wir mal, ans Herz zu legen. Wie gesagt, die Entscheidung hat sich als richtig erwiesen."

Frau Grimm spielte nervös mit ihrem Stift.

„Wie war der Umgang mit den Kollegen?"

Von Hempel senkte den Blick. Die Frage schien ihm unangenehm.

„Anfangs ganz gut. Bis zu diesem Vorfall im Stadtpark. Auf den Friedhöfen lag nichts an, da habe ich ihn der Truppe zugeteilt, die die städtischen Grünanlagen pflegt. Dabei handelt es sich überwiegend um langjährige Mitarbeiter mit, lassen Sie es mich so ausdrücken, einem seltsamen Sinn für Humor. Wissen Sie, Fred war ein herzensguter Mensch. Leider nicht besonders intelligent, wenn Sie verstehen. Dazu kam seine Angewohnheit, jedem sofort zu vertrauen."

Die Tür ging auf und ein Mitarbeiter in hellgrünem Arbeitsanzug legte mit einem kurzen Gruß zwei Blätter auf den Tisch. Von Hempel bedankte sich einsilbig und nickte ihm flüchtig zu.

„Wo war ich stehen geblieben?"

„Bei seinem Vertrauen. Ich nehme an, es wurde ausgenutzt."

Von Hempel nickte mit bedrückter Miene.

„Leider. Sie hatten eine kleine Zugmaschine mit einachsigem Hänger für die Geräte dabei. Am Ende des Arbeitstages fuhren sie Unkraut und Müll weg und kamen zurück, um die Arbeitsgeräte einzusammeln. Fred und die Kollegen erledigten Kleinigkeiten rund um das Hegerbecken. Sie sagten Fred, dass sie den Hänger immer kurz vor Feierabend in den Teich schieben würden, um ihn dort zu reinigen, und dass er als Neuer im Team diese Aufgabe erledigen solle."

Von Hempel tippte sich mit dem Zeigefinger gegen die Stirn.

„Das glaubt natürlich kein Mensch." Er machte eine kurze Pause. „Außer Fred. Er stand tatsächlich bis an die Knie im Wasser und hat mit einem alten Lappen den Hänger darin gewaschen. Ich habe am nächsten Tag, als ich zufällig davon hörte, eine Abmahnung gegen die Kollegen ausgesprochen. Das Verhältnis zwischen Fred und den anderen war von dem Tag an vergiftet. Seitdem habe ich ihn meistens alleine auf dem Annafriedhof arbeiten lassen. Für eine Person gibt es dort das ganze Jahr über Arbeit."

Der zweite Mann, schoss es ihr durch den Kopf. Nach dem Bild, das Hempel von Fred zeichnete, dürfte es für den Täter ein Leichtes gewesen sein, ihn unter einem Vorwand dazu zu verleiten, das Grab auszuheben. Mit ein wenig Geschick sogar am späten Abend. Irgendwann danach musste ihn eine Ahnung beschlichen haben, welcher Grund tatsächlich dahintersteckte. Der Weg zum Täter führte also ausschließlich über Fred Kowalski.

„Kennen Sie irgendwelche Freunde oder zumindest gute Bekannte von Herrn Kowalski?"

Von Hempel zuckte die Schultern.

„Nein. Aber das ist auch kein Wunder. Wir haben vor der Einstellung ein ausführliches Gespräch mit Herrn Siegers geführt, seinem Bewährungshelfer. Freds Problem war zeit seines Lebens weniger er selbst, sondern vielmehr sein Umgang. Damit meine ich nicht nur seine Freundin Jacqueline, die ihn immer wieder ins Unglück stürzte. Der gesamte Freundeskreis war höchst zweifelhaft. Das blieb auch Richter und Staatsanwalt nicht verborgen. Sie machten für die Aussetzung einer Haftstrafe auf Bewährung zur Auflage, dass er sich von diesem Umfeld trennte. Für die Dauer von zwei Jahren musste er jeden Kontakt abbrechen und eine räumliche Distanz von mindestens einhundert Kilometern wahren. Fred wusste selber, wie schädlich dieser Umgang für ihn war. Eine späte Einsicht, aber immerhin. Nur die Trennung von dieser Jacqueline hat er nie ganz verkraftet. Man kann zu dieser Entscheidung des Gerichtes stehen, wie man will – auf jeden Fall hat sie ihm das komplette soziale Umfeld genommen. Seine Familie hat ihn schon nach der ersten Verurteilung fallen gelassen. Mit seiner Vorgeschichte und, na ja … seinem äußeren Erscheinungsbild war es natürlich schwer, sich neu zu sozialisieren. Anfangs ging er ab und an in Kneipen. Irgendwann hat man ihn wegen seiner …“, er hob hilflos die Arme, „niedrigen Intelligenz und der Tätowierungen dumm angemacht. Zum Glück hat Fred sich beherrscht und ist gegangen. Eine simple Kneipenschlägerei hätte ihn die Bewährung kosten können. Seit dieser Zeit hat er die Abende alleine zu Hause vor dem Fernseher verbracht. Seine einzige Bezugsperson war Pfarrer Bachus. Er hat sich wirklich aufopferungsvoll um ihn gekümmert, hatte immer ein offenes Ohr für Fred. Bachus war der Ansicht, dass jeder Mensch eine neue Chance verdient, egal wie viele er schon hatte. Die Wohnung in Orsoy hat er ihm auch besorgt. Ach ja, und dann war da noch Schwester Magdalena, die sich gelegentlich um ihn gekümmert hat. Es war schon seltsam. Eine achtundachtzigjährige Ordensschwester und ein mehrfach verurteilter Straftäter … Aber es hat offensichtlich gepasst. Er hat für sie das Grab einer anderen Ordensschwester gepflegt und sie hat ihm zugehört.“

Frau Grimm war ergriffen. Zum ersten Mal spürte sie, wie die schützende Schicht ihrer Professionalität Risse bekam. Zum ersten Mal konnte sie wirklich verstehen, weshalb ihr Sohn während einer Mordermittlung an manchen Tagen kaum ansprechbar war. Weshalb er mitten in der Nacht die Stereoanlage aufdrehte und am nächsten Morgen eine Reihe leerer Bierflaschen neben der Kellertür stand. Nur mit Mühe fand sie den Weg in die Realität zurück.

„Haben Sie die Anschrift von Schwester Magdalena?“

Von Hempel lachte unerwartet. Mit einem Griff zog er eine Karteikarte aus einem Kästchen auf dem Schreibtisch und schrieb etwas ab. Lächelnd reichte er Frau Grimm den Zettel.

Sankt Thekla Haus, Am Park 11, Zimmer 68

Gertrud Grimm hob verwundert den Kopf.

„Sie ist so sehr im Ort verwurzelt, dass sie nicht ins Mutterhaus wollte. Man hat sie in dem Altenwohnheim aufgenommen. Im Gegenzug hilft sie dort aus, so gut sie kann. Mehr als ein Taschengeld bleibt ihr aber nicht übrig, deshalb bittet sie uns immer wieder um neue Grabbepflanzungen oder die Pflege der Gräber ihrer ehemaligen Mitschwestern. Wir führen gelegentlich Sammlungen durch, um wenigstens die Materialkosten abzudecken. Vor zwei Wochen konnte selbst ich ihr nicht mehr helfen."

Er schüttelte schmunzelnd Kopf.

„Es ging um das Grab einer Ordensschwester, die irgendwann in den Fünfzigern verstorben ist. Die Verlängerung der Liegezeit hatten sie damals noch irgendwie hinbekommen. Aber der alte Grabstein aus einfachem Beton wurde leider nie ausgetauscht. Tja, der war jetzt hin, ein neuer kostet viel Geld. Das konnten wir mit Sammlungen in der Belegschaft beim besten Willen nicht auftreiben. Zum Glück hat sie einen Sponsor gefunden."

„Wer bezahlt denn einen Grabstein für eine fremde Person?"

„Der Herr Pfarrer war so freundlich. Knapp 2000 Euro hat er sich den Gefallen kosten lassen. Möchte wissen, wie unsere liebe Schwester das angestellt hat."

Von Hempel blickte auf die Uhr an seinem linken Handgelenk.

„Ich würde mich gerne länger mit Ihnen unterhalten, aber ..."

„Schon gut. Ich habe Sie schon viel zu lange aufgehalten." Sie reichte ihm freundlich die Hand. Als sie schon in der Tür war, rief er ihren Namen, sie drehte sich noch einmal um.

„Wissen Sie, wann die Beerdigung stattfindet?"

„Das wird nicht so bald sein, vermute ich."

Ben hatte offenbar keinen geeigneten Parkplatz gefunden. Das Wohnmobil parkte quer vor dem Eingangsbereich. Die Fahrerkabine war leer. Beim Einsteigen schlug ihr der Duft von frischem Kaffee entgegen. Ben saß mit einer Tasse an einem kleinen Tisch.

„Auch ein Tässchen, Frau Grimm?"

Ein Auto hielt direkt vor ihnen. Bevor Frau Grimm die Beifahrertür schließen konnte, wurde sie festgehalten.

„Frau Grimm, was machen Sie denn hier?"

Manuela Warnke trat einen Schritt zurück und betrachtete erstaunt das Wohnmobil.

„Ein Käffken, Frau Kommissarin? Ist gerade frisch aufgebrüht.“

„Nein, danke. Wie komme ich bloß darauf, dass wir beide aus demselben Grund hier sind? Und wieso beschleicht mich die Ahnung, dass Sie hinter dem Bericht im heutigen Boten stecken?“

„Tja … ähem … Das sind schwierige Fragen.“

„Schwierige Fragen? Schwierig wird es für Sie, wenn ich herausfinden sollte, dass Sie polizeiliche Ermittlungen behindern, Frau Grimm!“

„Polizeiliche Ermittlungen behindern?“ Frau Grimm stieg aus und baute sich dicht vor Manuela auf. „Das ist ja wohl der Gipfel! Wer bitte schön hat diese Ermittlungen denn überhaupt erst in Gang gebracht? Ohne mich wären Sie doch gar nicht hier!“

Manuela ballte die rechte Hand zur Faust. Ihre Nerven lagen blank. Sie war es endgültig leid, ständig von der Mutter ihres Vorgängers an der Nase herumgeführt zu werden. Das Schlimmste daran aber war, dass diese nicht gänzlich Unrecht hatte. Sie musste dringend das Gespräch mit der Staatsanwältin suchen, wusste Manuela. Denn neben der Tatsache, dass Frau Grimm praktisch zwischen ihren Füßen ermittelte, bestand die nicht unwahrscheinliche Gefahr für die alte Dame, einem in die Enge getriebenen und somit gefährlichen Mörder zu begegnen. Am liebsten würde sie die Detektivin in Schutzhaft nehmen, bis der Fall aufgeklärt war. Aber dazu fehlte ihr momentan jegliche Legitimation. Ihr blieb eigentlich nur die Möglichkeit, Frau Grimm mittels einer richterlichen Anordnung unter Androhung eines Ordnungsgeldes bis hin zu einer möglichen Beugehaft zu zwingen, ihr Wissen zum Fall preiszugeben. Dazu fehlten ihr allerdings die Zeit und der Glaube an einen Erfolg.

„Frau Grimm, ich ersuche Sie hiermit dringendst, den Heimweg anzutreten und uns die weiteren Ermittlungen zu überlassen. Ich bin sicher, Sie werden über das Ergebnis unterrichtet.“

Ben blätterte gelangweilt in einem Reiseführer. Als sie wieder eingestiegen war, stand er auf und nahm die Kaffeekanne vom Automaten.

„Milch, Zucker?"

Frau Grimm klatschte in die Hände.

„Nichts da, wir haben einen Einsatz. Avanti. Die Polizei ist uns dicht auf den Fersen."

„Sagte die Polizistin nicht, wir sollen zurückfahren?"

„Ja, das sagte sie."

„Und?"

„Altenwohnheim Sankt Thekla. Haben Sie das in dem kleinen Kasten dort?" Sie deutete auf das Navigationssystem. Ben grinste.

37

Seit sie vor einer halben Stunde nach Hause gekommen war, hatte Annette kaum ein Wort gesagt. Vor Einbruch der Dunkelheit wollten sie noch eine Wohnung für ihren Vater besichtigen, sie hatte ihm versprochen, sich darum zu kümmern, und gleich am Morgen den Termin mit dem Makler vereinbart.

„Dich bedrückt irgendwas. Warum redest du nicht darüber?" Heinrich stellte eine Tasse Tee vor ihr auf den Tisch.

Mit ernstem Blick griff sie danach, nahm einen Schluck und stellte sie langsam zurück, als wolle sie Zeit gewinnen.

„Weil es dir unangenehm wäre. Ist außerdem nur eine Vermutung, nichts weiter."

„Jetzt machst du mich neugierig."

„Na gut. Manuela und Adriano waren bei Kowalskis letztem Arbeitgeber. Sie haben erfahren, dass er keine Freunde hatte und auch im Kreise der Arbeitskollegen eher isoliert wurde. Mit anderen Worten: Es gab keine Bezugspersonen in Rheinberg. Wenn man einmal von seinem Vorgesetzten und Pfarrer Bachus absieht."

„Ein Einzelgänger, na und? Ehrlich gesagt wundert mich das nicht bei dem Lebenslauf."

Annette nickte wortlos. Heinrich hatte nicht die geringste Ahnung, worauf sie hinauswollte. Die Wiedereingliederung Strafgefangener in die Gesellschaft funktionierte selten übergangslos. Zu unterschiedlich waren die Welten, in denen sie lebten. Gelegentlich kam es vor, dass Gefangene nach sehr langen Haftstrafen freiwillig in das Gefängnis zurückwollten. Dort hatten sie ihre sozialen Kontakte, waren fester Bestandteil einer gesellschaftlichen Struktur.

„Und dieser Einzelgänger fährt zu Horst Kreuzer, um ihn vor einem Justizirrtum zu bewahren?"

„Daher weht der Wind. Du hältst Hotte immer noch für einen

Mörder", brauste Heinrich auf. „Dabei vergisst du, dass es Kowalski gar nicht um Kreuzer ging. Er wollte sich bereichern, hat ihn erpresst."

„Wie kannst du dir so sicher sein?"

„Bitte?"

Annette schloss für einen Moment die Augen. Sie hatte dieses Gespräch nicht führen wollen. Sie argumentierte auf der Basis von Vermutungen, wollte Heinrich nicht grundlos verärgern. Auf der anderen Seite bedrückte die Sache sie nun schon seit zwei Stunden, seit Manuela Warnke in ihrem Büro aufgetaucht war.

„Deine Mutter hat Kowalski vor Kreuzers Tür gesehen. Nehmen wir mal an, rein hypothetisch, Kowalski war einer der beiden Männer, die den Sarg gestohlen haben. Die Ermittlungen blieben ihm nicht verborgen, er bekam kalte Füße und wollte Kreuzer mitteilen, dass er aussteigt. Störung der Totenruhe hätte ihn höchstens die Bewährung gekostet. Als Kronzeuge vermutlich nicht einmal das. Kreuzer wusste natürlich sofort, von wem der Brief stammt. Ihm bleibt keine Wahl, er arrangiert den tödlichen Unfall. Ihm ist klar, dass er auf gar keinen Fall mit Kowalski in Verbindung gebracht werden darf. Da kommt er auf die Idee mit dem unbekannten Erpresser. Dadurch wollte er zwei Fliegen mit einer Klappe schlagen. Zum einen denkt niemand an einen Zusammenhang der beiden, zum anderen deutet dieses Schreiben auf seine Unschuld. Dummerweise hat deine Mutter Kowalski an Kreuzers Haustür gesehen, was er nicht ahnen konnte."

Heinrich stand auf und lief im Zimmer umher.

„Das ist eine absolut unglaubliche Vermutung. Für den Zeitpunkt, an dem die Leiche gestohlen wurde, hat Hotte ein Alibi!"

„Ich habe nicht behauptet, dass er daran beteiligt war. Möglicherweise hat Kreuzer diese Aktion beauftragt. Laut Frau Warnke beschrieb sein Vorgesetzter Kowalski als vertrauensvoll, geradezu naiv. Ich weiß nicht, wer der zweite Täter war. Ich weiß aber, dass Kreuzer für den Zeitpunkt des Mordes an Gisbert Gesdonk definitiv kein Alibi nachweisen kann."

Heinrich atmete schwerfällig, Annette blieb seine Verzweiflung und Wut nicht verborgen. Sie erhob sich und ging zu ihm.

„Heinrich, ich kann dich gut verstehen. Vielleicht liege ich völlig falsch. Aber du selbst hast immer gesagt, wir dürfen das Unwahrscheinliche nicht außer Acht lassen."

Sie wollte ihren Arm um seine Schulter legen, er wandte sich ab.

„Lass uns das Thema beenden. Wir könnten in der Stadt eine Kleinigkeit essen, bis zum Termin mit dem Makler haben wir noch Zeit", unternahm sie einen weiteren Versuch.

Heinrich lief an ihr vorbei und nahm den Autoschlüssel aus einer Schale auf dem Sideboard.

„Was hast du vor?"

„Ich werde Hotte fragen."

„Das ist zu gefährlich. Was ist, wenn ich richtig liege?"

„Hotte ist nicht gefährlich. Und erst recht kein Schauspieler, ich kenne ihn lange genug."

Du hast ihn seit vielen Jahrzehnten nicht mehr gesehen, wollte sie antworten. Und dass er an der Schule die Schauspiel AG geleitet hatte. Sie schwieg.

„Soll ich nicht lieber mitkommen?"

„Nein, bitte warte im Auto auf mich. In deiner Anwesenheit wird er kein Wort sagen."

Heinrich nahm die Veränderung erst nur unbewusst wahr. Nachdem er geklingelt hatte, stellte er fest, dass die Rollläden an den Fenstern nicht mehr heruntergelassen waren. Aus dem Hausflur vernahm er Stimmen. Für den Bruchteil einer Sekunde befiel ihn eine dunkle Ahnung. Diese verflog in dem Augenblick, da sich die Haustür öffnete und eine adrett gekleidete schlanke Dame vor ihm stand und ihn fragend musterte.

„Guten Tag. Mein Name ist Heinrich Grimm. Ich würde gerne mit Herrn Kreuzer reden."

Schlagartig legte sich ein Lächeln auf ihr Gesicht. Erfreut

streckte sie ihm die Hand entgegen. Ihr Händedruck war zart, fast hatte Heinrich Angst, ihr wehzutun.

„Herr Grimm, schön, dass Sie uns besuchen. Mein Mann hat mir schon viel von Ihnen erzählt. Kommen Sie doch herein."

Staunend folgte er ihr in die Küche. Es duftete nach frisch aufgebrühtem Kaffee. Im Vergleich zu seinem letzten Besuch erweckte der Raum den Eindruck, als habe sich darin eine mehrköpfige Putzkolonne ausgetobt. Auf dem Esstisch stand eine Vase mit einem bunten Blumenstrauß. Frau Kreuzer nahm einen mächtigen Frühstückskorb vom Stuhl und bot Heinrich den Platz an.

„Haben die Nachbarn heute Morgen vorbeigebracht", bemerkte Horst Kreuzer, der gerade hereingekommen war. Er trug einen modisch gemusterten Pullover zu einer hellen Jeans. Sein Gesicht strahlte ungewohnte Vitalität aus. Lediglich die dunklen Ringe unter seinen Augen zeugten noch von seinem Schicksal. Heinrich kroch der süßliche Geruch seines Rasierwassers in die Nase. Seine Frau servierte Kaffee und Plätzchen.

„Anscheinend geht es dir wieder gut", bemerkte Heinrich mit leichter Verunsicherung.

„Es geht mir besser, ja. Aber *gut,* ob das irgendwann der Fall sein wird", ein melancholischer Glanz überzog seine Augen, „darauf kann ich nur hoffen. Übrigens, gestern Abend bekam ich überraschenden Besuch."

Kreuzer goss Kaffee nach. Die Freude über Heinrichs Ratlosigkeit war ihm anzusehen.

„Jasper Boll stand plötzlich mit verheultem Gesicht vor mir. Wir führten ein sehr ergiebiges Gespräch, wenngleich es sich mehr um einen Monolog handelte. Jasper hat mir alles gestanden und immer wieder gesagt, wie leid es ihm täte. Kurz zuvor hatte Nadežda Rada ihm die Freundschaft aufgekündigt. Sie war letztendlich die treibende Kraft hinter der Rufmordkampagne gegen mich. Jasper hat aber gar nicht erst versucht, die Schuld abzuwälzen. Er behauptete, in gleichem Maße verantwortlich zu sein. Wenngleich ich davon überzeugt bin, dass Nadežda ihn dazu gedrängt hat. Heute Morgen habe ich erfahren, dass er nach dem Besuch bei mir Flugblätter mit seinem Geständnis in ganz Alpsray verteilt hat.“ Kreuzer lachte und machte eine wegwerfende Handbewegung. „Bei der Schulleitung wurde Jasper heute Morgen vorstellig. Kurz darauf erschien der Herr Rektor Höttges bei uns und wollte es sich nicht nehmen lassen, sich im Namen des gesamten Kollegiums höchstpersönlich für die Missverständnisse, wie er es ausdrückte, zu entschuldigen. Angeblich hätten sie im Grunde ihres Herzens nie Zweifel an meiner Unschuld gehabt.“

„Selbstverständlich möchte ich es auch nicht versäumen, Ihnen mitzuteilen, dass wir uns darüber freuen würden, Sie wieder an unserer Schule begrüßen zu dürfen“, imitierte Frau Kreuzer leicht affektiert die Stimme des Schuldirektors. Anschließend schüttelte sie verächtlich den Kopf. Heinrich zog die Augenbrauen hoch.

„Und? Wirst du das Angebot annehmen?“

„Mir wird nichts anderes übrig bleiben. Glaubst du, mich nimmt irgendeine andere Schule in der Gegend? Höttges wird es genauso wenig behagen, zumal er ständig das Image seiner Schule im Blick hat. Der steht jetzt in der Öffentlichkeit ziemlich dumm da. Aber es nutzt nichts, unsere Schicksale sind für immer aneinandergekettet, um es pathetisch auszudrücken.“

„Was passiert mit den beiden?“, wollte Heinrich wissen.

„Sie fliegen von der Schule. Was Jasper betrifft, werde ich mich für seinen Verbleib einsetzen. Dann wäre da noch die rechtliche Seite. Der Junge wollte direkt zur Polizei gehen, einer Anzeige der Schulleitung zuvorkommen. Ich habe ihm geraten, heute Nachmittag erst einen Anwalt zu konsultieren.“

Heinrich nickte zustimmend. Es entstand eine kurze Pause. Dann beugte Kreuzer sich vor.

„Hand aufs Herz, Heinrich. Du bist aus einem ganz anderen Grund hier.“

Heinrich presste die Lippen zu einem dünnen Strich. Er freute sich für Hotte. Es fiel ihm schwer, über den Anlass seines Besuches zu reden, zumal er selbst nicht daran glaubte. Zum ersten Mal seit beinahe vierzig Jahren saß ihm wieder der alte Hotte gegenüber. Der lebensfrohe und fröhliche Mensch, mit dem er einmal eng befreundet gewesen war. Heinrich haderte mit sich, was Kreuzer nicht entging.

„Für die Polizei bin ich noch nicht aus dem Rennen, stimmt's?"

Heinrich atmete schwer aus. Kreuzers Miene wurde ernst.

„Du könntest den Erpresserbrief selber geschrieben haben, habe ich gehört."

Über Kreuzers Nasenwurzel bildete sich eine senkrechte Falte.

„Warum sollte ich das getan haben?"

„Das ist die Frage." Heinrich vermied bewusst die Antwort seiner Freundin darauf. Er war nun fest entschlossen, die Wahrheit zu erfahren. Gleichzeitig fürchtete er sich davor.

„Woher kanntest du Kowalski?"

Kreuzer sah ihn verwundert an.

„Ich kenne keinen Kowalski."

„Hör auf damit, Hotte. Jeder in Rheinberg dürfte ihn kennen."

„Ich nicht, verdammt. Wer soll das sein?"

Heinrich führte die gespreizten Finger seiner rechten Hand an die linke Wange.

„Ungefähr dort trug er ein tätowiertes Spinnennetz. Auffälliger geht es kaum. Und du willst mir erzählen …"

„Du meinst Fred, den Friedhofsgärtner?", unterbrach Kreuzer ihn. „Selbstverständlich kenne ich den. Allerdings nur unter seinem Vornamen. Worauf willst du hinaus?"

„Kowalski hat am Samstag einen Zettel in deinen Briefkasten geworfen. Laut deiner Aussage beziehungsweise dem Schreiben, das du mir gezeigt hast, wollte er dich im Stadtpark treffen. Wenige Stunden zuvor kam er bei einem Verkehrsunfall ums Leben. Merkwürdiger Zufall, oder?"

Kreuzers Augen verwandelten sich in schmale Schlitze.

„Du glaubst, ich habe mir das alles ausgedacht. Du unterstellst mir, ich hätte nicht nur Gesdonk, sondern auch Fred umgebracht. Das ist ungeheuerlich. Verschwinde! Sofort!“

Sein ausgestreckter Arm zeigte zur Tür. Heinrich spürte einen dumpfen Schmerz in der Magengegend. Er stand auf, blieb vor dem Gehen einen Moment neben Kreuzer stehen und senkte die Stimme.

„Ich glaube das nicht. Der Horst Kreuzer, den ich kenne, wäre dazu nicht in der Lage.“

38

Das Altenwohnheim Sankt Thekla Haus wies denselben dreieckigen Grundriss auf wie der Südteil des Stadtparks, in den sich das Gebäude einfügte. Durch die zweigeschossige Bauweise und die helle Fassade wirkte es freundlich. Zwischen Park und Einfamilienhäusern gelegen, bot es zudem eine angenehm ruhige Atmosphäre. Was fehlte, war eine Parkmöglichkeit für Wohnmobile. Der Meinung war zumindest Ben, der genervt die Löthstraße auf- und abgefahren war. Schließlich parkte er direkt vor dem Eingangsbereich.

Bei der Frage nach Schwester Magdalena glitt ein freundliches Lächeln über das Gesicht der dunkelhaarigen Pflegerin. Frau Grimm schätzte ihr Alter auf höchstens zwanzig Jahre.

„Haben Sie denn einen Termin? Schwester Magdalena ist sehr beschäftigt."

Frau Grimm stutzte. Damit hatte sie nicht gerechnet. Sie beugte sich vor, um das Namensschild der Mitarbeiterin zu lesen.

„Nein, Fräulein Dinkel. Ähem ... geht es nicht vielleicht auch ohne Termin?"

„War ein Scherz. Schwester Magdalena macht hier alles mit. Sie müssen schon großes Glück haben, um sie in ihrem Zimmer anzutreffen."

Zaghaft klopfte sie wenig später an die Tür.

„Ja-haa, bit-te", forderte eine fröhliche Altstimme sie zum Eintreten auf.

Schwester Magdalena winkte ihr mit einem Bügeleisen in der Hand zu. Der kleine Raum war spärlich eingerichtet. An den Wänden hingen Bilder von grünen Landschaften, die Aufnahme einer kleinen Kirche und ein Kreuz, von dem ein Rosenkranz herabhing.

„Guten Tag, Schwester Magdalena. Mein Name ist Gertrud Grimm. Ich bin Privatdetektivin, derzeit mit dem Fall des ermordeten Herrn Gesdonk betraut."

„Grüß Gott, Frau Grimm. Das ist aber spannend. Ich liebe Krimis. Da erfreue ich mich anschließend immer so schön an der Wirklichkeit. Allerdings trifft sich gleich der Singkreis. Wir bringen Frau Böhm ein Ständchen. Die junge Dame feiert heute ihren 75. Geburtstag. Bitte nehmen Sie Platz."

Frau Grimm folgte der Aufforderung und setzte sich an einen kleinen Tisch neben einer Tür, an der ein Aufkleber auf das Bad hinwies. Im Fernsehen lief eine Kochshow. Nebenbei faltete die Achtundachtzigjährige eine weiße Bluse akkurat zusammen und legte sie in einen Wäschekorb. Der Koch trank ein Glas Weißwein und begann nach einem lang gezogenen „Hmmm" mit der Zubereitung der Vorspeise. Schwester Magdalena griff erneut nach dem Bügeleisen und hielt plötzlich in der Bewegung inne.

„Herr Gesdonk ist ermordet worden, sagten Sie? Nein, wie furchtbar."

„In der Tat, so ist es. Nun, im Laufe meiner Ermittlungen tauchte der Name Fred Kowalski auf. Man sagte mir, dass Sie ihn kannten."

„Der Fred, ja, das ist im Grunde seines Herzens ein guter Mensch. Leider war sein Weg dornig und hat ihn so manches Mal in die Irre geführt. Wie geht es ihm denn?"

Sie wusste es nicht. Frau Grimm beschloss, ihr vorerst weiteres Unheil zu ersparen. Der Koch stellte zufrieden die Vorspeise zur Seite und feierte deren Fertigstellung mit einem weiteren Glas Wein.

„Das weiß ich jetzt gar nicht. Es steht jedoch zu befürchten, dass ihn wieder jemand vom rechten Weg abbringen wollte. Meines Wissens hatte Herr Kowalski keine Freunde in der Stadt. Aber mit irgendjemandem muss er sich vor seinem …", sie stockte, „in der letzten Zeit getroffen haben. Er soll danach sehr aufgebracht gewesen sein", vermutete die Detektivin beherzt.

„Aufgebracht? Bei unserem letzten Gespräch verhielt er sich ein wenig sonderbar. Aber aufgebracht“, wiederholte sie und legte dabei die Stirn in Falten, „nein, so würde ich es nicht nennen.“

Routiniert spannte sie ein schlichtes weißes Nachthemd über den Bügeltisch.

„Was meinen Sie mit sonderbar?“

„Wissen Sie, Fred hat sich nebenher immer um die Pflege der Gräber unserer Verstorbenen gekümmert. Ich war ihm wirklich sehr dankbar dafür, denn ich konnte es zuletzt nicht mehr. Vor drei Wochen kam dieser Brief von der Stadt. Es ging um den Grabstein auf Annas Grab. Eigentlich hieß sie Johanna Maria Radinger, aber für uns war sie die ehrwürdige Schwester Anna. Der Grabstein stelle aufgrund seines maroden Zustandes eine Gefährdung dar und müsse daher ersetzt werden, hieß es in dem Schreiben. Das sagt sich so leicht. Wissen Sie, was heutzutage ein Grabstein kostet, Frau Grimm?“

Die Seniorin nickte zustimmend. Der Fernsehkoch vertrat die Ansicht, ein Spätburgunder würde ausgezeichnet mit dem bevorstehenden Hirschgulasch harmonieren, und überprüfte diese Aussage ausgiebig.

„Dann können Sie sich meine verzweifelte Lage vorstellen. Meine Mitbewohner haben angeboten, einen Basar auszurichten, aber dafür war die Zeit nicht ausreichend. Zum Glück ist Pfarrer Bachus eingesprungen. Er war sofort bereit, die Kosten zu übernehmen, hat sich gar nicht lange überreden lassen. Eigentlich ist er doch ein feiner Mensch.“

Schwester Magdalena zog das Nachthemd über einen Kleiderbügel und hängte diesen an einen Haken am Kleiderschrank neben dem Bett. Frau Grimm hatte die Aussage notiert und dachte verwundert über den letzten Satz nach.

„Wieso eigentlich? Stimmt etwas nicht mit dem Herrn Pfarrer?“

Zaudernd wog die Schwester den Kopf hin und her. Die Antwort bereitete ihr sichtliches Kopfzerbrechen.

„Er hat sich sehr verändert. Ich kenne Benedikt seit seiner Kindheit, ebenso seinen um ein Jahr älteren Bruder Johannes. Wir sind im selben Ort in der Nähe von Wuppertal aufgewachsen. Sie sind die Söhne einer Freundin, die der Herr leider schon sehr früh zu sich genommen hat. Wenigstens ist ihr dadurch", sie senkte die Stimme, „ein schwerer Schicksalsschlag erspart geblieben."

Unvermittelt stellte sie das Bügeleisen ab und wechselte das Thema.

„Sie müssen entschuldigen, dass ich Ihnen nichts angeboten habe. Der Zimmerservice in diesem Hotel ist nicht der beste, ansonsten bin ich allerdings sehr zufrieden."

Ihr ernster Gesichtsausdruck widersprach der scherzhaften Aussage. Sie schob das Bügelbrett ein Stück zur Seite und kam durch den entstandenen Spalt zu Frau Grimm an den Tisch. Kerzengerade setzte sie sich auf den Stuhl gegenüber und faltete die Hände. Der Koch schob das Gulasch mit verklärtem Blick in den Ofen und begann bei einem anscheinend äußerst schmackhaften Marsala mit der Zubereitung der Nachspeise. Frau Grimm fingerte unruhig an ihrem Kugelschreiber.

„Es passierte während einer Bergwanderung in den Anden. Mit dem gemeinsamen Urlaub wollten sie das bestandene Examen feiern. Sie hatten lange dafür gespart. Während dieser Wanderung passierte das Unglück. Johannes stürzte in eine Gletscherspalte. Man hat seine Leiche bis heute nicht gefunden. Benedikt konnte seinen Bruder nicht einmal beerdigen. Es war tragisch. Manche behaupteten sogar, er habe sich umgebracht. Benedikt machte sich große Vorwürfe. Er hatte seinen Bruder für einen Augenblick aus den Augen verloren, das hat er sich bis heute nicht verziehen."

Frau Grimm runzelte die Stirn. Ihrer Meinung nach driftete das Gespräch allmählich zu weit weg vom eigentlichen Anlass ihres Besuches. Dennoch überwog die Neugierde.

„Weshalb hätte sein Bruder sich umbringen sollen?"

Schwester Magdalena senkte bedrückt den Kopf.

„Benedikt und Johannes haben beide Theologie studiert,

träumten davon, eines Tages Pfarrer zu werden. Benedikt fiel das Lernen leicht. Er wurde ein Jahr früher eingeschult, ging dadurch mit seinem Bruder in dieselbe Klasse. Sie waren beide sehr intelligent, die Schule und später das Studium fielen ihnen nicht sonderlich schwer. Ihre Ergebnisse an der Universität waren nahezu identisch, sie hätten beide locker das Examen absolvieren können. Leider litt Johannes unter dieser schrecklichen Prüfungsangst. Ihm versagten völlig die Nerven. Bei der Wiederholung war es dasselbe. Für ihn ist damals ein Traum zerplatzt. Eine tragische Geschichte, das Ganze. Ich glaube, aus Johannes wäre ein wirklich fürsorglicher Pfarrer geworden."

Frau Grimm deutete tiefe Ergriffenheit an. Sie wollte endlich wieder zum Kern ihres Anliegens vorstoßen. Langsam zählte sie bis zehn, um nicht übertrieben abrupt das Thema zu wechseln. Der Koch zauberte derweil ein zweites Hirschgulasch unter dem Tisch hervor, welches er schon mal vorbereitet hatte, und füllte nach einem zufriedenen Blick darauf sein Glas.

„Schwester Magdalena, Sie sagten vorhin, Fred habe sich sonderbar verhalten. Was genau meinen Sie damit?"

„Ja, der Fred, das ist schon ein guter Mensch." Sie seufzte. Frau Grimm verdrehte die Augen.

„Er hat mir immer gerne geholfen. Ausgerechnet bei Annas Grab war es dann anders. Er fragte mich, ob der Grabstein wirklich nötig sei. Ob ich das Geld nicht lieber bedürftigen Menschen geben wolle. Das war seltsam, denn es hat ihm immer gefallen, dass ich das Gedenken der Toten aufrechterhalte. Er sagte einmal traurig, an ihn würde sich niemand mehr erinnern, auf seinem Grab würde nur Unkraut wachsen, und das wäre sogar passend."

„Wurde dieser Grabstein mittlerweile aufgestellt?"

„Ja, vor gut einer Woche. Fred sagte, sie hätten dabei alles kaputtgetrampelt. Er war so lieb und hat bei der Gelegenheit auch die komplette Bepflanzung ausgetauscht. Es ist wirklich schön geworden. Schwester Anna hätte ihre Freude daran gehabt."

„Sagte er sonst nichts? Er muss sich mit irgendjemandem getroffen haben. Bitte, das ist sehr wichtig. Hat er vielleicht jemanden kennengelernt? Hat er von einem Streit erzählt? Bitte, überlegen Sie."

Die blasse, korpulente Seniorin schüttelte langsam und nachdenklich ihren Kopf. Der Koch gönnte sich zur Präsentation der Nachspeise einen Eiswein.

„Fred ist ein Einzelgänger. Wenn auch unfreiwillig. Die Menschen leben nun einmal hinter den Mauern ihrer Vorurteile. Es gibt da ein Mädchen, sie lebt in Köln. Er fühlt sich sehr zu ihr hingezogen, aber ...", sie zögerte, suchte nach den passenden Worten, „sie ist nicht gut für ihn. Sagen die, die ihn verurteilt haben. Die Wahrheit kennt nur unser Herr im Himmel."

„Halten Sie es für möglich, dass er dieses Mädchen in den letzten Tagen besucht hat?"

„Nein." Die Antwort kam spontan. „Er darf sie und seine ehemaligen Freunde nicht sehen. Daran hält Fred sich, auch wenn es ihm schwerfällt. Er meint es wirklich ernst, möchte endlich ein neues Leben beginnen. Fred liebt seine Arbeit, seine Freiheit, er genießt jeden Tag. Es sind die Abende, die Wochenenden, die freien Tage, die ihn zweifeln lassen. Verstehen Sie das?"

Resigniert zog Gertrud Grimm einen Strich neben die Eintragung „Fred – Freunde/Bekannte:" und klappte den Block zu. Der Koch probierte ein Sorbet aus frischen Waldfrüchten, genehmigte sich zum Abschluss ein Glas Champagner und wünschte dem Publikum einen feuchtfröhlichen Abend. Frau Grimm stand auf und verabschiedete sich. Neben der Tür fiel ihr ein gerahmtes Foto auf, eine alte Farbaufnahme mit typischem Rotstich. Unter der mächtigen Krone einer Kastanie hatte sich im Halbkreis ein Chor aufgereiht. Der Ort kam ihr bekannt vor. Schwester Magdalena war unbemerkt hinter sie getreten.

„Das ist eine alte Aufnahme des evangelischen Kirchenchors. Dort vorne, das ist Frau Renner, die Chorleiterin. Und hier", sie deutete mit dem Zeigefinger auf eine Frau in der zweiten Reihe, „das bin ich. Eigentlich hätte ich in einen katholischen Chor gehört. Aber Frau Renner war eine außergewöhnliche Chorleiterin. Ich habe sie ganz lieb gebeten, da hat sie mich aufgenommen. Es war eine wundervolle Zeit."

„Wo wurde die Aufnahme gemacht?"

„Das erkennen Sie nicht? Es ist die Rückseite der Kirche. Es gab damals viele Veranstaltungen unter der Kastanie."

„Ich habe dort keine Kastanie gesehen, Schwester Magdalena."

„Ach, die wurde im vorigen Jahr gefällt. Ein Jammer. Angeblich war sie krank. Dabei blühte sie noch dreimal im Jahr. Das ist äußerst selten bei dieser Art. Immerhin soll aus dem Holz ein neuer Abendmahltisch entstehen. Auf die Art bleibt sie präsent."

Frau Grimm betrachtete das Bild noch einmal eingehend, bevor sie ging.

39

„Leute, der Typ lebt über ein Jahr in Rheinberg und kennt keine Sau? Das gibt's doch nicht", fasste Josef Wolters den Kern von Manuelas Aussage auf seine Art zusammen. Die leitende Hauptkommissarin hatte aufgrund der gebotenen Eile um eine erneute Teamsitzung nach der Mittagspause gebeten, um die Ermittlungsergebnisse abzugleichen.

„Die KT hat seine Wohnung auf den Kopf gestellt, den Schriftverkehr gecheckt, Konten geprüft, alles. Kein Hinweis auf eine Kontaktperson. Kannst gerne eigene Nachforschungen anstellen", reagierte Adriano bissig.

„Nee, lass mal, da glaube ich euch lieber." Wolters grinste. Adriano warf seinen Kugelschreiber vor sich auf den Tisch.

„Nein sagen war nicht seine Stärke." Michael Kempkes blätterte in einer Kopie des Berichts der Kriminaltechnik, die Manuela vor der Teamsitzung kopiert und an die Kollegen verteilt hatte.

„Vier Zeitungsabos, sämtliche Versicherungen, die der Markt hergibt. Spendenquittungen von allen möglichen Organisationen. Der Typ hat sich wirklich alles aufschwatzen lassen."

In diesem Moment betrat Mareike den provisorischen Konferenzraum. Sie legte ein paar lose Papiere vor Manuela auf den Tisch.

„Der vorläufige Obduktionsbericht, vor zehn Minuten reingekommen. Wie immer ohne Gewähr, sagt der Doc."

„Du hast ihn bestimmt schon durchgeblättert", entgegnete Manuela auffordernd.

„Klar. Neben einer Blutalkoholkonzentration von 0,7 Promille konnten in der Atemmuskulatur Benzodiazepine nachgewiesen werden. Ein untrüglicher Hinweis auf die Einnahme von Schlaftabletten, meinte der Herr Doktor auf Nachfrage. Fred Kowalski ist also friedlich eingeschlafen. Leider auf der linken Spur der Autobahn. Und nun das Problem: Die verwendete Dosis war mit an

Sicherheit grenzender Wahrscheinlichkeit nicht tödlich. Todesursache war ein Genickbruch als direkte Folge des Unfalls."

„Mord können wir somit ausschließen", stellte Bartschneider fest.

„Ich weiß nicht", übernahm Manuela. „Sein Chef sagte uns, Kowalski war in der vergangenen Woche komplett neben der Spur. Er entschuldigte sich damit, dass er seit Tagen nicht mehr schlafen konnte."

„Daher die Schlaftabletten, hört sich logisch an", konstatierte Bartschneider.

„Mann, Eugen, jemand zu Hause da oben?" Wolters zeigte auf den Kopf des Kollegen. Bartschneider kniff die Augen zusammen. „Wenn ich Schlaftabletten nehme, lege ich mich ins Bett und setze mich nicht hinters Steuer. Wenn ihr mich fragt, die Sache stinkt gewaltig. Tagelang keinen Schlaf, ein paar Gläser Alkohol mit einer Prise Schlafpulver drin – das reicht. Bis zur Autobahn hat der Verkehr ihn abgelenkt, dann kommt die Monotonie und zack, fällt der Vorhang."

Wolters ließ zur Unterstützung seiner Aussage die flache Hand vor dem Gesicht herabgleiten. Manuela fielen Doktor Haverdunks Worte ein, der im Fall Gesdonk von einer Barbituratvergiftung ausging.

„Wenn Kowalski ermordet wurde, wusste sein Mörder nichts von dem geplanten Treffen mit Kreuzer", murmelte sie. Augenblicklich wurde es still.

„Was für ein Motiv sollte es sonst geben?", fragte Michael Kempkes.

„Das weiß ich nicht. Ich weiß nur, dass sich der Täter nicht auf den Erfolg der Aktion verlassen konnte. Was, wenn Kowalski aufgrund der Müdigkeit beschließt, die geplante Fahrt nach Köln aufzuschieben, und stattdessen nach Hause fährt und sich erst mal ausschläft?"

„Dann kann er ihn immer noch in seiner Wohnung umlegen", ließ Kempkes nicht locker. Manuela schüttelte zweifelnd den Kopf.

„Ich bin kein Profiler. Trotzdem glaube ich nicht an einen Profikiller. Ich denke, es handelt sich um eine Tat aus niederem Beweggrund. Dementsprechend halte ich es für abwegig, dass der Täter sich überhaupt Zutritt zu Kowalskis Wohnung hätte verschaffen, geschweige denn ihn eiskalt hätte töten können."

Adriano, der die Diskussion bislang scheinbar teilnahmslos verfolgt hatte, fühlte sich in seiner Annahme bestätigt. Für ihn gab es einen weiteren Aspekt, der bislang wenig Beachtung fand.

„Wieso eigentlich erst jetzt? Der Mord an Gesdonk ist drei Monate her."

„Das hatten wir doch alles schon", antwortete Wolters. „Er hat den Mörder erpresst, irgendwann ist der es leid oder kann nicht mehr zahlen."

„Und Kowalski macht bei Kreuzer weiter? Ich denke, das ist zu einfach."

„Denke ich auch", meldete sich Elke Meiners. „Ich habe vor einer Stunde ein längeres Gespräch mit seinem Bewährungshelfer geführt. Er ist sich absolut sicher, dass Kowalski es ernst meinte mit dem Neuanfang. Er hatte einen Job, der ihm Spaß machte und ihn gut versorgte, dazu Wohnung, Auto und vor allem Unabhängigkeit. Klingt vielleicht komisch, aber Siegers behauptet, sein Schützling habe sich nie viel aus Geld gemacht. Es war für ihn nur ein Mittel zur Anerkennung. Seit er das Umfeld gewechselt hat, sei er ein anderer Mensch geworden."

„Ach nee", fuhr Wolters dazwischen. „Wie erklärt dein Bewährungshelfer sich dann die Erpressung von Kreuzer?"

Darauf wusste Elke Meiners keine Antwort. Adriano wollte nicht so schnell aufgeben.

„Es gibt eine weitere Möglichkeit. Kowalski wusste bis vor Kurzem nicht, wer Gesdonk ermordet hat beziehungsweise dass er überhaupt ermordet wurde. Sein Vorgesetzter sagte uns, er ging so sehr in seinem Beruf auf, dass er sogar in seiner Freizeit auf dem Friedhof arbeitete. Möglicherweise war er in der fraglichen Nacht dort, weil er irgendwas vergessen hatte. Er beobachtet zwei Männer, die ein Grab ausheben und einen Leichnam stehlen. Wenig später erfährt er von einem Mordfall, hört sich um und bekommt heraus, dass Horst Kreuzer verdächtigt wird. Die Täter haben ihn in der Nacht erkannt, vielleicht hat sich einer von ihnen sogar mit Kowalski unterhalten. Ob dieser wiederum den Täter kannte, sei mal dahingestellt. Auf jeden Fall wusste er, dass es nicht Kreuzer war."

Manuela warf die Frage ein, weshalb Kowalski entgegen der Aussage seines Bewährungshelfers zum Erpresser werden sollte.

„Er hat eins und eins zusammengezählt. Ihm wird klar, dass er den Mörder kennt und umgekehrt. Die Lage wird ihm zu heiß. Zur Polizei hat er kein Vertrauen, er entschließt sich zur Flucht ins Ausland. Dafür braucht er Startkapital."

Manuela rief sich die bekannten Fakten über Fred Kowalski ins Bewusstsein. Sie versuchte, sich in seine Lage zu versetzen. Wenige Minuten vor der Teamsitzung hatte sie mit einem Kölner Kollegen telefoniert. Er beschrieb Kowalski zwar als einfältigen, gleichzeitig aber äußerst rücksichtslosen Straftäter. Diese Beschreibung widersprach völlig dem Eindruck seiner hiesigen Bezugspersonen. Menschen können sich ändern, vor allem dann, wenn sie in ein völlig anderes soziales Umfeld eintauchen, dachte sie. Sie sah ihn vor sich, nachts auf dem Annafriedhof. Wie er Männer beobachtete, die ein Grab aushoben. Auf „seinem" Friedhof. Die Annahme, Kowalski würde sich in einem solchen Fall mit zitternden Knien hinter einem Gebüsch verstecken, schien ihr völlig abwegig. Er würde hingehen, die Männer ansprechen. Und dann? Flohen die Täter in Panik? Unwahrscheinlich. Er war einer dieser Männer, schuldete dem anderen vielleicht einen Gefallen. Er erfuhr, dass ein Unschuldiger dafür bezahlen soll, wollte aussteigen. Schon eher.

„So oder so muss Kowalski vor seinem Tod in Kontakt mit dem Mörder getreten sein. Wir kommen nicht umhin, sein Umfeld akribisch zu durchleuchten", unterbrach Mareike ihre Gedanken. Manuela wusste, was dies bedeutete. Klinken putzen.

Jede zur Verfügung stehende Kraft musste ab sofort mit einem Bild in der Hand durch Rheinberg tingeln. Darüber hinaus waren sie erneut auf die Mitarbeit der Medien angewiesen. Der Gedanke an die in zwei Stunden anstehende Pressekonferenz bereitete ihr Kopfschmerzen.

Auf dem Flur, wenige Schritte vor ihrem Büro, meldete sich Manuelas Handy. Es war Hajo. Die Hintergrundgeräusche ließen darauf schließen, dass er aus dem Auto anrief.

„Ich habe mir das mit uns noch einmal durch den Kopf gehen lassen", begann er bedeutungsvoll. „Na ja, nach dem Gespräch letzte Nacht, du weißt schon."

„Ja", antwortete sie leise.

„Du hast recht. Das mit den Kindern und meiner Ex und alles, ich meine, das ist wirklich schwierig."

Er machte eine Pause. Manuela spürte, wie sich ihr Puls beschleunigte.

„Jedenfalls möchte ich dich hiermit für meine Geburtstagsparty am Samstag wieder ausladen."

Manuela schloss die Augen. Es gibt Dinge, die kann man auch persönlich mitteilen, war ihr erster Gedanke.

„Meine Verwandtschaft wird dich noch früh genug kennenlernen. Außerdem möchte ich dich nicht teilen. Was hältst du davon, wenn wir beide so richtig romantisch reinfeiern? Und am Samstag versuche ich alles, um meine Gäste vorzeitig rauszuekeln. Sobald die Luft rein ist, melde ich mich. Auf diese Weise kann ich sogar zweimal mit dir meinen Geburtstag feiern. Was hältst du davon?"

„Glaub nicht, dass du dann zwei Geschenke bekommst", lachte Manuela erleichtert.

„Damit hatte ich eigentlich gerechnet."

Ben war unterwegs über die Römerstraße eine kleine Pizzeria im Seitenspiegel aufgefallen. Nachdem er das Wohnmobil längs über vier Parkplätze abgestellt hatte, streckte er Frau Grimm die leere Hand entgegen.

„Was ist mit Spesen? Ich habe einen Riesenkohldampf."

„Von wegen. Das war nicht Teil der Abmachung."

„Gut, dann müssen wir nachverhandeln oder zurückfahren. Wenn mein Zuckerspiegel weiter absinkt, darf ich aus Gründen der Verkehrssicherheit kein Fahrzeug mehr führen."

Für einen Augenblick fehlten ihr die Worte. Ihre Gedanken kreisten abermals um alternative Beförderungsmöglichkeiten. Schließlich drückte sie ihm einen Euro in die Hand.

„Dafür können Sie sich drüben am Kiosk ein Pfund Zucker kaufen. Die Pause zählt übrigens nicht zur Arbeitszeit!"

Sie ärgerte sich, Schwester Magdalena nicht nach der genauen Lage des Grabs gefragt zu haben. Seit einer halben Stunde studierte sie bereits die Inschriften der Grabsteine. Eine ältere Dame, die Frau Grimm aufs Geratewohl danach fragte, schüttelte mitleidig den Kopf. Auf einer Anhöhe befanden sich rund um die aus dem 16. Jahrhundert stammende Sankt-Anna-Kapelle die älteren Gräber. Viele von den Verstorbenen zählten offenbar zu den prominenteren Bürgern der Stadt. Über einen schmalen Weg hinab, vorbei an der Grotte, einer kleinen Höhle unterhalb der Kapelle, gelangte sie an eine Reihe Gräber mit alten, kaum lesbaren Grabsteininschriften. Am Fuße des Hügels wurde sie dann fündig.

Johanna Maria Radinger

19.07.1889–02.02.1959

Der Grabstein aus weißem Marmor wirkte in dem einheitlichen Grau der Nachbarsteine wie ein Farbtupfer.

Sie wunderte sich darüber. „Das Tor zum Leben“ lautete der Titel eines Zeitungsberichtes. Darin hatte sie gelesen, dass der gesamte alte Teil des Friedhofs aufgrund seiner Form, die an ein Tor erinnerte, unter Denkmalschutz gestellt worden war. Offenbar gab es keine Auflagen für Grabsteine.

Unterhalb der Inschrift war eine betende Frau mit Kopftuch abgebildet. Nachdenklich betrachtete die Detektivin das Grab. Zwischen einigen Bodendeckern befand sich eine einfache grüne Vase, in der ein Strauß Herbstastern steckte. Frau Grimm ging in die Hocke und fuhr mit den Fingern durch die lockere Erde. Sie sah sich um und entdeckte hinter sich den abgebrochenen Zweig einer Birke auf dem feuchten Boden. Sie befreite ihn von Blättern und kleinen Seitentrieben. Neben einer Zwergmispel konnte sie den Zweig ohne Mühe eine Handbreit in den Boden stecken. Mit den Händen grub sie ein kleines Loch. Selbst einige Zentimeter unterhalb des Wurzelballens eines Zwergwacholders blieb das Erdreich noch relativ locker. Sie sah sich um. Am Rande des Nachbargrabs bemerkte sie abgebrochene Halme und ins Erdreich gedrückte Blätter. Sie schob vorsichtig die Zweige einer Herbstchrysantheme zur Seite und erkannte eine halbrunde Vertiefung in der Erde. In der Mitte verlief in Längsrichtung eine kleine Ausbuchtung. Es erinnerte sie an die Spur, die ihre Schubkarre im Garten hinterließ. Als sie sich wieder aufrichten wollte, durchfuhr ein stechender Schmerz ihren Rücken. Mit den Daumen massierte sie die Stelle im unteren Wirbelsäulenbereich. Drei Gräber weiter stellte ein älterer Herr in grünem Arbeitsanzug eine Handkarre ab und entnahm ihr eine Schuffel. Beim Anblick der gekrümmt stehenden Seniorin schüttelte er den Kopf.

„Das kommt davon. Warum haben Sie es nicht einfach so gelassen, wie es war?“

Frau Grimm runzelte die Stirn. Der Grauhaarige mit dem grobporigen Gesicht zog die Arbeitshandschuhe aus, zündete sich eine Zigarette an und schlenderte auf sie zu.

„Wie meinen Sie das?“

Er zeigte mit der Zigarette in der Hand auf das Grab.

„War doch pflegeleicht. Alles schön dicht mit Efeu bewachsen, kein Unkraut, kein Firlefanz, nix. In der Mitte 'ne Vase und fertig. Hat niemand groß Arbeit mit gehabt, hält ewig. Haben sogar die Jungs von Heitkamp nicht kaputtgekriegt, als sie den Grabstein getauscht haben. Das will schon was heißen, die trampeln ja auf allem rum." Sein Lachen klang wie eine rasselnde Kette und ging nahtlos in einen Hustenanfall über. Nach einem tiefen Zug an der Zigarette fuhr er fort: „Gut, ich meine, wenn das wieder zugewachsen ist, geht's. Aber wenn Sie mich fragen, ich hätte mir die Mühe gespart. Kostet ja auch." Er rieb Daumen und Zeigefinger aneinander.

„Meine Idee war das nicht. Ich bin nur hier, weil ich Schwester Magdalena versprochen habe, nach dem Grab zu sehen. Wann wurde die Bepflanzung eigentlich vorgenommen?"

Der Gärtner inhalierte noch einmal kräftig und warf die Zigarette danach achtlos fort. Bevor er zur Antwort ansetzte, warf er einen nachdenklichen Blick auf das Grab und strich dabei mit dem Zeigefinger über seinen Schnurrbart.

„Weiß ich gar nicht so genau. Am vorletzten Freitag kam der Grabstein drauf. Da war noch alles wie immer. Montagmorgen gegen neun komme ich hier vorbei und denke: Nanu – da hat der Fred es aber eilig gehabt. Fred ähem … weiß auch nicht, wie der weiter heißt. Der Fred eben."

Frau Grimm beschlich eine innere Unruhe. Ihr Misstrauen wuchs von Minute zu Minute.

„Haben Sie mit Fred gesprochen? Hat er Ihnen gesagt, weshalb er das Grab neu bepflanzt hat?"

„Jau klar. War 'n Auftrag, sagte er. Ganz kurz ab. Komisch eigentlich. Normal war der immer ganz gesprächig. Aber in der letzten Zeit … komisch. Wenn Sie mich jetzt entschuldigen, gnädige Frau, ich muss dann mal wieder." Er zeigte mit dem Daumen auf die Gräber hinter seinem Rücken.

„Danke, Sie haben mir sehr geholfen."

41

„Sie haben was, Frau Grimm?"

Manuela war so manche Überraschung von der Seniorin gewohnt. Doch damit hatte selbst sie nicht gerechnet.

„Wie ich bereits sagte, habe ich Herrn Gesdonk gefunden, also die Leiche natürlich."

„Natürlich", wiederholte Josef Wolters, der sich gerade im Büro von Manuela und Adriano aufhielt.

„Und wo bitte schön befindet sich diese Leiche?", hakte Manuela nach.

„Na, wo sie hingehört, auf dem Friedhof natürlich. Leider im falschen Grab. Aber das lässt sich ändern. Bitte, die Adresse." Sie reichte Manuela einen Zettel. Darauf waren eine Reihe Kästchen mit Leerräumen dazwischen erkennbar. Durch diese schlängelte sich ein dünner Strich, der vor einem der kleinen Felder an einem Kreuz endete. Josef Wolters, der Manuela über die Schulter gesehen hatte, lachte laut auf.

„Sieht aus wie die Schatzkarte von Huckleberry Finn."

Frau Grimm warf ihm einen verächtlichen Blick zu. Manuela räusperte sich.

„Haben Sie Beweise dafür, dass dort die Leiche von Herrn Gesdonk liegt, Frau Grimm?"

„Beweise? Nee, dazu müssen Sie ihn schon ausgraben. Oder soll ich das auch noch machen?"

Josef Wolters konnte sich nicht mehr halten, er bekam einen Lachkrampf. Frau Grimm hatte die Nase voll.

„Junger Mann, falls Sie mich und Ihren Beruf nicht ernst nehmen, möchte ich Sie bitten, uns alleine zu lassen. Es geht hier schließlich um Mord!"

Josef Wolters musste sich setzen. Nur mühsam konnte er sich beherrschen. Adriano hielt die Hand vor den Mund und sah aus dem Fenster.

„Frau Grimm, jetzt erzählen Sie uns erst mal, woher Sie das wissen."

„Lockere Erde, eine neue Grabbepflanzung – obwohl die alte noch gut war – und Spuren auf dem Nachbargrab", nacheinander reckte sie drei Finger in die Luft, „dieselben Anzeichen wie beim ersten Grab. Es dürfte sich also um denselben Täter handeln. Ich habe da auch schon einen Verdacht. Aber vielleicht kommen Sie ja von selbst drauf."

„Frau Grimm! Wenn Sie etwas wissen, müssen Sie …"

„Wissen tue ich gar nichts", unterbrach Frau Grimm die Kommissarin. „Außer dass Sie eine Exuma … Exumie …, na, dass Sie ihn ausgraben müssen."

„Aber dazu brauchen wir ernsthafte Hinweise", antwortete Manuela scharf.

„Ach, so ist das, Sie nehmen mich also nicht ernst. Bitte. Ich bin jedenfalls meinen bürgerlichen Pflichten nachgekommen. Auf Wiedersehen, Frau Hauptkommissarin!"

Ohne eine Erwiderung abzuwarten, drehte sie sich auf dem Absatz um, verließ schnellen Schrittes das Büro und knallte die Tür zum Abschied kraftvoll zu.

„Oje, ich glaube, sie ist uns böse", klagte Josef Wolters und lachte erneut los. Manuela sah ihn grübelnd an.

„Was ist, wenn sie recht hat?"

Wolters klopfte sich mit dem Zeigefinger an die Stirn.

„Quatsch. Lockere Erde, Spuren auf dem Nachbargrab. Ich bitte dich."

„Damit lag sie vor einer Woche richtig", unterstützte Adriano seine Kollegin. „Vielleicht sollten wir dem Hinweis nachgehen."

„Ach ja. Und wie? Sollen wir Leichenspürhunde über den Friedhof jagen oder selber mit dem Schüppchen graben? Du glaubst doch nicht, dass unsere Frau Staatsanwältin aufgrund dieser vagen Vermutungen eine Exhumierung durchwinkt."

„Wohl kaum." Adriano hob resigniert die Arme.

Manuela dachte an Hajo. An ihr Gespräch im „Il Gargano" in

Voerde. Ihnen rannte die Zeit davon. Wollten sie noch die geringste Chance auf die Nachweisbarkeit einer Vergiftung haben, mussten sie handeln. Vor wenigen Stunden hatte sie fast alle verfügbaren Kräfte damit beauftragt, die Person ausfindig zu machen, mit der Kowalski sich zuletzt getroffen hatte.

„Josef, halt bitte die Stellung. Adriano und ich sehen uns das Grab mal näher an.“

„Du meinst wirklich …“

Manuela hob die Schultern.

„Haben wir was Besseres? Im Übrigen wäre es naheliegend. Niemand hat in der fraglichen Nacht einen Lieferwagen oder Kombi bemerkt. Wäre auch verdammt riskant, an einer viel befahrenen Straße oder einem hell erleuchteten Parkplatz einen Sarg einzuladen. Nachts auf dem Friedhof hingegen dürften die Täter unbeobachtet gewesen sein.“

Wolters strich mit der flachen Hand über seine Glatze.

„Stimmt. Falls nicht gerade ein Rentner mit seinem Dackel vorbeilatscht.“

„Dann eben nicht!“ Wütend beendete Camel das Gespräch. Diese Ignoranten werden sich noch wundern, dachte er. Wie kann man nur so nachtragend sein. Niemals zuvor hatte er Adriano derart aufgebracht erlebt. Nicht mal die Uhrzeit wollte er ihm nennen. Wegen eines läppischen Berichtes. Weichei. Wieder überflog er den Artikel für die morgige Ausgabe. Er enthielt mehr Fragen als Antworten. Den halben Tag über war er auf Rheinbergs Straßen unterwegs gewesen, auf der Suche nach Informationen über Fred Kowalski. Das Ergebnis war überschaubar. Die andere Hälfte des Arbeitstages hatte er vom Büro aus recherchiert, stundenlang das Archiv durchstöbert. Nirgendwo fand sich eine Verbindung zwischen Kowalski und Gesdonk oder Kreuzer. Es schien keine zu existieren und doch hing Kowalski wie ein Kettenglied zwischen ihnen. Alles deutete auf einen Zusammenhang hin. Kowalski hatte auf dem Annafriedhof gearbeitet, wenigstens das hatte Camel erfahren. Dort, wo Gesdonks Leiche gestohlen worden war. Er erpresste Kreuzer, einen dringend Tatverdächtigen, und starb wenig später. Es musste einfach einen Zusammenhang geben. Sein Handy fiel ihm ins Auge. Dreißig Mal hatte er bereits vergeblich Frau Grimms Nummer angewählt. Dass er sie nicht erreichen konnte, bewies in seinen Augen nur, dass sie mal wieder einen Schritt weiter war.

„Wenn ich einen neuen Grabstein aufstellen lasse, ist es durchaus sinnvoll, die Bepflanzung ebenfalls hübsch herzurichten, Gertrud.“

Sie bedachte Annette mit einem missbilligenden Blick. „Vor allem, wenn bis auf eine achtundachtzigjährige Ordensschwester aus dem Altersheim niemand da ist, der sich um die hübsche Bepflanzung kümmert“, gab sie mit sarkastischem Unterton zurück.

„Ich denke, Herr Kowalski wollte diese Aufgabe übernehmen", entgegnete Heinrich. „Es konnte doch niemand damit rechnen, dass er stirbt. Ich finde das auch nicht abwegig. Und lockeres Erdreich nach einer Neubepflanzung des Grabes ist doch völlig normal."

„Völlig normal? Und dass Gesdonks Leiche bis heute fehlt, findest du vermutlich auch völlig normal?"

„Natürlich nicht. Aber deshalb kann die Polizei nicht jedes frisch bepflanzte Grab ausheben lassen."

Kopfschüttelnd schritt sie aus der Wohnung ihres Sohnes. Wieder einmal fühlte sie sich im Stich gelassen. Sie fragte sich, warum die Polizei immer wieder um Hinweise aus der Bevölkerung bat, wenn sie diese ignorierte. Im Treppenhaus vernahm sie das Klingeln des Telefons. Es war Konrad Walther. Er gierte wieder einmal nach Neuigkeiten. In einem ersten Reflex wollte sie ihn abwimmeln, dann kam ihr eine Idee.

„Wenn Sie mich zu Hause abholen, präsentiere ich Ihnen die Sensation für die morgige Ausgabe. Und bringen Sie direkt einen Fotografen mit. Bis gleich."

Ohne ein weiteres Wort zu verlieren, legte sie auf. „Wollen mal sehen, ob wir die Sache nicht ein wenig anschubsen können", murmelte sie verschmitzt. Kaum hatte sie aufgelegt, klingelte das Telefon erneut.

„Was gibt's denn noch?", meldete sie sich barsch.

„Gesdonk. Guten Tag, Frau Grimm."

„Huch, Entschuldigung. Was kann ich für Sie tun, Frau Gesdonk? Stimmt etwas nicht?"

„Doch, doch. Ich … Ich muss nur endlich wissen, wo mein Mann ist", antwortete sie mit brüchiger Stimme.

„Das werde ich Ihnen sehr bald sagen können. Wissen Sie vielleicht, ob Ihr Mann eine Schwester Magdalena kannte?"

Für einige Sekunden war nur ihr Atem hörbar.

„Ja. Er hat sich wenige Tage vor seinem Tod mit ihr unterhalten. Wir kennen Sie noch von früher. Schwester Magdalena wohnte im Nachbardorf. Danach war er so verändert. Er sprach von einer großen Enttäuschung. Mehr sagte er nicht. Ich hatte nach dem Tod meiner Eltern eine schwere Zeit. Gisbert wollte mich sicher nicht weiter belasten."

„Eine große Enttäuschung", sinnierte Frau Grimm leise.

„Ja, so hat er sich ausgedrückt."

„Danke, Frau Gesdonk. Sie haben mir sehr geholfen."

Sie erwartete ihn bereits auf dem Bürgersteig. Während sie sich anschnallte, sah Camel sie mit einem Gesicht an, das an die Neugierde eines Kindes vor der weihnachtlichen Bescherung erinnerte.

„Rheinberg Annafriedhof, bitte. Warum hat das eigentlich so lange gedauert?"

Es brauchte einen Augenblick, bis er sich aus seiner Starre löste.

„Ich komme aus Rheinberg, Frau Grimm." Camel startete den Motor und fuhr los. „Um was für eine Sensation handelt es sich? Treffen wir den Mörder?"

„Nein. Noch nicht. Sie werden es gleich sehen."

Für den Rest der Fahrt hüllte sich die Detektivin in geheimnisvolles Schweigen. Camels Finger trommelten unentwegt auf das Lenkrad.

Er parkte seinen Mustang neben dem Eingang zur Leichenhalle. Auf dem Parkstreifen gegenüber wartete der Fotograf, den er unterwegs bestellt hatte.

„Folgen Sie mir, meine Herren."

Die Dämmerung setzte langsam ein. Leichter Nieselregen zog aus westlicher Richtung über das Friedhofsgelände und machte die Wege rutschig. Die beiden Männer murmelten hinter ihrem Rücken. Frau Grimm lief zielstrebig über das Gelände. Vor dem Grab angekommen, trat sie einen Schritt zurück, um ihren Begleitern den Vortritt zu lassen. Camels Augen blieben an dem Grabstein hängen.

„Johanna Maria Radinger, gestorben 1959?"
Verständnislos drehte er sich um.
„Was sollen wir hier?"
„Ein Foto machen. Für Ihre morgige Ausgabe", antwortete sie mit einer Selbstverständlichkeit, die Camel erneut einen Blick auf das Grab werfen ließ. Der Fotograf stand hilflos daneben. Frau Grimm stieß einen Seufzer aus.
„Nun machen Sie schon", ermahnte sie den Fotografen.
„Wozu? Was ist mit dieser Frau Radinger?", fragte Camel.
Eine junges Mädchen kam mit ihrem Hund vorbei. Frau Grimm trat dichter an den Reporter heran.
„Liegt hier der ermordete Gisbert Gesdonk?", flüsterte sie.
„Weiß ich doch nicht", antwortete Camel.
„Meine Güte, das ist Ihre Schlagzeile für morgen, Sie Vollidiot!"
Camel sah sie entgeistert an.
„Sie meinen …?"
Frau Grimm nickte bedeutungsvoll. Sofort wies Camel den Fotografen an, eine Reihe Fotos von dem Grab zu schießen. Dabei zückte er seinen Block und begann zu schreiben.
„Wie sind Sie drauf gekommen?"
„Betriebsgeheimnis."
„Aber Sie sind absolut sicher?"
„Es deutet sehr vieles darauf hin."
Während der Fotograf über die Lichtverhältnisse und den glänzenden Grabstein schimpfte, dachte Camel darüber nach, ob er tatsächlich seinen mühsam entworfenen, aber leider nicht allzu ergiebigen Artikel gegen die Vermutungen der Seniorin tauschen sollte. Er startete erneut einen Versuch.
„Irgendwas müssen Sie mir schon verraten. Eine Schlagzeile allein reicht mir nicht."
„Na schön." Sie erzählte ihm eine spannende Geschichte über die nächtliche Neubepflanzung des Grabes, bohrte mit der Spitze ihres Regenschirms in der Erde, um den lockeren Boden zu ver-

deutlichen, und verwies auf die Spuren am Nachbargrab. Camel schrieb eifrig mit. Der Fotograf knipste jedes Detail.

„Weiß die Polizei Bescheid?“

„Sie glauben mir mal wieder nicht. Es ist Ihre Aufgabe, ihnen die Augen zu öffnen.“

Sichtlich zufrieden steckte der Redakteur den Block ein.

43

Das Interesse an der Pressekonferenz war enorm. Camels dubiose Berichterstattung hatte für landesweite Beachtung gesorgt. Kurzerhand verlegten sie die Veranstaltung ins benachbarte Kreishaus. Manuela staunte bei dem Anblick eines halben Dutzends Mikrofone vor ihr auf dem Tisch. Engels benötigte mehrere Anläufe für die Begrüßung der Medienschar, bis endlich die nötige Ruhe einkehrte. Nachdem er sich artig für das zahlreiche Erscheinen bedankt hatte, umriss er knapp den Grund für die Einladung, um gleich darauf der leitenden Ermittlerin das Wort zu erteilen. Manuela fühlte sich unwohl. Ihre Augen flogen über die zahlreichen Köpfe der Journalisten, die mit Diktiergeräten, Blöcken und Stiften bewaffnet auf die Sensation warteten. Sie kamen ihr vor wie eine Horde wilder Tiere, die auf ihr Futter hofften. Doch sie hatte nichts weiter als ein paar Krumen. Zu Beginn hatten sie Kopien eines Fotos von Kowalski verteilt. Verbunden mit der Bitte, es mögen sich Zeugen melden, die ihm kurz vor seinem Tod begegnet waren. Manuela eröffnete ihren Bericht mit der Aussage, dass nach wie vor keine gesicherten Erkenntnisse vorlägen, die auf ein Gewaltverbrechen schließen lassen konnten. Weder im Fall Gesdonk noch beim Tod Fred Kowalskis könne zweifelsfrei von einem Tötungsdelikt ausgegangen werden. Dennoch werde in beiden Fällen weiter ermittelt. Ein Raunen überlagerte ihre letzten Worte.

„Liegt im Todesfall Kowalski ein Obduktionsbericht vor?“, rief ein milchgesichtiger Zuhörer mit rot gelocktem Haar dazwischen.

„Ja. Aber ich bitte um Verständnis, dass wir zum jetzigen Zeitpunkt keine Ermittlungsergebnisse herausgeben können.“

„Das bedeutet, es handelte sich nicht um einen Unfall?“, hakte er nach.

„Dazu können wir im Augenblick nichts sagen, wir ermitteln in alle Richtungen.“

Die Geräuschkulisse stieg weiter an. Engels bat um Ruhe.

Über Manuelas Rücken rollte ein Schweißtropfen, ihr wurde kalt. Immer wieder kamen Zwischenfragen zu Kreuzer, der Erpressung durch Kowalski und dem Zusammenhang zu Gesdonk. Manuela antwortete abwehrend.

„Sie können versichert sein, dass wir jedem Hinweis nachgehen. Dazu benötigen wir Ihre Hilfe. Herr Kowalski hat sich vor seinem Tod mit einer Person getroffen. Von diesem Treffen erhoffen wir uns weitere Hinweise."

„Hinweise worauf?", rief der Reporter eines Boulevardblattes dazwischen. Manuela fühlte sich in die Enge getrieben.

„Das können wir zum jetzigen Zeitpunkt nicht sagen", erlöste Engels sie. Unter lautem Protest beendete er kurz darauf die Pressekonferenz. Manuela atmete tief durch.

Gegen 17.30 Uhr erreichten sie den Friedhof in Rheinberg-Annaberg. Manuela gelang es sogar, die seltsame Wegbeschreibung Frau Grimms zu deuten. Nach einem kurzen Fußweg hatten sie ihr Ziel erreicht. Der feine Regen kroch durch ihre Kleidung. Adriano leuchtete mit der Taschenlampe auf den Grabstein. Der Marmor glänzte feucht wie durch Cellophan. Manuela bückte sich, stocherte mit dem Zeigefinger in der Erde.

„Die Dame ist vor über fünfzig Jahren verstorben, aber das Grab erweckt den Eindruck, als wäre es frisch angelegt", bemerkte sie. Adriano leuchtete über die Nachbargräber. Manuela dachte an das Gespräch mit Schwester Magdalena vor einer halben Stunde im Pflegezentrum am Wiesenhof. In ihren Worten schwangen Ehrfurcht und Respekt mit. Für sie war die Verstorbene fast eine Heilige. Das Geräusch von Schritten drang vom gegenüberliegenden Weg herüber. Wenig später erkannte sie Pfarrer Bachus. Er schob ein Fahrrad neben sich her.

„Die Polizei. Da bin ich beruhigt", begrüßte er sie. „Ich kam gerade von einem Hausbesuch, da habe ich Licht gesehen und wollte nachsehen. In letzter Zeit … na, Sie wissen ja. Sie interessieren sich für die ehrwürdige Schwester Anna?"

Manuela tauschte im letzten Moment die verdreckte rechte Hand gegen die linke. Dabei dachte sie über eine möglichst unverfängliche Antwort nach.

„Wir sind auf der Suche nach Gräbern, die in der vergangenen Woche neu angelegt wurden."

„Hm." Er rieb sein Kinn. „Sie glauben, jemand hat die gestohlene Leiche an anderer Stelle auf diesem Friedhof ..." Er stockte mitten im Satz, sah die Polizisten verblüfft an. „Das wäre dreist."

Fast im selben Moment hoben sich seine Mundwinkel.

„Was dieses Grab hier betrifft, kann ich Entwarnung geben. Die Liegefrist ist gerade zum zweiten Mal verlängert worden. In den nächsten 23 Jahren kommt hier niemand rein. Ich kann Ihnen gerne zwei Grabstellen zeigen, die in der vergangenen Woche neu belegt worden sind."

„Vielleicht später. Herr Bachus, Sie haben viel Geld für den neuen Grabstein bezahlt. Warum?"

Auf seinem Gesicht breitete sich ein getragener, beinahe melancholischer Ausdruck aus. Er zögerte die Antwort hinaus, als fiele sie ihm schwer.

„Ich nehme an, Sie kennen Schwester Magdalena?"

Manuela nickte wortlos.

„Dann können Sie sich sicherlich vorstellen, wie schwer es ist, der Dame einen Wunsch auszuschlagen."

„Sie geben einige Tausend Euro aus, weil Sie nicht Nein sagen können?", mischte Adriano sich ein. Bachus lächelte ihn an.

„Natürlich nicht. Der Einsatz, mit dem sie Schwester Anna vor der Vergessenheit bewahren möchte, hat mich wirklich sehr beeindruckt. Und außerdem", er hob wie zur Entschuldigung die Hände, „habe ich keine Familie zu versorgen, keine teuren Hobbys und mitnehmen kann ich das Geld auch nicht, wenn der Herr mich eines Tages zu sich bittet. Eigentlich lautete die Frage nur, ob das Geld auf dem Sparbuch oder hier liegen soll."

„Das verstehe ich. Was ist mit der Bepflanzung? Ich hörte, die Grabstelle sei sehr pflegeleicht gewesen?"

Der Regen wurde stärker. Bachus stellte den Kragen seines schwarzen Mantels auf. Manuela ärgerte sich, dass sie den Schirm im Auto gelassen hatte.

„Sie haben sich sehr gut informiert."

„Berufskrankheit."

„Sie haben recht, man hätte es belassen können. Fred meinte allerdings, der Efeu passe nicht zum weißen Marmor. Was soll ich machen, er ist der … pardon, war der Fachmann." Bachus deutete auf die Bepflanzung. „Das hat übrigens nichts gekostet. Sind alles Ableger von anderen Gräbern. Sagte Fred zumindest. Also habe ich ihn machen lassen. Schwester Magdalena war sehr angetan davon. Sie hat uns dafür zum Kaffee eingeladen. Leider kommt es nicht mehr dazu."

Das Gespräch geriet ins Stocken. Die Anwesenden betrachteten schweigend die Grabbepflanzung.

„Danke, Herr Bachus."

„Wissen Sie, wann Fred … Ich meine, wann die Bestattung …"

„Nein. Ich werde mich morgen früh darum kümmern, das verspreche ich Ihnen."

„Wieder 'ne Fahrkarte. Wir kommen keinen Schritt weiter", fluchte Adriano, als sie an den Lagerhallen eines Lebensmitteldiscounters vorbeifuhren.

„Mich würde brennend interessieren, was sich in dem Grab befindet."

„Die Knochen von Schwester Anna, was sonst?", grummelte ihr Partner.

Manuela kamen Zweifel.

„Kowalski hing irgendwie in der Sache drin. Und er war es auch, der das Grab neu anlegen wollte."

Adriano steuerte den Wagen vorbei an abgelegenen Häusern in Richtung Alpen-Drüpt. Manuelas letzter Satz ging ihm nicht aus dem Sinn.

„Das passt alles zeitlich genau zusammen", folgerte er schließlich. „In dem gleichen Zeitraum, in dem Gesdonks Leiche verschwindet, wird ein anderes Grab neu hergerichtet. Kowalski wusste von dem Grabstein, schlägt vor, die Bepflanzung zu erneuern, und lässt bei dieser Gelegenheit die Leiche verschwinden." Adriano schlug sich die Hand vor die Stirn. „Dass wir da nicht sofort drauf gekommen sind!"

Manuela schüttelte den Kopf.

„Mensch, Adriano, das haben wir schon hundertmal durchgekaut. Kowalski fehlt das Motiv für den Mord an Gesdonk. Es müssen mindestens zwei Täter gewesen sein und bei Kowalskis Tod hat vermutlich jemand nachgeholfen. Das passt alles nicht. Ich habe das Gefühl, dass wir ganz nah dran und doch weit weg sind. Es ist wie verhext."

44

Seit sechs Uhr saß Gertrud Grimm am Küchentisch, trank Kaffee und starrte auf ihr Marmeladenbrot. Die Anspannung verdarb ihr den Appetit. Dieser Tag würde die Entscheidung bringen, ahnte sie. Nach dem Telefonat mit Charlotte Gesdonk war ihr einiges klar geworden. Die Suche nach dem Motiv war bis dahin der schwierigste Part ihrer Ermittlung gewesen. Angestrengt durchdachte sie noch einmal ihre Planung für den Tag. Das Klappern des Briefschlitzes aus dem Hausflur schreckte sie auf. Hastig zog sie die Zeitung hervor und rannte damit zurück in die Küche. Mit einem gezielten Griff zog sie den Lokalteil des Boten heraus. Auf der Titelseite prangte großformatig das Foto von „Annas“ Grab. Darunter die von ihr formulierte Titelzeile:

Liegt hier der ermordete Gisbert Gesdonk?

Zufrieden las sie den Bericht, in dem der Journalist wieder einmal die mangelnden Fähigkeiten der Weseler Polizei thematisierte. Dazwischen lenkte er den Verdacht geschickt auf Fred Kowalski, erinnerte an die Erpressung Kreuzers und die seltsamen Umstände seines Todes. Selbstverständlich fehlte am Ende nicht der Hinweis des Verfassers, es als seine Aufgabe anzusehen, den Lesern dieser Zeitung die schonungslose Wahrheit zu präsentieren. „Die Falle ist gestellt“, murmelte Frau Grimm, „du brauchst nur noch hineinzutappen.“ Aus dem Obergeschoss hörte sie das Rauschen des Duschwassers. Sollte sie die Staatsanwältin einweihen? Später.

Im Büro ordnete sie zunächst ihre Notizen. Ihr fiel auf, dass sich ihr Verdacht im Wesentlichen auf eine flüchtige Beobachtung stützte. Was, wenn sie sich irrte? Wenn sie dieses winzige und zugleich entscheidende Detail falsch gedeutet hatte? Sie musste sich überzeugen, heute noch. Sie griff nach dem Telefon, vereinbarte einen Termin. Anschließend ging sie zur Wand neben dem Aktenschrank. Wie immer hatte sie eine umgedrehte Tapete mit Heftzwecken daran befestigt und die gesamten Ermittlungen und Zusammenhänge anschaulich skizziert. Sie hatte diese Vorgehensweise in einem Krimi gesehen und für gut befunden. In einem kleinen Kreis, der durch einen Strich mit einem größeren verbunden war, las sie den Namen Horst Kreuzer. Daran hatte sie überhaupt nicht mehr gedacht. Alle Fakten schienen schlüssig miteinander verwoben, nur die Erpressung Kreuzers passte nicht in ihre Überlegungen. Längst hatte sie seinen Namen aus dem Kreis ihrer Verdächtigen gestrichen und doch schien er auf irgendeine Art zugehörig. Nein, das konnte nicht sein. Sie wehrte sich gegen diesen Gedanken, er widersprach jeglicher Logik. Trotzig nahm sie einen Stift und strich ihn auf der Tapete durch.

45

„Dieser verdammte Schmierfink! Laufend pfuscht der uns dazwischen!“

Wütend schleuderte Adriano die Zeitung auf den Tisch zwischen Mareike und Manuela. Die Hauptkommissarin beachtete den Artikel nicht. Engels hatte sie bereits auf dem Flur damit begrüßt.

„Wie kommt der auf so einen Käse?“, wollte Bartschneider wissen.

„So was steckt dem die alte Grimm. Der Trottel fällt doch auf jeden Scheiß von der rein“, antwortete Josef Wolters.

Gelächter breitete sich aus.

„Wir werden uns darum kümmern.“ Gelassen beendete Manuela die gute Stimmung.

„Du glaubst diesen Blödsinn?“ Wolters riss die Augen weit auf und zeigte mit ausgestrecktem Arm auf den Zeitungsbericht.

„Was ich glaube, spielt keine Rolle. Aber es ist eine Chance für uns. Sollten Walther oder Frau Grimm tatsächlich richtig liegen, lockt dieser Bericht den Täter vielleicht aus seiner Deckung. Falls nicht …“, sie ließ ihren Blick durch die Runde schweifen, „was haben wir zu verlieren? Für völlig abwegig halte ich es übrigens nicht. Kowalski wollte unbedingt die Bepflanzung erneuern. Und zwar in direktem Anschluss an den Diebstahl der Leiche.“

Die Anwesenden sahen sich einen Moment schweigend an. Michael Kempkes reagierte als Erster.

„Manuela hat recht. Ich wage mir gar nicht vorzustellen, dass heute Abend dort jemand zum zweiten Mal eine Leiche abtransportiert, während wir vor dem Fernseher die Füße hochlegen.“

Wolters atmete tief durch.

„Dann könnten wir einpacken.“

„Also“, meldete sich Annette Gerland. Die Staatsanwältin nahm aufgrund der zugespitzten Lage an der heutigen Teamsitzung teil. „Ich sehe einen dringenden Verdacht gegeben. Dementsprechend würde ich einer Exhumierung zustimmen."

„Prima", jubelte Wolters. „Dann machen wir mal gleich Nägel mit Köpfen. Werden ja sehen, was dran beziehungsweise drin ist. Ich rufe direkt die Jungs in Duisburg an." Wolters zog sein Handy aus der Tasche am Gürtel. Manuela hob mahnend die Hand.

„Wir warten noch die Nacht ab. Darauf kommt es jetzt auch nicht mehr an. Sind eigentlich heute Morgen schon Hinweise eingegangen?"

Michael Kempkes nickte. Sein Gesichtsausdruck verriet wenig Optimismus.

„Schon komisch. Es haben sich jede Menge Rheinberger gemeldet, die Fred Kowalski kennen. Er wurde mit vielen Personen in der Öffentlichkeit gesehen. Wenn man näher hinsieht, waren es allesamt nur flüchtige Treffen. Kowalski hatte eine Macke. Überall, wo was los war, war er dabei. Auf dem Sportplatz, beim Karneval, beim Stadtfest und so weiter. Keine Feier ohne Kowalski. Trotzdem hatte er anscheinend niemanden."

„War ein merkwürdiger Typ", meldete sich Manthey. „Er hat die Leute dauernd um eine Zigarette angebettelt, obwohl er meistens selber welche dabeihatte. Es war wohl seine Art, Kontakt zu suchen."

„Keiner wollte ernsthaft was mit ihm zu tun haben", ergänzte Kempkes. „Trotzdem fragen seit heute alle nach dem Termin für die Beerdigung."

„Tja, wie sang damals Franz-Josef Degenhardt? Spiel nicht mit den Schmuddelkindern", bemerkte Josef Wolters.

Da keine weiteren Ergebnisse vorlagen, beendete Manuela die Teamsitzung.

46

Ben war wieder einmal unpünktlich. Diesmal hatte sie eine Verspätung einkalkuliert. Sie hoffte darauf, dass er nicht wieder mit dem Wohnmobil vorfahren würde. Das Gefährt hatte bereits für wilde Spekulationen in der Nachbarschaft gesorgt. Am Vormittag, nach einer langen und sehr einseitig geführten Diskussion mit Heinrich, begrub sie endgültig die Hoffnung darauf, den Opel künftig als Dienstfahrzeug der Detektei nutzen zu können. Nach weiteren zehn Minuten Wartezeit ertönte mehrmaliges Hupen. Frau Grimm riss die Haustür auf, setzte den rechten Fuß auf den schmalen Weg und erstarrte mitten in der Bewegung. Nur ganz allmählich löste sich ihre Versteinerung. Vor ihren Augen am Straßenrand parkte ein Leichenwagen. Aus dem Cockpit winkte Ben ihr fröhlich grinsend zu. Rein optisch unterschied sich das Gefährt von einem herkömmlichen Leichenwagen nur durch breite Reifen, chromblitzende Felgen und ein höher gelegtes Heck, welches den Kombi wie einen Keil wirken ließ. Sprachlos öffnete sie die Beifahrertür. Am Innenspiegel baumelten zwei riesige Plüschwürfel. Blass vor Schreck und ein wenig unschlüssig sah sie hinein.

„Keine Angst, es ist noch nicht so weit. Sie dürfen vorne sitzen. Die Karre habe ich übrigens von meinem Kumpel. Der Alte ist ein echter Freak. Aufgemotzte Leichenkarren sind zurzeit megahip. Sobald ich genug Kohle hab, besorge ich mir auch so ’n Teil.“

Frau Grimm dachte über die Anschaffung eines Dienstwagens für die Detektei nach. Möglicherweise, sinnierte sie, könnte sie auch den Führerschein machen. Eine Nachbarin trat aus dem Haus gegenüber und starrte entsetzt auf den Wagen. Frau Grimm duckte sich. Dabei fiel ihr Blick auf den Schaltknauf, ein polierter Totenkopf. Auf den Aschenbecher in Form eines Sarges war ein Kreuz aus Holzdekor geklebt. Sie hoffte inständig, dass die Ladefläche leer war.

„Gestern dachte ich, dass es nicht mehr auffälliger geht. Anscheinend habe ich mich getäuscht. Wir besuchen Herrn Pfarrer Bachus in Rheinberg. Ich möchte Sie darum bitten, dieses Gefährt einige Meter vorher abzustellen."

Zwanzig Minuten später parkte Ben den Wagen am Rand der Kamper Straße in der Nähe der Alten Roßmühle. Frau Grimm ermahnte ihn, dort auf sie zu warten. Sie musste um den Wagen herumlaufen. Auf der Heckscheibe las sie den Spruch: *Bei mir liegen Sie richtig.*

Benedikt Bachus trug ein gestreiftes Hemd, darüber eine Strickjacke. Freundlich bat er sie in sein Büro. Im Vorübergehen nahm sie den dezenten Geruch eines Herrenparfüms wahr.

„Ich habe allerdings nicht sehr viel Zeit für Sie, Frau Grimm." Er warf einen Blick auf seine Armbanduhr. „In einer Viertelstunde beginnt die Jugendausschusssitzung."

„Ich denke, so lange wird es nicht dauern, Herr Pfarrer."

Sie registrierte die heutige Ausgabe des Boten auf seinem Schreibtisch und betrachtete scheinbar flüchtig die Bilder an der Wand. Bei einem trat sie näher heran.

„Ihr Bruder malte wirklich sehr schön."

„Das stimmt. Es war auch seine große Leidenschaft. Er sagte, es entspanne und gewähre seiner Kreativität freien Lauf. Ich nehme an, Sie sind nicht hier, weil Sie es erlernen möchten, oder?"

Der Gastgeber setzte sich und legte die Hände in den Schoß. Er wirkte angespannt. Frau Grimm nahm übereck Platz.

„Nein, ich fürchte, dazu fehlt mir das Talent. Ich bin hier, weil ich Ihnen meine Hilfe anbieten möchte."

„Ihre Hilfe?"

„Ja. Ich habe gestern mit den christlichen Landfrauen gesprochen, deren zweite Vorsitzende ich bin. Wir haben uns spontan entschlossen, Sie mit einem Basar zu unterstützen. Christliche Nächstenliebe ist schließlich unsere oberste Prämisse."

„Es tut mir leid, ich kann Ihnen nicht folgen, Frau Grimm."

Die Detektivin faltete die Hände, machte einen betroffenen Eindruck.

„Es ehrt Sie, dass Sie Ihre guten Taten für sich behalten. Aber in diesem Fall sollten Sie auf die ausgestreckte Hand zugehen. Ich habe ein langes Gespräch mit Schwester Magdalena geführt. Sie hat mir erzählt, wie sehr Sie sich für den Erhalt des Grabes von Johanna Radinger einsetzen. Ich habe es mir angesehen, es ist sehr schön geworden. Schwester Anna wäre sicher stolz auf Sie. Und jetzt das. Nein, wie schrecklich."

Gertrud Grimm wischte sich mit einem Taschentuch über die Augenwinkel.

„Ich verstehe Sie immer noch nicht. Was ist denn mit dem Grab? Stimmt irgendwas nicht damit?"

„Lesen Sie denn keine Zeitung?" Sie deutete auf den Schreibtisch.

„Ach das", antwortete er ein wenig erleichtert. „Daran glaube ich nicht. Man sagte mir, der Journalist nimmt es nicht immer so genau mit der Wahrheit."

Frau Grimm hielt ihren ernsten Blick auf sein Gesicht gerichtet. Bachus rutschte nervös umher.

„In diesem Fall schon. Leider." Sie unterbrach ihre Ausführungen mit einem tiefen Seufzer. „Sie werden das Grab wieder herrichten müssen. Aber keine Sorge, von den christlichen Landfrauen erfahren Sie jede erdenkliche Hilfe."

Benedikt Bachus' Lippen zitterten. Eine leichte Blässe breitete sich über sein Gesicht.

„Was meinen Sie mit *wieder herrichten?*"

„Oh, Entschuldigung. Sie können es ja gar nicht wissen. Durch meine ausgezeichneten Kontakte zur Polizei habe ich erfahren, dass das Grab morgen in aller Frühe geöffnet wird. Sie vermuten, dass Herr Gesdonk vergiftet worden ist. Sie wissen angeblich auch schon womit. Und dieses Gift können sie im Labor noch nach einem halben Jahr nachweisen. Stellen Sie sich das mal vor, so weit sind die mittlerweile. Ist ja auch gut so, aber", sie drehte die offene Hand im Kreis, „dabei wird die schöne Bepflanzung völlig verwüstet. Da kommt die Polizei nicht für auf. Weil Verdacht im Verzug ist, verstehen Sie? Aber machen Sie sich jetzt bitte keine Sorgen.“ Sie legte fürsorglich ihre Hand auf sein Knie. „Wir helfen Ihnen.“

„Ja … Das ist prima“, entgegnete er mit leerem Blick. Frau Grimm erhob sich und reichte ihm die Hand. An der Haustür drehte sie sich um.

„Da ist noch etwas. Können Sie mir sagen, ob Herr Kreuzer einen Schlüssel zur Wohnung von Fred Kowalski besaß?“

Bachus wollte spontan zu einer Antwort ansetzen, hielt sich aber im letzten Augenblick zurück und dachte angestrengt nach.

„Das ist durchaus möglich. Fred bat mich wenige Tage vor seinem Tod, seinen Wohnungsschlüssel nachmachen zu lassen. Er wollte mir nicht sagen, wozu er ihn benötigt. Das war sehr merkwürdig. Ansonsten hat er mit mir wirklich über alles gesprochen. Es war das erste Mal, dass er ein Geheimnis vor mir hatte. Ich dachte, er hat vielleicht ein Mädchen kennengelernt. Aber dann sprach er immer häufiger von Herrn Kreuzer. Er müsse ihn besuchen, sagte er, und es wäre besser, wenn ich den Grund dafür nicht kenne.“

Bachus machte eine lange Pause, sah sie traurig an.

„Warum hat er nicht mit mir über seine Probleme geredet?“

Frau Grimm verschwieg die Antwort.

Ben stand mit einer Zigarette in der Hand und dem Handy am Ohr mitten auf dem Rasen des Underberg-Parks. Er winkte sie näher heran.

„Wie lange brauchen wir die Karre noch?“, rief er von Weitem und zeigte auf den Leichenwagen. Frau Grimm sah sich verstohlen um. Ein vorbeischlenderndes Pärchen blieb erstaunt stehen. Wenig später flüsterte sie in sein freies Ohr.

„Nur noch diese Nacht. Aber zuerst gehen wir einkaufen.“

Mit großen Augen klappte er das Handy zu.

47

Unerbittlich drehte der Sekundenzeiger seine Runden. Zeit ist relativ, behaupten die Wissenschaftler. Beachtet man sie von der Hoffnung getragen, sie möge wie ein Sturm vorüberziehen, provoziert sie mit aufreizender Langsamkeit. Benötigt der Verzweifelte ihre Anwesenheit, rinnt sie in einem unaufhaltsamen Strudel davon.

Er drehte die Zeitung herum, auch wenn er wusste, wie sinnlos das war. Längst hatte sich das Bild in sein Bewusstsein gebrannt. Würde es die Träume verändern?, fragte er sich. Würde der eine Albtraum ein Ende haben, nur um abgelöst zu werden vom nächsten? Immer wieder sah er ihn vor sich. Hörte den Widerhall seiner anklagenden Worte, seine Mahnungen, seine Vorwürfe. Um Verständnis hatte er gebettelt, um Verzeihung für die Enttäuschung, die er anderen bereitet hatte. Vergebens. Gesdonk saß hoch oben auf dem steinernen Podest der Moral und lächelte milde herab. Wer war er? Mit welchem Recht durfte er ein Leben zerstören?

Einen letzten Schluck, ein letzter mahnender Augenaufschlag, dann brachte ihn der Hochmut zu Fall. Er röchelte, schnappte gierig nach Luft, umklammerte zitternd sein Herz. Mit einem letzten, verzweifelten Aufbäumen entwich das Leben, ließ den Körper kraftlos niedersinken. Er war ein guter Mensch gewesen.

Das Ticken der Uhr kam ihm wie Trommelwirbel vor. Was, wenn es sich um eine Falle handelte? Er drehte die Zeitung wieder um, las den Artikel, betrachtete das Foto. Und wenn nicht? Alle Zweifel waren vergebens. Er musste handeln, dieses Mal alleine. Er suchte nach einer Möglichkeit. Schon zu zweit hatte es ihnen Mühe bereitet. Alleine würde er es nicht schaffen. Ein Blick auf die Uhr erhöhte seinen Puls. Er ging in die Garage, packte einige Utensilien in den Kofferraum. Dann blieb er ratlos in dem schmalen Spalt neben dem Fahrzeug stehen, sah sich um. Für den Bruchteil einer Sekunde dachte er an Aufgabe, verwarf diese Möglichkeit reflexartig. Doch nach weiteren fünf Minuten der Untätigkeit kehrte der Gedanke zurück, fühlte sich bequem an, sorgte für einen Moment der Entspannung. Was kann mir schon passieren, wenn die Polizei den Zeitungsartikel ernst nimmt? Wenn sie die Leiche mit all ihren hochmodernen Methoden sezieren und tatsächlich Reste des Giftes finden? Sie werden das Rätsel nicht lösen. Nicht sofort, nicht morgen und nicht übermorgen. Aber sie werden nicht aufgeben, auf den Fehler warten. Sie werden die Zusammenhänge sehen, irgendwann. Sie werden Beweise suchen, aneinanderketten und sie ihm eines Tages überwerfen. Nein, er musste handeln. Ziellos streiften seine Augen über das Gerümpel in der hinteren Ecke der Garage, das er in diesem Winter entsorgen wollte. Plötzlich kam ihm die zündende Idee.

48

Zufrieden drehte sie sich um. Auf dem Parkplatz in der Nähe der Leichenhalle wirkte der schwarze Kombi weniger auffällig. Mit einer großen Tasche in der Hand machte sie sich auf den Weg. Die Dämmerung hatte längst eingesetzt, sie konnte gerade noch auf den Einsatz der auffälligen Taschenlampe verzichten. Am Zielort angekommen, blickte sie sich um und fand ein schützendes Gebüsch in unmittelbarer Nähe zur Grabstätte. Seit einer Stunde regnete es nicht mehr. Die ersten Sterne wurden sichtbar, vereinzelte Wolkenfragmente blies der Wind fort. Mit ihrem Schirm stocherte sie in den Zweigen, schüttelte die Regentropfen von den Blättern. Zufrieden stellte sie den kleinen Angelhocker aus dem Baumarkt darunter und setzte sich erwartungsfroh. Auf dem Hügel, einen Steinwurf entfernt, zeichnete sich die dunkle Silhouette der Sankt-Anna-Kapelle ab. Über den nahen Maria-Kann-Weg flackerte das Licht einer Fahrradlampe.

Zwei Stunden waren inzwischen vergangen. Aus der Thermoskanne tröpfelte der restliche Kaffee in den Becher. Frau Grimm wurde es kalt. Sie zog das Tuch um ihren Hals bis zum Kinn hoch. Vor wenigen Minuten hatte Ben sie mit einem Anruf daran erinnert, ihr Handy abzuschalten. Mit dem Gedanken, dass ihr sich langweilender Chauffeur zum Risiko werden könnte, hatte sie ihm aufgetragen, irgendwo in der Stadt auf ihren Anruf zu warten. Das Klingeln des Handys war über den gesamten Friedhof zu hören gewesen. Angespannt hoffte sie, dass sie den Täter dadurch nicht vertrieben hatte. Nachdenklich beobachtete sie ein Pärchen, das zum dritten Mal den Weg zur Kapelle hochschlenderte. Leider konnte sie nur die Umrisse der beiden erkennen. Dennoch kamen sie ihr seltsam vertraut vor. Von der Rückseite des Kindergartens drang leises Bellen herüber. Sie hielt ihre Uhr in das blasse Licht des Halbmondes. Ihre Gedanken flogen zu Ewald Klostermann. Er wird doch nicht schon wieder …? Es war fast dieselbe Uhrzeit wie am vorletzten Sonntag, dachte sie. Zwei angetrunkene Jugendliche zogen grölend zwischen Kindergarten und Friedhof entlang. Nachdem sie rechts abgebogen waren, wurde das Bellen lauter. Frau Grimm fluchte leise. Wenig später wurde es still auf dem Annafriedhof. Leise zog sie die Taschenlampe aus der Tasche, umklammerte den Griff. Eine Maus huschte raschelnd über das Laub vor ihren Füßen. Das Geräusch von Schritten drang herüber, wurde stetig lauter. Dann endlich war es so weit. Wenige Meter vor ihr rammte er einen Spaten in die Erde. Neben das Grab stellte er einen großen Metallkanister. Er zog ein Paar Arbeitshandschuhe aus der Manteltasche und stülpte sie über die Hände. Frau Grimm fragte sich seit Stunden, wie er es alleine schaffen wollte. Auf die Idee, die Leiche zu verbrennen, wäre selbst sie nicht gekommen. Bis jemand die Feuerwehr alarmiert hätte und diese hier eintreffen würde, wäre die Leiche längst verbrannt, sämtliche Beweise vernichtet. In hohem Tempo stieß er immer wieder das Blatt in die Erde, schaufelte sie auf das Nachbargrab. Frau Grimm entschied sich, noch nicht einzuschreiten. Das Pärchen beobachtete einen kurzen Moment das Geschehen. Die Frau hielt etwas ans Ohr, kurz darauf stiegen sie schnellen Schrittes den Hügel herab. Ein dumpfer Schlag ertönte, der Spaten war auf den Sargdeckel gestoßen. Für Frau Grimm war es das Signal, einzuschreiten. Vorsichtig erhob sie sich. Der Spaten schlug ein zweites Mal auf den Sargdeckel. Sie stand nun seitlich neben dem Grabstein. Er bemerkte sie nicht.

„Guten Abend, Herr Bachus. Wie ich sehe, sind Sie fündig geworden."

Ein mächtiger Schreck durchzuckte seinen Körper. Der Spaten entglitt ihm. Geistesgegenwärtig griff er danach. Langsam richtete er sich auf. Frau Grimm fokussierte den Lichtkegel der Taschenlampe auf sein kalkweißes Gesicht.

„Was … Sie?", stotterte er.

„Wen haben Sie denn erwartet? Herr Kowalski ist verhindert. Ich nehme an, dafür haben Sie gesorgt."

Bachus stützte sich mit beiden Händen auf den Griff des Spatens, atmete hektisch. Frau Grimm gab ihm Zeit. Aus der Richtung des neuen Friedhofsgeländes schallte lautes Bellen herüber.

„Wie sind Sie darauf gekommen?"

„Durch die fehlende Kastanie."

In seinem Rücken erkannte sie das Pärchen vom Hügel. Es handelte sich um Manuela und Adriano. Sie blieben schweigend hinter Bachus stehen.

„Man könnte auch behaupten, dass Ihre Eitelkeit Ihnen zum Verhängnis wurde", fuhr Frau Grimm fort. „Sie sagten mir, die Bilder in Ihrem Büro hätte Ihr Bruder gemalt. Sie tragen auch alle die Initialen ‚JS'. Sogar das Bild neben dem Fenster. Es zeigt die Rückansicht der evangelischen Kirche. Dort stand im vorigen Jahr noch eine mächtige Kastanie, die auf dem Bild allerdings fehlt. Es kann also nicht von Ihrem Bruder gemalt worden sein. Dennoch trägt es seine Initialen. Oder sollte ich sagen Ihre, Herr Johannes Bachus?"

Der Angesprochene stieg mit einem kraftvollen Schritt aus der Grube, stellte sich dicht vor die Detektivin.

„Sie wurden nicht damit fertig, dass Ihr Bruder das Examen bestanden hatte und Sie nicht. Ein Traum war zu Ende, bevor er überhaupt begann, stimmt's?"

„Ich bin kein schlechter Pfarrer, nur weil ich in der Prüfung versagt habe." Seine Stimme bebte. „Sie haben mir nie wieder eine Chance gegeben."

„Da kam Ihnen der Tod Ihres Bruders gerade recht. Sie waren alleine in den Bergen, keine Zeugen, die Leiche in unzugänglichem Gebiet. Das passte Ihnen gut, nicht wahr? Haben Sie womöglich nachgeholfen?"

„Nein!", rief er hitzig. „Das war ein Unfall!"

„Der Ihnen die Möglichkeit eröffnete, in seine Rolle zu schlüpfen. Sie waren nur ein Jahr auseinander, sahen sich sehr ähnlich, verfügten über die gleiche Vorbildung. Sie brauchten nichts weiter zu tun, als den Personalausweis zu tauschen, richtig?"

„Ich habe sein Leben weitergelebt, was ist daran verwerflich? Glauben Sie, bloß weil mir in der mündlichen Prüfung die Nerven versagten, kann ich keine Gemeinde führen?“

„Wie ich hörte, konnten Sie das sogar ganz ausgezeichnet. Vielleicht ist es wirklich gar nicht so verwerflich. Möglicherweise wäre es auch nie jemandem aufgefallen. Bis Ihr ehemaliger Professor irgendwann dahintergekommen ist, nicht wahr?“

Das Bellen wurde lauter. Jemand rief aus der Ferne nach dem Hund. Bachus atmete tief durch.

„Ich glaube, er hatte den Verdacht von Anfang an. Er machte manchmal seltsame Andeutungen oder stellte Fragen nach der Vergangenheit. Im Mai ist es dann passiert. Ich hatte ein Mal nicht aufgepasst, ihm in einer kurzen Hose die Tür geöffnet. Da hat er die Narbe an meinem linken Knie gesehen. Er selbst hatte mich damals ins Krankenhaus gefahren, nachdem ich ausgerutscht und in eine Scherbe gefallen war. Gesdonk hat gedroht, den Schwindel auffliegen zu lassen. Ich konnte nicht zurück. Dann hat er mir ein Ultimatum gestellt.“

„Jetzt wurde es eng für Sie. Gesdonk musste aus dem Weg. Sie haben ihn unter einem Vorwand besucht, ihn in seinem Haus vergiftet. Ihr Freund Haverdunk tat Ihnen den Gefallen, einen natürlichen Tod zu bescheinigen. Aber dann kamen ihm Bedenken. Er wollte zur Polizei, er hat Ihnen auch gesagt, wie lange sich diese Barbiturate nach dem Tod nachweisen lassen. Die Leiche musste verschwinden. Und Kowalski war Ihnen was schuldig. War es so?“

Bachus deutete ein Nicken an. Er griff in seinen Mantel, zog plötzlich ein Messer hervor und hielt es der Seniorin an den Hals.

„Genug geredet.“

„Polizei, lassen Sie die Waffe fallen!“

Mehrere Taschenlampen wurden eingeschaltet. Bachus' Schatten legte sich über Frau Grimm. Der Abzughahn einer Pistole rastete ein.

„Verschwinden Sie oder die Dame stirbt!“

„Bachus, es ist vorbei.“ Manuelas Stimme klang energisch. „Das Gelände ist umstellt, Sie haben keine Chance.“

„Sie bluffen.“

Mit lautem Gebell rannte ein Dackel auf die Grabstelle zu. Bachus drehte sich einen winzigen Augenblick zur Seite. Dann ging alles sehr schnell. Frau Grimm sprang zurück ins Gebüsch, Manuela riss Bachus zu Boden. Mit dem Knie in seinem Rücken, drehte sie seine Arme nach hinten und legte ihm Handschellen an, riss ihn danach mit einem Ruck hoch. Unterdessen war ein untersetzter Mann in altmodischer Regenjacke eingetroffen und starrte verblüfft auf das Szenario.

„Herr Bachus, Sie? Da bin ich aber froh. Ich dachte schon, es wären wieder diese Grabräuber. Komm zum Papa, Sissi. Es ist alles gut.“

Manuela konnte sich nicht beherrschen, sie musste unvermittelt lachen. Der Rentner wirkte verunsichert.

„Entschuldigen Sie, Herr Klostermann. Ihr Sissi scheint wirklich besondere Fähigkeiten zu besitzen. Falls ihm zu Hause mal langweilig wird – unsere Hundestaffel kann fähiges Personal gut gebrauchen.“

„Leck mich fett, da lag die Alte tatsächlich richtig!“ Josef Wolters konnte es kaum glauben. Adriano presste die Lippen aufeinander. Bartschneider schüttelte immer noch ungläubig den Kopf. Ihm fiel die erste Begegnung mit der Seniorin auf dem Annafriedhof ein, als sie ihm ihren Tatort präsentiert hatte. Manuela nahm sich vor, dringend das Gespräch mit Annette zu suchen. Sie war vermutlich die einzige Person, die Frau Grimm in Zukunft halbwegs unter Kontrolle halten konnte. Sie wagte sich kaum vorzustellen, was passiert wäre, wenn sie nicht auf dem Friedhof gewesen wären. Immerhin hatte sie Bachus das Geständnis entlockt. Gleich bei der ersten Vernehmung hatte der falsche Pfarrer auch den Mord an Fred Kowalski gestanden. Bachus hatte Kowalski erzählt, er habe einen Fehler begangen, der dazu geführt habe, dass man

Gesdonk an der falschen Stelle begraben hatte, deshalb drohe ihm nun Ärger. Kowalski glaubte ihm und half bei der Umbelegung. Später erfuhr er, dass Gesdonk möglicherweise ermordet worden sei und dass die Polizei Horst Kreuzer verdächtigte, die Leiche entwendet zu haben. Kreuzer tat ihm leid, gleichzeitig kamen ihm Zweifel an Bachus' Geschichte. Kowalski bekam Angst, mit hineingezogen zu werden. Er beschloss, ins Ausland zu fliehen, um irgendwo ein neues Leben zu beginnen. Das Startkapital dafür sollte ihm Horst Kreuzer geben. Als Bachus davon erfuhr, blieb ihm keine andere Wahl. Er musste Kowalski zum Schweigen bringen. Beide Morde wären ohne den – wenn auch gefährlichen – Einsatz Frau Grimms vermutlich nie aufgeklärt worden. Engels überreichte der Detektivin dafür am nächsten Tag in einer kleinen Feierstunde einen riesigen Blumenstrauß. Manuela stand mit gemischten Gefühlen daneben.

49

Charlotte Gesdonk bedankte sich im Hinausgehen mit leiser Stimme. Es war ihr sichtlich schwergefallen, die Wahrheit zu akzeptieren. Bis zuletzt hatte sie ihre Hoffnung mit dem Wunsch nach einer Erklärung verbunden, die erträglicher sein würde. Während Gertrud Grimm ihr übertrieben detailliert den gewaltsamen Tod ihres Mannes und die Hintergründe der Tat erläuterte, war sie weinend zusammengebrochen. Heinrich, der kurz zuvor durch die bereits geöffnete Haustür eingetreten war, senkte den Kopf. Einem ersten Impuls folgend hielt er Frau Gesdonk die Hand hin, wollte kondolieren. Schließlich begrüßte er sie nur mitfühlend und ging hinauf in seine Wohnung.

Auf dem kleinen Tisch am Fenster zum Garten lag noch der aufgeschlagene Lokalteil des Rheinischen Boten mit dem Bild seiner Mutter neben dem Leiter der Weseler Polizeibehörde. Der Blumenstrauß zwischen ihr und Engels füllte beinahe das halbe Bild aus. Heinrich verzog verärgert das Gesicht. Seine Gedanken wanderten zu Horst Kreuzer. Jahrzehnte hatten sie sich nicht gesehen und dennoch kam es ihm bei ihrem Wiedersehen vor, als habe ihre Freundschaft lediglich eine Pause eingelegt. Es hatte sich trotz der unangenehmen Umstände gut angefühlt. Sehr gut. Gestern Abend hatte er Hotte anrufen wollen, war jedoch vom Anrufbeantworter empfangen worden. Heinrich hatte eine Sekunde gezögert, bevor er alles erklärte, beteuerte, an ihn geglaubt zu haben, und sich ein Treffen wünschte.

Er warf einen kurzen Blick auf das Telefon. Die kleine Diode, die blinkend einen eingegangenen Anruf vermelden würde, blieb dunkel. Er konnte es Hotte nicht verdenken. Immerhin hatte seine Mutter ihn als Mörder in den Fokus der Öffentlichkeit gezerrt. Und das Misstrauen seines ehemals besten Freundes dürfte ihn ebenfalls geschmerzt haben. Vielleicht hilft uns die Zeit, hoffte Heinrich.

50

„Das ist nicht wahr!“

Seit drei Stunden saß sie mit Hajo im Restaurant „Art“. Drei Stunden lang hielten sie sich an die Vereinbarung, kein Sterbenswörtchen über die Arbeit zu verlieren. Nach der zweiten Flasche Wein rutschte Manuela die Frage heraus, ob Gesdonk schon obduziert sei. „Ohne Befund“, hatte er nur trocken geantwortet.

„Ihr konntet kein Gift nachweisen?“

„Nein. Ich habe gesagt, maximal drei Monate, erinnerst du dich?“

Als wenn sie das vergessen könnte.

„Gestorben ist er an Herzversagen. Klingt banal, aber mehr kann ich nicht liefern. Den fertigen Bericht bekommst du Montag. Oder brauchst du ihn heute Abend?“

„Nein, ganz sicher nicht.“ Sie lachte. „Entschuldige bitte, ich bin schrecklich unromantisch.“

„Stimmt. Wir passen gut zusammen.“

Die Kellnerin servierte die nächste Flasche. Auf ihrer Armbanduhr bemerkte Manuela, dass es bereits nach Mitternacht war. Sie ging zur Garderobe und kam, die Hände hinter dem Rücken verborgen, auf seine Seite.

„Rutschst du mal bitte?“

Sie legte ihre linke Hand in seinen Nacken, zog ihn heran und küsste ihn zärtlich.

„Herzlichen Glückwunsch, Hajo.“

Mit der anderen Hand überreichte sie ihm seinen Lieblingsrotwein. Um den Flaschenhals baumelte ein Kettchen mit einem Schlüssel.

„Ein Hausmittel gegen einsame Nächte.“

Ende

An diesem Roman wirkten zahlreiche Personen mit, ohne deren Hilfe das Werk nicht zustande gekommen wäre. Ich möchte hier die Gelegenheit nutzen, allen Beteiligten meinen ausdrücklichen Dank dafür auszusprechen.

Sabine Göting, Ursula Grote, Viola Lubjuhn, Kurt Müller
Als Testleser haben sie viele meiner Fehler bereits im Vorfeld schonungslos aufgedeckt und mir manch wertvollen Rat gegeben.

Peter Molden
Zieht als mein Agent im Hintergrund die Fäden und unterstützt mich mit unermüdlichem Einsatz sowie seinem reichen Erfahrungsschatz.

Diana Steinbrede
„Meine" Lektorin hat sich sehr gut in die Geschichte und ihre Figuren hineinversetzt und den Roman mit viel Engagement verbessert.

Udo Otten
Der „echte" Pfarrer der evangelischen Kirche Rheinberg hat dem kirchlichen Hintergrund der Story mit seiner ausgezeichneten Beratung die gewünschte Realitätsnähe verliehen.

Tanja Lange
Die Weseler Kriminalkommissarin stand mir bei Fragen rund um die Vorgehensweise von Polizei und Staatsanwaltschaft hilfreich zur Seite.

Für sachdienliche Hinweise möchte ich mich bedanken bei:
Sabine Sweetsir (Stadtarchiv Rheinberg), Klaus Kohl, EKHK Alfred Breiter (Polizeibehörde Wesel), Sarah Eul (Neue Rhein Zeitung), Manuela Danitz, Christiane Dieckerhoff

Ein ganz besonderer Dank gilt Dir, liebe Tina. Für alles!

Ein Mutter-Grimm-Krimi

„Mord", flüsterte Mutter Grimm.
Ihre Augen glänzten.

Weitere Krimis von Droste ...